っさり、物に釣られて。

団長のお世話係を拝命しました

咲

Inusaki Presents



fairy kiss

この作品はフィクションです。
実際の人物・団体・事件などに一切関係ありません。

# あっさり、物に釣られて。

## 騎士団長のお世話係を拝命しました

# プロローグ　あっさり、物に釣られて

「ええっ⁉　我が国が誇る騎士団の長、セオドア騎士団長様が退行魔術をかけられて、精神が子供のまま戻らなくなったですってぇ⁉」

　初夏の夜。星空に高くそびえる石造りの塔の最上階――我がアイビン王国が騎士団の次に誇っていてくれたらいいなと常日ごろから思っている――魔術師団を束ねるエズラ魔術師団長殿の執務室に、団長補佐たる私の説明的な台詞《せりふ》が響きわたった。

「どうしてそんな――ぎゃっ」

　驚きに後退《あとずさ》った拍子に、どんとお尻に衝撃が走り、積まれた本の山が絨毯《じゅうたん》に雪崩《なだ》れる。

「あぁ、すみません！」

「ほっほ、相変わらずそそっかしいのう……」

　慌ててかがみこむと視界の端で濃紺のローブが翻り、枯れ木のような手が本に伸ばされた。

「ありがとうございます、団長！」

　王宮の裏手に騎士塔と東西で対に建つ、天へと伸びる四角い塔。それが魔術師塔だ。

　上に行くほど狭くなる七階建ての塔の最上階は、ワンフロアが丸ごと団長執務室となっている。

　室内にあるのは執務机と本の山、林檎《りんご》のように籐《とう》かごに盛られた加工前の魔石。

それから時々、四方にあいた窓から入ってきた伝書鳩《ばと》が本の山で羽を休めていたり、私がいない間に団長が食べて、食堂に返しわすれたおやつの皿が本の山陰から発掘されることもある。

本の整理も団長補佐たる私の仕事のひとつで、使用頻度の低いものは魔術師塔五階にある図書室に持っていくようにしているのだが、それでも到底、壁の書棚には収まりきらない。

となると床に積むほかないわけで、よく雪崩を起こしては、こうして拾い集めることになるのだ。

「怪我《けが》はせんかったか、クラリッサ？」

「はい、大丈夫です！」

答えると「それはよかった」とエズラ団長は皺《しわ》に埋もれた目を細めた。

思わず私も笑みを返して、それから表情を引きしめる。

「……しかし、団長。大変なことになりましたね」

午後のお茶の時間に団長は「ちょいと留守を頼むぞ」と気楽な様子で出かけていった。

そのまま五時間ほど行方不明になったと思ったら、このような難事件を抱えて戻ってくるとは。

国中の才ある魔術師を集めた魔術師団の長であり、当代の王とその父、祖父と三代に亘《わた》って仕えている団長を頼りにする人間は多い。その分、彼は厄介な任務も任されやすいのだ。

「そうじゃのう」

頷《うなず》く団長に、ひょいひょいと本を拾い集めながら尋ねる。

「いったい、誰がそんな、退行魔術なんて危険なものをセオドア様にかけたんですか？」

「儂《わし》じゃ」

「ええっ⁉」

「内緒じゃぞ、クラリッサ」

ふっさりメレンゲのような口髭《くちひげ》を撫《な》でつけて、厳かに命じる老魔術師を私はキリリと睨《にら》みつけた。

「どうしてですか、エズラ団長！　まさか、才気あふれる若者に嫉妬してそんな意地悪を⁉」

「違うわい！」

答えながら団長は枯れ枝めいた手に握った金の物体を、ぶにゅっと私の頬にめりこませた。

「ぎゃっ！」

「事情は言えんがセオドア本人の希望じゃ！」

「……そうですか。安心しました。まあ、そうですよね！　エズラ団長ともあろう大魔術師様が、そんなことするわけないって信じていましたよ！」

「ちゃっかりしとるのう。……まあ、そういうわけじゃ。すまんがクラリッサ、自然に魔術の効果が切れるまで十日ほど、やつの世話を頼む。ひとまず、ここの地下に閉じこめてあるのでな」

団長の言葉に私は首を傾《かし》げる。

「ここの地下というと、例の貴賓室ですよね？」

「そうじゃ」

魔術師塔の地下には秘密の――とはいっても、宮廷で働く者たちには公然の秘密だが――貴賓室があるのだ。私も何度か入ったことがある。

数十年前、高貴なる咎人《とがにん》の収容場所として造られたその部屋は広々としていて、バスルームなど生活に必要な設備が整い、空調も魔術で快適に管理され、防音処理が施された特殊な場所だ。

もっとも今では牢《ろう》としてではなく、もっぱら外に漏れては困る密談に使われている。

――収容場所として使われるのは何年ぶりなのかしら？　十年？　もっとかなぁ？

などと考えているとエズラ団長が「さ、手を出せ」と促してきた。

「え？　はい！」

ひょいと右手を差しだすと、団長は私の手のひらに金色の物体をポンとのせた。

「え、これって……」

それは、ころりと丸いコンパクトだった。先ほど私の頬にめりこんだものだろう。

裏側は鏡面仕上げ。まああな顔立ちの黒髪の娘が緑の瞳をみひらいて映りこんでいる。

くるりと表に返せば、ぐるりと黄金の蔓薔薇《つるばら》が彫られた蓋の真ん中に、夏空を思わせる鮮やかなサファイアブルーの魔石が輝いていた。

パカリと蓋をひらいてみると、くぼんだ内部には小さな苺《いちご》がコロコロと。

ぴかりと艶めく真っ赤な果実を、ひょいと一粒、つまんで口に放りこむ。途端、爽やかな涼感と頬に染みいる甘酸っぱさに、キュッと目を細めた。

「うぅ、ひゅめたい！」

夏の日にシャリリと食べる、凍った苺の美味《おい》しさよ。

「特別手当じゃ。エズラ謹製瞬間冷却コンパクト、浄化魔術つき。いらんなら、他の者に頼むが」

「いりまふ」

あっさり物に釣られて、私は頷いた。

魔石をあしらい、魔術を付与した魔道具は高い。特に小さくて凝ったものほど値が張る。

人間が入れるような保冷庫よりも、このような手乗りサイズの保冷具の方が繊細な技術を必要とするためだ。

自然の力をギュッと閉じこめた魔石は、そのままではただの色つき石だが、魔術師の手によって、その力を引きだされる。下手な魔術師が加工すると冷えすぎたり、生温《なまぬる》くなったり、温度や効力が安定せずに使いものにならなくなってしまったりもするのだ。

――でも、団長お手製なら間違いない。

なにしろ国一番、いや大陸一の大魔術師エズラの作品だ。夏場に濡《ぬ》らしたハンカチを入れたり、氷菓子を入れたりと使い方色々、暑がりな私には最高にありがたい逸品になるに違いない。

――きっと、高く売れるだろうし。

団長謹製の魔道具ともなれば貴族が一年まちで欲しがるレアな品物だ。

安く見積もっても私の給金三年分よりも高い値がつくはず。ちょっとずつ給金を貯《た》めて冷却効果つきのベッドを買うのが今年の目標だったが、これを売れば一ダースは買えるだろう。

もっとも、それだけの額の品を買ってくれそうな相手はエズラ団長くらいしかいないのだが……。

まあ、実家の伯爵家が危ないとかで本当にお金に困ったときは、団長が買い戻してくれるだろう。

使ってよし、非常時には売ってもよし、これが報酬だと言うのならば、十日間のお世話係くらい喜んでやってやろうではないか。

ぎゅっとコンパクトを握りしめながら、ふふ、と頬をゆるめる。

――まぁ、セオドア様のお世話なら、特別手当なしでもいいけれど！

年中ローブ姿にひっつめ髪。貴族の娘でありながら、ここ数年、夜会のドレス一枚仕立てたことがないどころか、口紅一本も買った覚えのない干物女な私だが、セオドア様とは魔術師団長補佐として顔を合わせる機会が多いこともあって、ひそかに目の保養としていた。

年は私よりも五つ上、エズラ団長よりも半世紀若い二十九歳。

短く整えられた艶やかな黒髪に、目が合えば思わず背すじが伸びるような、鋭く厳しい藍の瞳。

見あげるほど高い背。一分の隙もない身のこなし。

深い青に金の装飾を施した騎士団の制服が鍛えあげられた体軀《たいく》を引きたてる。

彫りが深い顔立ちは端整というよりも精悍《せいかん》で、甘やかな優男というよりも凛々《りり》しい偉丈夫と形容するのが相応《ふさわ》しい。

誇り高く清廉潔白な人柄で知られ、まさに騎士の中の騎士と名高い男。

それが、セオドア騎士団長なのだ。彼の役に立てるのなら特別手当など――否、やっぱり欲しい。

そそくさとコンパクトを魔術師のローブのポケットへとしまいこみ、私はエズラ団長に尋ねた。

「ところで団長。世話係は他に誰が？」

あの部屋に誰かを閉じこめるときには、魔術師が見張り兼世話係としてつくのが習わしだが、通常は何人かの交代制で務める。けれど、今、説明を聞いているのは私ひとりだ。

「先に地下に行っているんですか？」

「いや。クラリッサ、君ひとりじゃ」

エズラ団長は、厳かに首を横に振った。

「秘密を知る者は少ない方がよい。十日間通しで頼む」

「えっ、ひとりで、十日間二十四時間つきっきりですか？」

戸惑う私に、エズラ団長は「そうじゃ」と頷き、困ったように微笑《ほほえ》んだ。

「大丈夫じゃ、クラリッサ。見た目はそのままじゃが、中身は九つの子供じゃからの。同じ部屋にいたところで夜中に襲ってくるようなことはないじゃろう。安心せい」

「いえいえ！　そのままのセオドア様でも心配なんてしませんよ！」

ぶんぶんと顔の前で手を振る。セオドア・ランパート騎士団長様は騎士で紳士だ。若い娘と同じ部屋で過ごしたとしても襲いかかるような下劣な真似《まね》はしないだろう。

「逆にセオドア様が嫌がらないかな、って心配なだけです。私のことは覚えてないのでしょう？　男よりはましかもしれませんが、見知らぬ女がずっとそばにいるのって、怖くないですか？」

「大丈夫じゃ。治療のために必要なことじゃと伝えてある」

「でも、心は九歳なんですよね？　私だったら『お家《うち》に帰してぇ！』って泣きわめいてバスルームに閉じこもっちゃいそう！」

「心配ない。あの子は、必要なことだと思えば、どれほどつらくとも我慢できる子じゃ」

「九歳なのに？　すごい、さすがは大貴族ですね！」

代々当主が騎士団長を務めてきたランパート侯爵家は名家中の名家だ。

きっと貧乏伯爵家育ちの私とは段違いの上等な教育を受けてきたのだろう。

「甘やかされた我が家とは大違いです！」

からりと笑った私の言葉に、エズラ団長は、どこかほろ苦い笑みを浮かべて頷いた。

「……そうじゃな。あの子は甘やかされたことなど、ないじゃろうな」

溜《た》め息まじりの呟《つぶや》きに、え、と首を傾げたところで「まあ、頼むぞ」とメモ用紙の束を渡された。

「生活に必要なものは一通りそろえてある。他に入用なものがあれば、ここに書きなさい」

団長の言葉に「はい」と頷きながら、ざらついた紙面をなぞって理解する。一見、ただの紙だが魔術がかけられているようだ。ここに書けば、団長に伝わるようになっているのだろう。

「食事は一階の廊下、地下から上がって階段室を出たところにサービングカートを置いておく」

「三食ですか？　おやつは？」

「三食ぽっきり、おやつはなしじゃ。リクエストの品も、同じようにカートで届けるからの」

「……はーい」

私は少しばかり残念そうに返事をして、それから、ふと気になったことを尋ねてみた。

「……でも、団長。どうして私なんですか？　お世話なら、もっと適任がいるでしょう？　騎士団の誰か――は、セオドア様の沽券《こけん》に関わるのでダメとしても、ほら、オリヴァーとか。昔、お屋敷にいたじゃないですか。私、お茶もいれられませんよ？」

騎士団と魔術師団は、同じ国のお抱えではあるが、だいぶ性質や構成が異なる。

まず人数が違う。騎士塔に収まらず、通いの交代出仕な三百人超えの大隊である騎士団に対して、宮廷魔術師は六十人ほど。中隊どころか小隊レベルの人数しかおらず、全員が顔見知りだ。

騎士団は団長の統率下で規律を守り、チームワークを重んじるが、魔術師団員はマイペース。目に見えない魔力を扱う魔術師は、共通した理屈よりも個々の直感に流されやすいためだろう。

住宅事情も違う。騎士団に寮はないが、魔術師団には離宮を改築した寮があって、私もそこの一室を借りている。けれど、研究に便利だからと魔術師塔に住みついている者も少なくない。

入団条件も違う。騎士団は入団条件に「自分の剣と鎧《よろい》と馬を持っていること」とある。剣と鎧を身につけて乗るとなれば、それなりの馬が必要だ。見た目にこだわれば尚《なお》さら金がかかる。

対して、魔術師団の条件はひとつ。「強い魔力があること」それだけ。

そのため、騎士団のメンバーは、それなりに高貴裕福な家柄の子弟が占めているが、魔術師団は出自も前職もバラエティに富んだメンバーがそろっている。

中には、入団前に貴族の屋敷で従僕や副執事をしていたという者もいるのだ。

世話を任せるのならば、そういった人材の方がいいのではないだろうか。

そんな風に考えて尋ねてみたのだが、エズラ団長は、ふむ、と頷き、目尻の皺を深めて答えた。

「なぜ君なのか。まず、口が固い。魔術師としての腕もいい。そして……」

「そして?」

「あっさり物に釣られる。細かいことを気にしない。ちょっとばかり嫌なことがあっても甘いものを食べればすぐに忘れる。その図太さ、ゆるさ、適当で大らかな精神が最適だからじゃ!」

「……そうですか」

褒められている気がしない。だが、エズラ団長が最適と言うならば、まあ、そうなのだろう。

ちょっとムッとはしたが、コンパクトの苺を一粒つまんで飲みこむころには忘れているはずだ。

「頼んだぞ、クラリッサ！　やつの男としての未来は君にかかっておる！」

力強い声、真剣なまなざしで告げる団長の言葉に少し引っかかる部分もあったが、まあ、十日間お世話をするだけだ。細かいことはセオドア様に会ってから、おいおい考えればいいだろう。

「はい！　お任せください！」

キリリと表情を引きしめて、私は力強く頷いた。

# 第一章　甘やかしてさしあげます！

エズラ団長から指令を受けてすぐ、私は貴賓室に向かった。一階の廊下から階段室に入って地下に下りる。階段室は一階と地下をつなぐ専用のもので、普段、私たち魔術師が、一階から七階を行き来するときに使う階段とは完全に分けられている。階段室を出てなんにもない廊下を進み、突きあたった左手。そこに秘密の貴賓室の扉はあった。

「――入れ」

扉をノックし、声をかけ、飴《あめ》色の重厚な木材越しに返ってきた言葉に私は首を傾げた。

――あれ、もしかして、もう退行魔術が解けてるの？

凛《りん》とした声の響きは、私が知るセオドア騎士団長様そのままだった。

それなら、労働なしで報酬丸儲《まるもう》けだ。ありがたい。

ほくほく気分で「失礼いたします」と部屋に入り、身体《からだ》をひねって扉をパタリと閉める。

向きなおって見えたのは、銀のティーセットが置かれたマホガニー材のテーブルセットの向こうに立つ、背の高い男性の姿だった。

いつものピシッとした騎士服ではなく、ゆったりとした白いシャツに黒のトラウザーズというシンプルな装いだが、それでも体格の良さは隠せない。

背すじを伸ばしてこちらを睨みつける様子は、とても九歳の子供には思えなかった。

「……君は、誰だ」

問いかける声は低く、細められた藍の瞳には警戒の色がみなぎっている。

――あれ？　私を知らない？

ということは、やはり退行魔術は解けていないのだ。

――でも、九歳って、こんな顔するものかしら？

視線も姿勢も、隙がなさすぎる。

私が九歳のころはどうだっただろうか、と思いかえしてみる。

貧乏伯爵家の長女として生まれおちた私は、幸いなことに幼いときから魔力に富んでいた。楽しそうに魔術書をめくる娘の姿に、両親は「一度きりの人生なのだから、好きなことをさせてあげたい」と思ったそうで、貴族としては珍しく、娘が魔術師になることを全力で応援してくれた。

おかげで私は「結婚が貴族の娘の唯一の仕事」と言われるこの国で、刺繍《ししゅう》やらダンスやら社交界での振るまい方やら、立派な妻になるための勉強をせずにすんだのだ。

その点、同年代の令嬢よりも気楽で、恵まれた自由な身分だったと思う。

腕のいい料理人の作る豪華ではないが美味しい食事、菓子作りの好きな母が腕をふるったおやつ、たまのご褒美に出される夜食をコルセットの締めつけを気にすることなく食べられた。

魔術書を読みふけって目が疲れたら一歳下の弟と庭に飛びだし、いい感じの棒を探して打ちあい、虫や魚や妖精を捕まえようと野や森を駆けまわったり――なかなかに自由な子供時代を送っていた。

――うん。私は参考にならないわね。

貴族らしさの欠片《かけら》もない私と、セオドア様の共通点といえば黒髪くらいだ。

歴史あるランパート侯爵家の嫡男ともなれば、幼い時分より大人びているものなのだろう。

うん、とひとりで納得すると、私はセオドア様の前に進みでて、ニコリと微笑みかけた。

「はじめまして、セオドア様。エズラ魔術師団長の命により、本日より十日ほど、あなたのお世話――ご不便がないよう、身の回りの補佐を任されました。クラリッサ・グラスランドと申します。見ての通り、宮廷魔術師ですわ」

魔術師団の制服――飾りのない、深い紺色のローブをつまんで腰を落とし、形だけの淑女の礼を送って顔を上げると彼の警戒は戸惑いへと変わっていた。

「クラリッサ・グラスランド……グラスランド伯爵家の縁者か？」

さすが名家の跡継ぎだ。国内の貴族の名は把握しているらしい。私は「はい」と答えた。

「それで君は、エズラ殿の命令でここへ？」

どうやらエズラ団長のことは覚えているようだ。

まあ、それもそうか――と心で頷く。エズラ団長が団長職についたのは四十年も前のことだ。九つのセオドア様と会ったこともあるだろう。

「はい。私、魔術師団長補佐をしております」

「補佐。女性で、団長補佐とは珍しいな……」

驚きまじりに呟いて、何かを考えこむセオドア様の姿に、思わず苦笑いがこぼれそうになる。

三年前、魔術師団長補佐として初めてセオドア様に挨拶をしたときも、そうだった。「珍しい」

と言葉にはされなかったが、ほんの少し、一瞬だけ目をみひらいて驚いたような顔をしていたのだ。

――ワケあり女だと思われているのかなぁ……。

魔術師団長補佐はエズラ団長に才を見込まれ、彼のそばであらゆる魔術について学ぶために育てられている存在で、団長のように「生涯を魔術に捧げる」と決めた人間が選ばれるものだから。

宮廷魔術師に女性は十名しかいない。貴族は私だけだ。

魔力が多いほど令嬢は縁談で有利になる。魔力の多い子供は生命力が強いので、丈夫な跡継ぎや政略結婚要員を産んでくれることを期待できるからだ。家に大きな利益をもたらしてくれるであろう、貴重な娘を魔術師にしようと思う貴族は、そういない。

なぜならば、同じ宮廷に仕える身でも魔術師は騎士と違って、あまり人気がないから。

騎士団は、いわゆる花形職だ。盗賊団や魔物を討伐しての凱旋《がいせん》、新人騎士の叙任のたび華々しいパレードが行われ、白馬に跨《また》り剣を掲げる凛々しい姿が民衆に披露される。

そのように目に見える形で国を守っているとわかる騎士と違い、多くの民にとっての魔術師は「魔術で騎士様をサポートしたり、魔石で生活を便利にしてくれているらしいけれど、いまひとつ何をしているかハッキリしない。なんだか不思議な力を持つ人たち」という、微妙な存在なのだ。

魔石は自然の力を閉じこめたものだが、普通の人にはそのままでは使えない「キラキラした謎の石」でしかない。魔術師の手が加わって初めて、誰もが使える生活に便利な道具になるのだ。

謎の石から水が出るようにしたり、石がなくとも手から水を出せる人。それが魔術師なのだが、魔力の少ない普通の人にとっては「同じ人間なのにどうしてそんなことができるの？」とどうにも怪しく見えるようで、魔術師は、いまひとつ評価されないのだ。

そういった事情で、名誉を重んじる貴族にとって「私の息子は王に仕える騎士です！」は自慢になっても、「私の娘は宮廷魔術師です！」は「え……せっかく魔力の高い娘を魔術師に？　それほど嫁のもらい手がなかったのかな……？」と思われかねないのである。

セオドア様も、私に「魔術師になるしかない」事情があるのではないかと思ったのかもしれない。

しばらく考えこんでいた彼は、やがてハッとしたように顔を上げた。

「……っ、違う。君のことを考えていたわけではない。エズラ殿が君を選んだのなら、何か意味があるのだろうと思ったのだ。それは何だろうかと考えていただけだ！」

焦りを含んだ声に、私は小さく眉をひそめる。普段のセオドア様ならば、しない反応だ。

先ほどの「珍しい」という発言や表情もそう。相手に対する好奇、揶揄《やゆ》とも取られかねない言葉や表情をセオドア騎士団長は表に出したりはしない。

セオドア騎士団長という人は、いつも優雅で、落ちついていて、恐れも迷いもない。鋼のように強靭《きょうじん》な印象を与える人なのだ。

「……失礼ながら、セオドア様は、現在の状況をどこまで理解していらっしゃるのですか？」

単刀直入に尋ねると、セオドア様は凛々しい眉を寄せ、ゆるゆると首を横に振った。

「……正直に言えば、よくわかっていない。エズラ殿は、私が受けた魔術治療で不具合があって、しばらく記憶に混乱が生じるだろうから、落ちつくまでここにいるようにと言っていたが……」

治療。私は内心、首を傾げる。

確かに、退行魔術は精神治療の一環として用いられる。

エズラ団長はセオドア様本人の希望でかけたと言っていたが、いったい何のためだったのだろう。

――まぁ、聞かない方がいいか……。

退行魔術を必要とする人間は、人には言えない心の傷を抱えていることが多いと聞く。

誰にだって、踏みこまれたくない心の聖域があるものだ。

「……私は、いつ、王宮に来たのだろう……屋敷で母上と話していたはずなのに……何の治療を受けていたんだろう……どうしてか、思いだせないんだ」

うつむく深い藍の瞳が、ほの暗く揺らいで――。

次の瞬間、セオドア様はギュッと目をつむってひらいて、顔を上げ、キリリと表情を引きしめた。

「まあ、どうであれ、十日ほどで治るのならば問題あるまい！」

きっぱりと言いきる口調も表情も、不自然なほどに険しいものだった。

まるで、自分の恐れや迷いを切りすてるように。

そのとき、今までの違和感や、ぼんやりしていた認識が、すとんと納得と確信に変わった。

――うん。子供なんだわ。

焦り、恐れ、不安を隠そうとするこの人は、私が知っているセオドア騎士団長ではないのだ。

「世話をかけるが、よろしく頼む」

逞《たくま》しい胸を張り、まっすぐにこちらを見つめる切れ長の瞳の奥に、私は精一杯に強がる少年の姿を見つけたような気がした。


初対面の挨拶がすんだところで、さて、と部屋を見渡す。

地下フロアは魔術師塔の中で一番広く、廊下と階段室を除いたすべての空間がひとつづきの貴賓

室になっている。

木目の床、淡いグリーンに塗られた壁。白い天井から下がる魔術灯のシャンデリアがまぶしい。

入り口から見て、対角線上に見えるのはバスルームの扉。右手の壁沿いに長椅子がひとつ、その向こうにどっしりとしたベッド、その足元に蓋のない衣装ケースが置かれている。

部屋の中央に置かれたテーブルセットの向こう、奥の壁沿いに長椅子がまたひとつ。

長椅子はどちらも上等なマホガニー製の三人がけで、背もたれと座面のクッションに、たっぷりの詰め物がされていて座り心地が良さそうだ。

床に絨毯はない。その昔、牢屋として使われていた時代に、こっそりと絨毯の下に手紙や食事のナイフを隠した人がいたとかで、よく磨かれた木目が剝きだしになっている。

殺風景ではあるが、まあ、私の寮の部屋よりも家具の質はいい。明かりも豪華だ。

キラキラとしたシャンデリアの枝分かれした先を飾るのは炎が揺れる蠟燭《ろうそく》——ではなく、蠟燭を模した白い棒の先に、透明な魔石がついている。

ポンと手を打つと魔石が輝いたり、暗くなったりするのだが、打つ者にある程度の魔力がないと反応しないため、かつての囚人はさぞ不便な思いをしたことだろう。

——そういえば、ここの魔術灯を使うのは初めてだわ……。

きちんと反応するだろうか。試しにポンと手を叩《たた》いてみると、フッと部屋が暗くなる。

「えっ⁉」

セオドア様の驚く声に、慌ててもう一度手を叩く。

ポッと白い光が灯《とも》り、テーブルの傍らに立つ彼がホッと息をつくのが目に入った。

「あの、申しわけありません、セオドア様。魔術灯の具合を確かめておりました」

「……そうか。わざとらしく驚いたりしてすまない」

子供のように——実際、心は子供なのだが——声を上げてしまったのが恥ずかしいのだろう。

「本当に手を叩いてつくのだな。私は魔力が足りないのかダメだったが……便利なものだな」

誤魔化すように、ぎこちなく微笑むセオドア様に、私も「はい、便利ですね！」と笑みを返す。

それから、気になっていたことを尋ねた。

「セオドア様は、もう夕食を召しあがられましたか？」

「夕食？　ああ、この部屋に来る前にエズラ殿と取ったが……」

「そうですか、よかった！」

一階から下りてくるときにサービングカートがなく、部屋にも食べ物の影がなかったので、もしもまだならば六階の食堂に作りに行こうかと思ったのだ。

「食欲があって何よりです！」

ニコニコと笑う私に、ふっとセオドア様が頬をゆるめる。

「……ええと、クラリッサ嬢」

「嬢は結構ですよ。クラリッサとお呼びください、セオドア様」

「そうか、わかった。では、クラリッサ。君は夕食をすませたのか？」

「はい！　あとはシャワーを浴びて寝るだけです！　セオドア様も、色々と戸惑うことがあってお疲れでしょうから、今夜は早めにお休みくださいね！」

そう言ってから、はたと気がつく。そうだ。寝るのだ。ひょいとベッドに目を向ける。

どっしりとした四柱式のベッドは高貴な囚人が身を休めるためだけあって、大柄なセオドア様と一緒でも充分に手足を伸ばして眠れる広さがある。

——うーん。中身は子供なんだし、私は別にいいけれど……。

ちらりと彼に視線を向けると目が合った。不安げなまなざしに、やめておこうと思いなおす。

「セオドア様、私は長椅子で休ませていただきますので、どうぞベッドをお使いください」

私の言葉にセオドア様はホッとしたような顔をしたが、すぐに表情を引きしめて「いや、ダメだ」と首を横に振った。

「女性をさしおいて、ひとりのうのうとベッドで眠るわけにはいかない！　君が使ってくれ」

「ですが、私も職務上、セオドア様をさしおいてベッドを使うわけには……」

「……ならば、私も長椅子で寝よう」

戸惑う私に、きっぱりと彼は宣言した。「えっ」と私は長椅子に目を向けて、首を傾げる。

——無理じゃないかしら……。

片側に肘かけがない寝椅子タイプならばともかく、この大きさの長椅子に彼の巨体が収まるとは思えない。丸まって眠っても転げ落ちそうだ。

——まあ、セオドア様なら寝相もよさそうだけれど……。ん？　そういえば、今、セオドア様は心は九歳なのよね？　ということは自分が九歳に見えているってこと？

それならば納得だ。九歳の少年だったら充分に寝られる。そう思いながらも、さらに首を傾ける。

——でも、視界の高さが全然違うわよね？

いったいい、彼は今、どのように世界を認識しているのだろう。私はセオドア様に向きなおった。

「あの、セオドア様。ちょっと話は変わるのですが、魔術治療から目覚めたとき、背が伸びていて、びっくりしませんでしたか？」

私の問いにセオドア様は「背？」と目をみひらいて、戸惑ったように眉を下げた。

「……いや、背は、変わっていないと思うのだが……」

自信なさげな答えに、もうひとつ質問を重ねる。

「ではセオドア様。私は、あなたよりも小さいですか？」

彼の視線の高さから見れば、私は小さいはず。簡単な質問だ。

だが、そう問いかけた途端、深い藍の瞳が揺らいだ。

「小さい……のか……？　いや、だが……大人の君が、私よりも小さいなんて……」

ぽつりぽつりと呟くたびに、まばたきが増え、ゆらゆらと瞳の揺れが激しくなっていく。

やがて、低い呻《うめ》きとともにセオドア様が頭を押さえたところで、私は慌てて彼の腕に手をかけ、沈静の魔術をかけた。ふらりと大きな身体がよろけ、私の肩をつかんで踏みとどまる。

「っ、すまない」

ハッと手を引いたセオドア様が顔を上げ、どこかぼんやりとした表情で首を傾げた。

「……今、何の話を、していたのだったかな……？」

私は、ニコリと微笑んだ。

「どちらがベッドで眠るかという話ですわ！」

「……ああ、そうか。そうだったな！」

ホッと息をついたセオドア様の表情が、きりりと引きしまる。

「うむ。やはり、君が寝てくれ」

そう言った彼のまなざしは、しっかりと落ちついたものに戻っていた。

——危なかった。無理やり術を解いちゃうところだった。

私は心の中で盛大に安堵《あんど》の息をついた。退行魔術は下手な解き方をすれば精神に大きなダメージを与えてしまう、取扱注意な術なのだ。うっかりではすまない。

けれど、これでわかった。今のセオドア様に見えている世界と、私が見ている世界は微妙にずれているのだ。彼は起きたまま夢を見ている。目覚めれば不思議に思うことでも、夢の中では気づかない。きっと、そういう状態なのだろう。

これからは気をつけよう。細かいことは考えない。彼は子供。九歳の子供。この十日間で大事なことはそれだけだ。

そう肝に銘じながら、私は「絶対にベッドには寝ないぞ！」という顔をしているセオドア様——セオドア少年に微笑みかけた。

「……わかりました。幸い長椅子は二脚ありますし、ふたりとも長椅子で寝ましょうか！」

私の提案にセオドア少年は眉をひそめながらも「まあ、それならば」と頷いたのだった。


そして、それぞれ毛布にくるまり、部屋の端と端の長椅子で夜を明かして、迎えた夜明け。

目覚めて伸びをする彼の逞しい肩や引きしまった腰からは、パキパキといい音がしていた。

やはり体格的に無理があったのだろう。このまま十日間過ごすのは身体に悪い。

今夜はベッドに押しこもう——と心に決めた朝だった。

それから昼まで一緒に過ごして感じたのは、世の中にこれほど手がかからない九歳児（精神）がいるのかという感動だった。

わがままも言わず、貴族の子息だというのに、私の手伝いを必要とするようなことが何もない。

三時のお茶いれすらも私より上手だった。

立場的にお茶の用意をするのは私の役目なのだが、あいにく私は普段、紅茶を飲まない。

エズラ団長にも頼まれないため、残念ながら、いれ方がわからなかった。

用意された茶こし——ポットの口につけるタイプのものだが、小さな銀の傘のような見た目から、飾りか何かだと思ったのだ——をセットしないまま、ティースプーン山盛りの茶葉をざっかざっかとポットに入れる私を見て、セオドア少年は察したのだろう。

「私がやろう」と立ちあがり、直々にいれてくださった。

紅茶をいれるセオドア少年の真剣なまなざし、優雅な立ち居ふるまいは見とれるほどに凛々しい。

私はのんびりとテーブルに着いて給仕を受け、ふわりと立つ香気を胸いっぱいに吸いこみながら、しみじみと思った。

私、ここにいる意味あるのかしら——と。

「……美味しゅうございます。セオドア様は剣技や勉学のみならず、何でもお上手なのですねぇ。素晴らしいです」

心の底から讃《たた》えれば、向かいの席に腰を下ろしたセオドア少年は切れ長の瞳をまたたかせ、ふい、と顔をそらした。

「別に……貴族の男が茶を上手くいれられたところで、何の意味もないだろう」

「そんなことはありません！　素晴らしい特技ですよ！　美味しいものは人の心をつかみます！　ほら、よく言うではありませんか、その味に惚《ほ》れたと！」

「——げほっ」

力強く言いきれば、今しもカップを傾けていたセオドア少年が盛大に噎《む》せた。

「うわっ、大丈夫ですか⁉」

「だ、大丈夫だ、問題ない。だが、その、ほ、惚れたというのは……？」

「え？　ああ、近ごろ城下の町で、オムレツだけ、キノコのパイだけ、というように一品メニューの小さな食堂が流行《はや》っているんだそうです。一品だけなんて飽きてしまいそうなのに、その一品、その味に『惚れた』『もうこの味なしじゃ生きられない！』と毎日のように通う人が後をたたないとか……」

「そ、そうか。それは、さぞ美味しいのだろうな」

「はい。キノコのパイの感想は聞いたことがないのですが、オムレツの方は同僚から聞きました。ふっくらふわふわ。一口頬張ればバターの香ばしさ、芳醇なトリュフの香りが口いっぱいに広がって、舌の上でとろけてしまうそうですよ。いいですよねぇ」

行きたい行きたいと思っているうちに、エズラ団長に先を越されてしまった。

「エズラ団長の話では、確かな幸福感だけを残して儚《はかな》く消えてしまう、まるで陽《ひ》だまりで見る夢のような……そんなオムレツだったそうです」

話を聞いたときに「誘ってくれればよかったのに……」と恨めしげに責めると、団長はしょぼしょぼと目をしばたたかせて「エブリン様からついてきてくれと頼まれての。急なことだったんじゃよ」と言いわけをしていた。

輝くサファイアの瞳を持つ、アイビン王国第二王女であるエブリン様は、小さなころから団長に孫のように懐いてらっしゃる可愛《かわい》い方だ。それならば仕方がない。

その後、団長が「君が行ったときには、支払いは儂につけていいからの」と言ってくれたので、私は喜んで恨みを忘れることにした。

それからずっと、食べに行きたいと思いながらも仕事が忙しくて行けずにいたのだが……。

「それは、美味しそうだな……！」

こくりと喉を鳴らしたセオドア少年はキラキラと目を輝かせていた。

「セオドア様も、一度、行かれてみてはいかがですか？」

軽い気持ちで口にした途端、藍の瞳のきらめきは伏せた睫毛《まつげ》に隠れてしまう。

あら、と私は首を傾げる。

「……無理だ。母上が許さない」

呟く声音の暗さに、きゅっと胸が締めつけられた。

「……なぜですか？」

「平民が集う下賤《げせん》な店に足を踏みいれては穢《けが》れてしまうから、行ってはいけないのだ」

誰かに覚えこまされた台詞を口にするように淡々と答えるセオドア少年を見つめ、悲しくなった。

貴族の中には、自分たちと平民は住む世界が違うと厳しく線引きをする者もいる。

彼の親もそうだったのだろう。きっと彼は「名家の跡継ぎに相応しくない」というような理由で、子供らしい望みを何度となく諦めさせられてきたのだ。

オムレツが美味しそうだと目を輝かせた彼の望みを叶《かな》えてあげたい。そう思った。

「……でも、食べてみたいのでしょう？」

セオドア少年は答えなかったが、チラリと私を見た瞳は、ほのかな期待に揺れていた。

「では、私と行きましょう？　こっそり、お母様には内緒で！」

大人のままのセオドア騎士団長が相手では、こんな風には誘えなかっただろう。

けれど、中身は九歳の少年だと思えば、悪戯《いたずら》っぽく片目をつむる余裕さえあった。

「えっ！　いいのか⁉　……でも、ここから出てはいけないのだろう？」

「いいえ、別に。そのような命令は受けていません」

エズラ団長からは「ひとまず、ここの地下に閉じこめてある」と言われた。世話を頼むとも。けれど、地下から出すなとは言われていない。

もちろん、エズラ団長には行き先を伝えるつもりだが、とめられることはないだろうという妙な確信があった。

気配を薄める魔術を彼にかければ、セオドア騎士団長を知る誰かに絡まれることもないはずだ。

「ただ、記憶の混乱もありますし、色々長々と歩きまわって、セオドア様のお身体や精神に障っても困りますので、あまり出歩かない方がいいのも確かだと思います」

「……それも、そうだな」

やはりダメかと肩を落とすセオドア少年に、私は明るく笑いかけた。

「ですので、オムレツだけ食べたら、まっすぐ帰ってきましょうね！」

「——ああ、わかった！」

藍の瞳を輝かせて大きく頷くその仕草は、九歳の少年に相応しい無邪気なものだった。

「ありがとう、クラリッサ！」

がしりと大きな手に手を取られ、まばゆい笑みで名を呼ばれる。

——うっ、まぶしい。

キリリとした普段のセオドア騎士団長とのギャップに一瞬、くらりとして——ブンッと私は頭を振り、雑念を払って微笑みかえした。

「いいえ、お役に立てれば幸いですわ！　では、明日！　夢のオムレツを食べに行きましょうね！」

キュッと目を細めた彼が「ああ！」と頷く。

それから、九歳の心を宿したその人は、しみじみポツリと呟いた。

「明日が楽しみだなんて……何年ぶりだろう」と。

とてもとても嬉《うれ》しそうに。

＊　＊　＊

——どうにかして、今夜こそ、ベッドに押しこまないとなぁ……。

三日目の朝。昨夜の彼との攻防を思いだし、うーん、と伸びをする。

結局昨日も、ふたりそろって長椅子で夜を明かすことになってしまった。

「でもセオドア様、今朝、背中と腰、痛かったですよね？」と指摘したのだが、彼は「うっ」と腰を押さえながらも「レディをさしおいてベッドで寝るくらいなら床で寝る！」と言いはったのだ。

まったく、紳士で頑固なお坊ちゃまである。

――まあ、セオドア様らしいっちゃ、らしいけれど。

ふああ、と欠伸《あくび》をしながら、部屋を出て廊下を進み、またひとつ欠伸をする。

――予定がほとんどないっていいわね……。

今日の予定は、オムレツを食べに行く。それだけだ。

これほどゆっくりと時を過ごすのは、団長補佐になってから初めてだ。

皆に頼りにされているエズラ団長の仕事が途切れることはない。そのため、補佐の私も大忙しというわけで、なかなか、まとまった休みを取ることはできなかった。

今回の仕事は、案外、団長から私への労《ねぎら》い休暇のつもりなのかもしれない。

――団長、大丈夫かなぁ。お仕事、ためこんでないといいんだけれど。

ふふ、と笑いながら階段室の扉をあける。貴賓室にも、階段室にも鍵はかけていない。

一階に上がって扉をあけた先、朝食のトレーが置かれたサービングカートが用意されていた。

銀製のトレーの持ち手部分には赤と青の魔石が埋めこまれている。

この魔石のおかげで料理が適温に保たれ、時間が経《た》っても熱々のスープやひんやりゼリーが食べられるというわけだ。

「……いただきます！」

朝早くから働いてくれている料理人と給仕に感謝をしながら、トレーに手を伸ばす。

二人前ともなれば、なかなかの量だ。なにせ成人男子の分もある――だけでなく、私も朝から、しっかり食べる派だからだ。

魔力を使うのは体力を消耗する。

身体を動かす騎士もそうだが、宮廷魔術師にポッチャリさんはあんまりいない。

魔術師になって本当によかったと思う。

才能を活《い》かせる、誰かの経済力に頼らずとも身を立てられることもそうだが、何よりも、好きなものを好きなだけ食べても太らない。一番の恩恵だと思っている。

「今日のメニューは……そら豆のポタージュね」

こっそりとスープ鍋の蓋をあけ、頬をゆるめる。きれいな淡いグリーンが目にやさしい。

あとは、薄くスライスして軽くトーストした白パンとオレンジマーマレード、バター、塩の小瓶と銀のエッグスタンドにのったゆで卵。林檎、オレンジ。飲み物はオレンジの果実水だ。ワインやエールではないのは、今のセオドア様の精神年齢に配慮したのだろう。

よいしょ、とトレーを持ちあげ、階段室に入り、一段一段ゆっくりと下りていく。

途中、ふと視線を感じて足をとめると、階段下から見あげるセオドア少年と目が合った。

「あら。おはようございます、セオドア様。おなか、すきました？　まっていてくださいね」

ニコリと笑いかけながら足を動かし、最後の一段を下りたところで、ひょいとトレーを取りあげられた。

「あっ」

「……なかなかの重さだな。すまない。昨日のうちに気がつくべきだった。次からは私が行こう」

凛々しい顔立ちは変わらない。セオドア騎士団長そのままなのに、しょんぼりと眉を下げた表情が、妙に可愛らしく見えて頬がゆるむ。

「ふふ、ありがとうございます。では、次から……今日の夕食からは一緒に行きましょう」

そう伝えると、彼は今日の予定を思いうかべたのか「ああ」と嬉しそうに頷いた。


「――わぁあ、ふぅわふわ……！」

オムレツ店二階のこぢんまりとした個室で、私は歓声を上げた。

樫《かし》のテーブルの上、赤と白のギンガムチェックのランチョンマットの真ん中に置かれた白い皿。

ふんわりと丸いオムレツが目の前でスキレットから皿へと移され、ぱふんと半分に折られる。

その瞬間、折り目から、ぷっくらふわわとはみ出る金色が、そのやわらかさを訴えてくる。

こんがりとしたカラメル色の焼き目も美しく、ほんのり甘くて香ばしいバターの匂いが鼻をくすぐった。

「ああ。ほん――」

向かいに座ったセオドア少年が弾んだ同意の声を上げかけて、ハッと手で口を塞ぐ。それから、外出用に用意した宮廷魔術師のローブのフードを目深にかぶりなおした。

「……時間が経つにつれ、しぼんでしまいますので、熱いうちに召しあがってください」

黄色のワンピースに白いエプロンという卵色の制服をまとった年嵩《としかさ》のウエイトレスが、ちらりと好奇の瞳を彼に向ける。「あら、魔術師にしては、ずいぶんと逞しいわね」とでも思っているのかもしれない。

「……ごゆっくりどうぞ」

そう言って頭を下げると、チラチラと振りかえりながらウエイトレスは去っていった。

バタンと私の右手で扉が閉まる。遠ざかっていく足音に、セオドア少年がホッと息をついた。

「……すまない。近くに人がいるときは声を出してはいけないと言われていたのに……」

そう言って、彼は深く悔やむようにこうべを垂れた。気配を薄める魔術をかけている間は「いるのかいないのかわからない影の薄い人」となるため、知人であっても気づかれずにすむが、身体がふれたり、大きな声を出せば、はっきりと個人として認識されてしまうのだ。

「大丈夫ですよ！　そんなに大きな声ではありませんし、顔も見えなかったでしょうから！」

ニカッと笑って、私はランチョンマットの右端に置かれたスプーンを手に取った。

「さあ、熱いうちにいただきましょう！」

「……ああ」

頷き、目深にかぶったフードを下ろした彼の瞳は金色のオムレツを映して輝いていた。

「しかし、個室があったとはありがたいな」

「そうですねぇ」

混雑を少しでも避けるために昼時より早めに訪れたのだが、別料金で部屋を用意できると聞いて利用することにしたのだ。

噂《うわさ》を聞いてお忍びでいらっしゃる高貴な方々が後をたたず、どうしても人前での食事を避けたいというご令嬢や、表向き菜食主義で通している聖職者などが安心して食べられるよう、食堂二階の住居部分に手を入れて造ったらしい。きっと、エズラ団長も利用したのだろう。

耳をすませば階下から上がってくる賑《にぎ》やかな声が聞こえる。

左手にある、ひらいた窓からは、ピッピチュと鳥の鳴き声が。

二階は大小様々な個室が並んでいるが、今、二階を使っているのは私たちだけのようだ。

階段を上がってすぐ左にあるテーブルとイス二脚だけのシンプルな個室。座るためにイスを引けば、ゴンと壁にぶつかってしまうほど小さい。

私の方にテーブルを引いたが、それでも大柄なセオドア少年は窮屈そうだ。

けれど、最初に勧められた個室よりはましなのだ。今いる部屋の向かいで、そちらの方が料金は安いが元は物置だったとかで窓すらなかった。ここは窓から風が入るだけ快適だろう。

「……しかし、個室など贅沢《ぜいたく》ではないだろうか。かかりはエズラ殿が負担するのだろう?」

申しわけなさそうなセオドア少年の言葉に、私は満面の笑みで頷いた。

「はい。ですが大丈夫です！　好きなだけ贅沢していいと団長に言われましたから！」

朝食の後、外出許可をもらいに執務室に行った際、重たげな布の袋を手にした団長に言われたのだ。

「精神は九歳でも男は男。レディに支払いをさせるのはプライドが傷つくじゃろう。今日のかかりは……いや、今後の費用はここから出しなさい」と。

私は元気よく笑って答えた。

「そうですね！　エズラ団長の治療ミスが原因ですし！　当然ですね！　たっぷり贅沢させていただきます！」と。

一瞬の沈黙の後、まばゆい笑顔で「そうじゃな！」と頷いた団長は「好きなだけ使うがよい！」とコインの詰まった袋を私の頬にめりこませたのだった。

「――きっと団長としては、孫に色々と買ってあげたいという、おじいちゃんのような気持ちなのでしょう。ですので、どうぞご遠慮なく！　さっ、いただきましょう！　冷めてしまいますよ？」

弾んだ声で促すと「……そうか。そうだな」と頷いてセオドア少年はスプーンを手にした。

「……スプーンだけなのだな」

「フォークでは崩れてしまうやわらかさ、ということでしょう」

「なるほど……」

テーブルを挟んで微笑みあい、いただきます、と金色のオムレツに手を伸ばす。

「おお……！」

スプーンがオムレツに吸いこまれるように沈んだ。普段食べているオムレツとは、まるで違う。

すくいとった金色のふるふるを口に入れ、スプーンを抜きさり、うむ、と噛《か》んだ瞬間。

芳醇なトリュフの香りと卵とバターの甘い風味が舌を撫で、鼻腔《びこう》に広がり、ふわりと消えた。

「……溶けた」

本当に、一瞬だった。確かな味わいを残して、オムレツは儚く消えた。

「……本当だ……確かに、これは……夢のようだな」

藍色の瞳を驚きと喜びでみひらかせ、セオドア少年が呟く。

ちらりと目を合わせ、ふふ、と微笑みあう。

それからは互いに黙々とスプーンを運び、夢のオムレツを平らげていった。


――儚い夢だったな……。

食後のコーヒーをすすりながら、ほう、と溜め息をつくと、向かいでも同じ溜め息が聞こえた。

「……美味しゅうございましたね、セオドア様」

「ああ、美味しかった。美味しかったが……」

「儚いし、おなかにはたまりませんねぇ。パンもあればよかったのに」

店主のこだわりで、本当にオムレツだけなのだ。

育ち盛り——ではないが、健康な男子には物足りないだろう。私も物足りない。

私の言葉にセオドア少年は「確かに」と頷いてから、ふっと顔を曇らせた。

「どうしました?」

「あ、ああ、その……別に、私は満足だ」

おや、と首を傾げる。私でさえ足りなかったのに、大柄な彼が足りるとは思えない。

——なんだろう。大盛りご飯にがっつくのは下品だとか、そんな感じの教育方針なのかしら。

そういえば、以前、国王ご夫妻と他国の使者との会食の場に護衛としてついたとき、両陛下は、ずいぶんと時間をかけて「ケーキの上の飾りだけのっけました!」というような、大皿にちょこんと盛られた料理を口になさっていた。

料理の品数こそ多かったが「あれでは食べた気がしないのでは?」と心配になったものだ。

だが、両陛下のあの食事こそ、高貴なる人々にとっては見習うべきお手本なのかもしれない。

——我が家は下品でよかったわ。

さすがに夕食は少しばかり気取ったコースの形で出てくるが、朝と昼は私と弟の好きなメニューが大皿に山盛り、どんと供される。「美味しくできましたよ!」と胸を張る料理人を労いながら「好きなだけ食べてもいいのよ」と子供たちに微笑みかける母の顔が浮かんでくる。

子供が育つには、たっぷりの栄養が必要。心にも身体にも。それが我が家の教育方針なのだ。

「……そうですか」

ひとつ頷き、私は、おなかをさすって眉を下げた。

「恥ずかしながら、私は物足りません。これでは、お夕飯までにおなかがすいて目が回ってしまいそうです」

「えっ、それは大変だ」

私の言葉を真に受けたセオドア少年は、心配そうに私のおなかに目を向けようとして、視線が胸まで下りたところで、ハッとそらした。

女性の身体をジロジロ見るのは失礼だと思ったのだろう。心は九歳ながらに紳士である。

「……何か、近くに別の店があればいいのだが……」

首を巡らせた彼の動きがとまり、すん、と形の良い鼻が動く。

ひらいた窓から、爽やかな初夏の風と肉を焼く香ばしい匂いが舞いこんできていた。

「……ここを出て、通り沿いに北に行くと屋台街があるんです。串焼き肉にアーモンド菓子、焼きたてパンにキャンディショップ。他にも色々、量り売りのオリーブショップなどもありますよ」

屋台と聞いてセオドア少年の瞳が輝く。高貴な彼は、きっと、それも禁じられていたのだろう。

ジュウジュウと音を立てる串焼き肉から串を伝って滴《したた》る肉汁で指を汚しながら、道端で勢いよくかぶりついては「あっつ！　でも、うまいっ！」と笑う。そんな下品で楽しい娯楽を。

「セオドア様、私の買い食いに、おつきあいいただけますか？」

「え、ああ、構わない」

頷いてから、少しのためらいの後、彼はつけたした。

「実は、一度、してみたかったんだ」

そう打ちあけるように呟いて、切れ長の瞳を細め、そっと唇をほころばせる。

――くっ。守りたい、この笑顔。

不意打ちでくりだされた、はにかんだ笑みの衝撃に胸がキュンと高鳴った。

ちょうど昼時ということもあって、串焼き肉の屋台は大賑わいだった。

屋台の前は人だかり。注文を叫ぶ声が怒号のように飛びかう。真っ赤な頬の青年が汗をかきかき串を返して、焼きあがった先から手近の客に渡し、客は代金をガラスの瓶に投げこんでいく。

「……ずいぶんと盛況だな」

「ええ。味には期待していてください。買ったら庭園で食べましょう。では、いってきます！」

「え？　クラリッサ？」

戸惑うセオドア少年に手を振って、私は人だかりに乗りこんだ。

割りこみはしないよう気をつけながら、それでも、前へ前へ、じりじりと屋台へ近づいていく。

「こっちもふたつ！　ふたっつ！　ひとつじゃなくて、二本！　お願いします！　ありがとう！」

がしりと串をつかみ、ちゃりんと代金を支払って、串焼きを握った手を天に掲げる。

「すみません！　出ます！　ちょ、押さないでぇ！　潰れる！　通して――わっ」

ひょいと串を取りあげられて顔を上げると、セオドア少年が目の前にいた。ぐいと肩をつかまれ、どんと分厚い胸板に引きよせられる。

「……すまない、通してくれ」

低く通る声に、ざわりと人々の視線が動き、人だかりからポンと抜けでた大男へと集まる。

「……あれ、もしかして……」

誰かのこぼした呟きが耳に入った瞬間。

「セ――っ、ありがとうございます！　さあ、行きましょう！」

慌てて私は彼の背を押し、足早に屋台を離れることにした。


少し歩いたところにある王立庭園は、庭園といっても王宮にあるような豪華なものではなく、広々とした敷地にハーブや季節の花が植えられた野趣あふれるものだ。

薄紅のゼラニウムやラベンダーの紫、白と黄のコントラストが愛らしいカモミール。様々な色彩が人々の目を楽しませてくれるが、今の時間は、のんびりと花を見て回っている人は少ない。

ぽつりぽつりと芝生やベンチに腰を下ろして、昼食を取っている人々が目に入るだけだ。

「……ありがとうございます、セオドア様。おかげさまで助かりました」

日陰の石造りのベンチに並んで腰かけながら、私は右に向かって、ぺこりと頭を下げた。

「いや、私が注文に行くべきだったな。すまない。声も出してしまって……」

「いえいえ、すっごく頼もしかったですよ！」

とはいえ危なかった。私もうっかりして「セオドア様」と呼びかけてしまうところだった。

――外に出るなら、呼び方を考えた方がいいわね……。

足元に咲く鮮やかなマリーゴールドを見つめながら、うーん、と悩む。

今朝、エズラ団長から教わったのだが、現在、宮廷内では「セオドア騎士団長は呪いをかけられ、その解呪のため隔離療養中」ということになっているらしい。

けれど王宮の外の人々は、今も騎士団長は真面目に働いていると思っているはずだ。

うっかり周りに気づかれて「騎士団長が仕事をさぼって串焼き肉をかじっていた！」などという噂が立っては申しわけない。

「……まあ、熱いうちに、いただきましょうか！」

とりあえず食べてから考えよう。私は、湯気立つ戦利品を目の前に掲げた。

串に刺さった、一口サイズの牛の肉が五つ。

大きく口をあけ、一番上にかぶりつく。

「――っ」

噛みしめた瞬間、じゅわりとあふれる肉汁の熱さに、そろって呻きをこぼした。

噛むほどに肉の旨《うま》みが広がって「う～ん！」と目を細める。味つけは塩だけ。シンプルだけれど、いいや、シンプルだからこそうまい。

「……驚いたな。屋台で、こんなやわらかな肉を出すのか……」

セオドア少年が呟く。

「ふふ、高い肉ではないのですよ。すじばった安めの肉を、魔石の力でやわらかくしているんです」

「なるほど」

感心したように彼は頷いて、ぱく、もぐ、ぱく、ぎゅむぎゅむと頬を動かし、目を細めている。

よほど気に入ったのだろう。

「ふふ……セオドア様、垂れていますよ」

唇から滴る肉汁をハンカチで拭うと、セオドア少年は藍の瞳をパチパチとまたたかせた。

「ん……す、すまない。ありがとう」

ごくん、と飲みこみ、恥ずかしそうに目を伏せる。

「はは、こんなありさまを母上が見たら、卒倒しそうだ」

「あら、ランパート侯爵夫人は、ずいぶんと厳しい方なのですね」

そう返した瞬間、彼の顔から笑みが消えた。まるで、蠟燭の炎を吹きけすように。

「……あ、申しわけありません。つい、軽口を……」

「いや、別に気分を害したわけじゃない。確かに母上は厳格な方だ」

硬い口調で呟いて、ふう、とセオドアは溜め息をこぼした。

「……クラリッサ」

「はい」

「エズラ殿の補佐ということは、君は、私の治療の補佐もしているのか」

「いいえ、退行魔術による治療は専門外です」

退行魔術は、心に傷を負った患者の治療に使われる高度な精神魔術だ。私は、まだ使えない。

眠らせたり、シャキッとさせたり、興奮させたり、しずめたり、薬草でも同じ効果を得られるような初級魔術と違って、退行魔術は難易度が高い。

一歩間違えば被術者の精神を壊してしまう危険な術でもあるため、王から使用許可を与えられた術者だけが使用できる。現在、承認されているのは医療に特化した者が一名と尋問に特化した者が一名、それからエズラ団長の三名だけだ。

「ただ、いずれは身につけて、誰かの助けになりたいと思っています」

「……そうか」

口ごもる様子に、ふむと首を傾げる。なぜ、突然、そのような質問をするのだろう。

何かを打ちあけようとして、ためらっているようにも思えた。

「……あの、セオドア様。治療についての専門的な質問にはお答えできないと思いますが、気になることがあれば、おっしゃってください。団長に確認するか、呼んできますから」

「そうか。……いや、だが、やはりいい。どうせ、この十日間の治療が終わればわかることだ」

そう言って唇を引き結ぶ姿に、私は眉をひそめる。彼に――セオドア少年に、治療後の未来などないのだ。

残り七日間を悶々《もんもん》として過ごすよりも、今、気になることがあるのなら話してほしい。

「セオドア様、私はあなたの治療はできませんが、任務で知りえた情報を漏らしたりはしません」

業務上の秘密は漏らさない。それくらいは心得ている。

「ですから、何か言いたいこと、聞きたいこと、気になることがあるのなら何でもおっしゃってみてください」

「……それは……だが……」

「ご心配なら、この十日間の私の記憶をエズラ団長に消してもらうことだってできますから」

「……そんなことができるのか？」

「はい」

多少身体に負担はかかるが、できる。「眠って起きたら十日が経っていた。なんだか長い夢を見ていたような気がする」というように、精神魔術で記憶を夢へと変えるのだ。

頭の中身を強引に塗りかえるため、数日の間は頭痛や吐き気に悩まされることになるだろうが、凍らせた苺でもかじって乗りきればいい。

それくらいの代償で、彼が安心して悩みを打ちあけられるというのなら、まあ、いいだろう。

「……そうか」

少しのためらいの後、彼は口をひらいた。

「……私の治療を頼んだのは、母上なのか？」

予想外の問いに、私は「え？」と目をみはる。

「……やはり、そうなのだな」

私の反応を肯定ととったのか、セオドア少年は目を伏せた。

「いえ……」

エズラ団長からは、セオドア騎士団長自ら治療を希望したと聞いている。

けれど、沈みこむ彼の表情を見れば、軽々しく「違いますよぉ」とは言えない雰囲気だった。

「わかっている。おかしいとは思っていた。気がついたら屋敷からここへ移っていて……きっと、母上は私の病んだ性根を直すよう、エズラ殿に依頼したのだろう？」

「病んだ性根？　セオドア様が？」

この三日間を過ごしてみて感じた彼の性根は、決して病んでなどいない。少しシャイで強がりな感じはあれど、やさしい、良い性根だと思う。

「……そうだ。私は醜い欲望まみれで、その欲望を律することができない、母上の期待を裏切ってばかりのできそこないだから」

淡々と打ちあけるセオドア少年の表情は、ひどく苦しげだった。

「いつも母上に言われるんだ。おまえは誘惑に弱すぎる。すぐに堕落しようとする。子供だからと甘えようとする。そのような惰弱な人間は我が家の恥だ、と。ランパート家の一員たるもの、いついかなるときも皆の規範となるように、清らかで誇り高く、強い心を持ちなさい、と」

確かに、彼の生家、ランパート侯爵家は歴史ある名家だ。

だが、九歳の子供を「我が家の恥」と「いつも」罵るような人が「皆の規範」となる母親だとは思えなかった。

「……セオドア様、たとえば、その、どのようなことで、そんな風に叱られてしまうのですか？」

「……先日、馬車で通りを過ぎる際にキャンディの屋台を見かけた。つい、『きれいで美味しそうですね』と口にしてしまって……母上は『あさましい！　あのような見せかけの美しさで舌を堕落させる砂糖の塊を美味しそうなどと恥を知りなさい！』とおっしゃって……扇で頬を打たれた」

「……それは……また……」

ゾッとした。「キャンディ美味しそう！」と言っただけで罵倒され、暴力まで振るわれるのかと。

「……他には？」

「……三カ月前、新しく入ったメイドが私の部屋の本を読みたがっていたから……母上には内緒で貸してやったのだが、何冊目かのやりとりで少し話しこんでしまって……それを母上に見つかって、

『親に隠れてコソコソと穢らわしい！』と咎められた。その子は『淫売！』と罵られ、屋敷を追いだされてしまった。……申しわけないことをしてしまったと思う」

「……セオドア様は、お母様に、その、どのような罰を……？」

答えは返ってこなかったが、引きむすんだ唇と固く握りしめた拳を見て、きりりと胸が痛む。

きっとキャンディのときよりも、もっとひどい目にあったのだろう。

「欲は、心の乱れ。欲を抱くな、自分を律しろ、甘えるな、ひとりで立て、誰よりも強くあれ……母上が正しい。わかっている。それが、騎士として大切なことだと。けれど、上手《うま》くできない……」

くしゃりとセオドア少年が目元を歪《ゆが》ませる。

「私が、惰弱なできそこないだか――」

「――そうでしょうか。私は、お母様が正しいとは思いませんが」

思わず、私は彼の言葉を遮っていた。え、と彼が顔を上げる。

私は、さっと串焼き肉を右から左に持ちかえて、チラッと指に肉汁がついていないのを確認してから、戸惑う彼の左手に右手を重ね、しっかりと目を見て告げた。

「一切の穢れ、欲を否定して逃げていては、本当の意味で強い騎士にはなれないと思います！」

すらすらと言葉が飛びだしていく。

「どうして、そう思うんだ？」

「敵を知らなければ、戦い方も、必要な強さもわかりません。最初は弱くていいんです。死にさえしなければ。たとえ負けても、失敗しても、取り返しがつくレベルなら、それは悪ではないんです。

失敗から学んで、もっと強くなって、そうやって本当の強さを身につけていくのだと思います！　心だって、おんなじです！」

私の勢いに押されたように、セオドア少年がパチパチとまぶしそうにまたたく。

「……そう、だろうか」

「そうです！　欲望が悪いんじゃない、上手くつきあえればそれでいいんです！」

「それは、欲望を肯定するなど……甘えではないのか？」

尋ねる彼のまなざしがすがるように見えて、重ねた右手、串を握る左手にも力がこもる。

「いいえ。心が柔軟な若いうちに、良いことも悪いことも知って心を鍛え、育てることは、とても大切だと私は思います。欲望を抱くこと、それ自体は、何ら悪いことではありません！」

きっぱりと私は言いきった。たぶん、これは義憤というものだ。

ある程度の教育は貴族として生きるために必要だろう。ランパート家の事情もよくは知らない。けれど、どう考えても、彼の母がしている――したことは躾《しつけ》ではなく虐待としか思えなかった。九歳の子供が、ここまで自分を責めて否定するまで追いこむなんて絶対に間違っている。

「……そうだろうか……だが……母上は、君のようには思ってくれないと思う。一口でも罪の味を覚えれば、とめられなくなる。甘やかせば、甘やかしただけ堕落すると思ってらっしゃるんだ」

「……セオドア様」

広い背をちぢめてうつむく姿が哀れで、もどかしくて。気づけば、ポロリと口にしていた。

「では、私が、あなたを甘やかしてさしあげます」と。

えっ、と彼が目をみひらく。

あ、と我に返って、パッと手で顔を覆う。けれど、出てしまった言葉は戻せない。

――あああ、何を言っているのよ！　甘やかしてあげるだなんて！

セオドア少年からしてみれば、私は会って三日の他人だ。何を言っているのだと呆《あき》れられるか、気持ち悪がられるかもしれない。

おそるおそる手をどけ、かちりと視線がぶつかって、ハッと息を呑《の》む。

藍の瞳に浮かんでいたのは嫌悪ではなく、期待と戸惑いの色だった。

おお、と私は目をみひらいて、よし、と覚悟を決める。

「……セオドア様。十日間、いいえ、今日を入れて残り八日ですが、私が、あなたを甘やかしてさしあげます。食べたかったものとか、したかったこととか、悪いこともたくさん一緒にしましょう。敵を知って、ちょっとやそっとの誘惑に負けないような強い心を育てるのです！」

割とめちゃくちゃなこと言ってるなぁ――という自覚はあった。

けれど、この心をぎゅうぎゅうに押し固められ、小さくちぢこまってしまった少年――見た目は大きいが――を癒《いや》してあげたいと思ったのだ。思いあがりだと言われれば、そうかもしれない。

「……エズラ殿は、そのために君を遣わしたのか？」

硬い声で問われ、ゆったりと首を横に振る。

「いいえ。エズラ団長からは、何も言われておりません」

「本当に？」

「はい。……本当ですよ。あなたを地下に閉じこめたから世話をするように、と言われただけです」

「まさか。本当は、私の治療理由だとか、何か詳しい説明があったのだろう？」

「いいえ。まったく。団長も私も、いい加減ですよねぇ」

ふふ、と笑うと、彼の眉間に深い皺が寄る。

疑っているのだろう。

「……本当に、誰かに強制されて、そう言ってくれているわけでは、ないのだな?」

藍の瞳に揺らぐ感情が、疑いから希望へと移りかわっていく。

私は、その視線を受けとめ、しっかりと頷いた。

「もちろん。私の思いつきです!」

「そうか……そう、なのか……」

形の良い唇が引きむすばれ、長い長い沈黙の後、セオドア少年は溜め息をこぼすように呟いた。

「……ならば、よろしく頼む」と。

私は「はい!」と勢いよく頷いて「では、まずは呼び方から変えましょう!」と笑いかけた。

「呼び方?」

「ええ。甘やかすのにセオドア様と呼ぶのは何ですから……テディ、なんていかがですか?」

これで外出時の呼び名問題も一挙解決だ。気分的にも、セオドア騎士団長との区別がいっそうハッキリして、甘やかしやすくなるだろう。やるからには、とことん。思いきりが大切だ。

「て、テディ!? そんな、そんな愛称……母上にも呼ばれたことがないのに……!」

うう、と呻いて、彼は大きな手で顔を覆った。あ、と私は口元を押さえる。

「ごめんなさい……馴《な》れ馴《な》れしすぎますかね。やはり、セオドア様の方がよろしいですか?」

「……別に、君の呼びたいように呼べばいい。どうせ、あと八日間だけだ……好きに呼んでくれ」

しょんぼりと尋ねると、一呼吸の間を置いて、ぼそりと答えが返ってくる。

「わぁ、いいんですか？　……では、テディ」

「……なんだ、クラリッサ」

答える声には隠しきれない羞恥と、少しの喜びがにじんでいた。意外と気に入ってくれたのかもしれない。ふふ、と私は頬をゆるめて「さあ、甘やかすぞ！」と気合いを入れる。

まずは、買い食い欲の解放からいこうか。

手はじめに屋台の菓子。

「その串焼きを食べおえたら、キャンディでもアーモンド菓子でも、いくらだって食べさせてあげたい。

それは帰りのお土産にしましょうね。屋台のお菓子を食べに行きましょう！　キャンディもいいですが、美味しい揚げ菓子の店があるんです。あっつあつの揚げたてドーナツに砂糖をまぶした、舌を甘く焦がしちゃう罪の味ですよ！

「罪の味……！」

ごくり、とセオドア少年――テディが喉を鳴らす。

おずおずと手のひらが外れて覗《のぞ》いた瞳は、きらきらと輝いていた。いい感じだ。

「そう、罪の味です！　さぁ、どんどん誘惑して甘やかしちゃいますから！　残り八日間、頑張りましょうね！」

ニコリと笑いかければ「……ああ、頑張る」とテディは恥ずかしそうにうつむいた。

それから、ふ、と眉を曇らせて私の顔色をうかがうようにちらりと目を上げる。

大きな身体に似合わない不安そうな表情は、まるで殴られたことのある犬が差しだされたおやつに近寄ってから「もらっても殴られないかな？」と受けとる寸前で迷っているようだ。

「……たくさん美味しいものを食べて、楽しいことをしましょうね。私も楽しみです」

やさしく言いきかせるように告げれば、テディは静かに頷き、残った串焼き肉へとかぶりついた。

その後、初めてのお忍び外出から地下室に戻った私たちは、屋台で買ったキャンディの品評会をした。

オレンジのひとふさを模したもの、さくらんぼのような丸いもの、ザラメをまぶしたゴロゴロしたもの。小指の爪ほどの大きさのものもあれば、頬袋には入らないような大粒のクルミサイズのものもある。

果物の味、紅茶の味、スッと鼻に抜けるミントの味。色も形もサイズも味も様々、二十種類。

小さなものは二個ずつ、大きめのものは一個を分けることにしたので、合計三十個ほど。

これも美味しい。さっきのも良かった。思ったよりツンとする。まって、嚙んじゃダメですよ。

等々と話しながら大盛況のうちに品評会は幕を閉じ、高評価を得たキャンディは、また何日か後に買いに行く約束をした。

指切りをして、交代でシャワーを浴びて、歯を磨いて、それから、私はテディを寝かしつけた。

甘やかしとベッドへの押しこみをかねて。

「まってくれ、クラリッサ！　これはいくらなんでも子供扱いがすぎるだろう！」

敷き布に横たわった彼は「手は握らなくていい！」と目元を染めて憤慨していた。

けれど、毛布を肩までかけてあげてから、ベッドの横に膝をついて子守唄を歌っているうちに、ぶちぶちと続いていた文句が、ふっと途切れた。

そうして、すやぁ、と寝息が聞こえはじめたときには、思わず私は噴きだしてしまった。

――思いっきり、子供じゃない！

そっと立ちあがって覗きこんだテディの寝顔は、とても安らかなものだった。

ふふ、と笑みがこぼれる。

さっさと長椅子に寝に行くのがなんとなく惜しくなって、ちょっとだけ、とながめてみた。

意外と睫毛が長い。上も下も羨《うらや》ましいほどだ。すっと閉じられた目蓋の下に影を落としている。

――あ、ちょっと癖っ毛なのね……。

はらりと額にかかる黒髪が、ゆるくうねっている。

騎士団長として人前に出るときは、きっちりと撫でつけられているから、今日まで気づかなかった。

眉間の皺がほどけて、ちょっぴり唇がひらいた無防備な様子に頬がゆるむ。

精悍な顔立ちも屈強な体格も元の騎士団長のまま、何ひとつ変わらない。それなのに可愛らしく思えるのはどうしてだろう。

――きっと、中身が子供だからよね……。

明日は、この子にどのような喜びを教えてあげようか。楽しみだ。

――十日間だけの夢だもの……いい夢を見せてあげたいわ。

爵位も年齢も上の騎士団長様を、愛称呼びで甘やかす。

そのような不敬ともいえる大胆な提案を、私が行動に移せていることには理由があった。

退行魔術は本来、被術者を眠らせ、心の奥底に入りこみ、長い夢を見せるものだ。

――そこはどこ？　何が見える？　何が聞こえる？

夢の中、被術者は術者の声に導かれ、いつかの記憶、その瞬間、その場所へと下りていく。

そして、過去の世界で、しばしの時を過ごす。

術者は質問を繰りかえし、本人が忘れていることを聞きだしたり、心の傷となった出来事を克服させるために過去とは違う行動をするように促したりもする。

エズラ団長から聞かされた例としては、ある被術者は、幼いころ虐待者に抗《あらが》えなかった無力感に長く苦しんでいたそうだが、過去の世界でたった一言「嫌！」と口に出せただけで、グッと心が安定したらしい。不思議なものだ。

そんな風に過去の世界で過ごした後は、再び術者のエスコートで現世へと戻ってくる。

このエスコートが難しいのだそうだ。下手な戻し方をすると途中で被術者がパニックを起こして暴れだしたり、術が解けきれず、退行時の精神のままで現実に戻ってきてしまったりする。

エズラ団長ほどの大魔術師ですら失敗することがあるように、退行魔術は、まだまだ研究の余地がある分野なのだ。

では、エスコートが上手くいって術が解けるとどうなるかといえば、退行中の世界の出来事は夢となって、表面上の記憶から消えてしまう。

ようするに「あれ？　何の夢見てたんだっけ？」と忘れてしまうのだ。

実際、私もそうだった。

昨年、退行魔術がどのようなものか知りたくて、エズラ団長に頼んで体験させてもらったのだ。

退行先は四歳の夏。

母が言うには、私がハチに刺されて大泣きする事件があったらしい。

けれど、なぜ刺されたのかサッパリ覚えておらず、退行魔術の効果を試すにはちょうどいいと思ったのだ。

何があったのか当時の私に、団長から尋ねてもらうことにした。

うとうとと意識が遠ざかって、どれくらい経ったか……。

「ぎゃっ！」

舌に突きささる痛みに跳ねおきて、一瞬、私は自分がどこにいるのかわからなかった。

夢を見ていた気がするが、思いだせない。

どこかで楽しそうに走っていたような気がする。緑の匂いもした。けれど、それだけだ。

傍らに立つ団長から「体調はどうじゃ」と尋ねられて「なんだか、舌が痛いです」と答えると、団長は笑いをこらえながら教えてくれた。

どうやら、私は四歳の夏へと戻って、ひとつ下の弟と一緒に虫取りをしていたらしい。

弟と一緒だったことさえ忘れていた。

「それで、ハチは？」と尋ねると、団長は「四歳の君が言うには『だってぇ、甘そうだと思ったんだもん！』だそうじゃ」と答えてから「花の蜜を集めているのなら、蜜いっぱいで甘いと思ったのかのう。ぷふっ、可愛いのう……！」と肩を震わせていた。

できれば、聞かなかったことにして忘れたいし、エズラ団長にも忘れてほしい。

まあ、私の恥ずかしい過去は置いておいて、肝心なのは、退行魔術にかかっている最中の記憶は、術が解ければ夢となり、忘れるということだ。

今のセオドア様は、いわば夢遊病状態。夢の世界の住人、テディだ。

一緒に時を過ごしている私は夢の中で会った人で、術が解けたら、私と過ごした記憶はセオドア騎士団長の中には残らない。

そう思えば、大胆にもなれるというものである。

まあ、ちょっぴり寂しい気もするが、仕方がない。

私の記憶もエズラ団長に消してもらえば、なんとなく楽しかった感覚だけが残ってくれるだろう。

幸福な夢から目覚めた、朝のまどろみのように。

だから、今だけは、思いっきり彼を甘やかしてさしあげようと思う。

やがてくる、やさしい忘却と別れのときに向けて。

——なんて、ただ私が一緒に美味しいものを食べて、遊びたいだけかもしれないけれどね！

そんなことを考えながら、しばらく、テディの寝顔をながめていた。

# 第二章　まずは舌から

「今日のお昼ご飯は、ありません！」

朝食の席で元気よく宣言すると、テーブルの向かいに座ったテディは小さく息を呑み、それから「……はい」と、ひどく悲しそうな顔で頷いた。

——えっ？　そ、そんなにガッカリする？

騎士団長としてのセオドア様の情報はチラホラと耳に入っていたが、特に無類のグルメだとか、「次のご飯を食べるために生きている男」「完食無料の店で出入り禁止！」という、我が家の愚弟のような噂は聞いたことがない。

——ああ、でも、色恋の噂も聞いたことがないわね。花よりマカロンなタイプなのかしら……。

愚弟と違って量より質だが、三食美味しくいただくのを日々の楽しみとする人なのかもしれない。

「ええとですね！　今日のお昼は！　ご飯を食べずにお菓子を食べます！」

慌てて私は種明かしをした。

「お菓子を？」

え、と首を傾げるテディに、私は満面の笑みで頷く。

「そうです！　ご飯を食べずに、お菓子でおなかをいっぱいにする！　なかなかの罪深さですよ！

子供に甘い我が家でさえ、許されなかった所業です！」

十年の昔、おやつにドーナツ十個を完食して夕食が入らなかったとき、珍しく両親から叱られた。

「お菓子だけでは横にしか育ちませんよ！」

「エンジェルの言う通りだ。それに、料理長に失礼だぞ」と。

ちなみに母の名はエンジェルではない。「私の天使だから」と父がそう呼んでいるだけだ。

そして同じくドーナツ十個を平らげた弟は、しっかりと夕食を完食していた。ずるい。女の胃袋とは非力なものである。

「……そうか。それは、罪深いな」

藍の瞳が嬉しそうに細まって、凛々しい顔がホッとゆるむ。

「……罰では、ないのだな」

ぽそりとこぼれた呟きに、え、と首を傾げると、テディは慌てたようにパッと笑みを見せた。

「いや、何でもない！　楽しみだ！　お菓子は買いに行くのか？」

「……いえ、お買い物は、またにしましょう」

「そうか」

「実は昨日、エズラ団長に報告に行った帰りに弟と会いまして。明日、母がレモンメレンゲパイを焼くので食べないか、と誘われたんです。ですので、持ってきてもらうことにしました」

我が家の月に一度のお楽しみ。家族だけでなく、使用人全員が口にできるほど大量の菓子を焼く日だ。ひとつ、ふたつもらったところで問題ない。

魔術師塔に届いたら、食事用のカートに置いて呼び鈴を鳴らしてもらう手筈《てはず》になっている。

「甘くて、すっぱくて、レモンの香りが涼を誘う、夏に美味しいパイですよ！」

ニコニコと告げれば、テディは「すまない」と眉を下げた。

「ん？　何がでしょう？」

「……私の世話がなければ、帰って、家族とゆっくりできただろうに……」

「いえいえ！　ケーキは毎月焼きますので、お気になさらず！　それに、帰ろうと思えばいつでも帰れますから」

「そうか、ありがとう。……君のご家族は、仲が良いのだな」

テディは、どこかまぶしそうに私を見つめ、ふわりと微笑んだ。

「素晴らしいことだ」

「……ありがとうございます。そう言っていただけると嬉しいです」

手が届かないものに焦がれるようなまなざしに胸が痛むが、私は否定せず、控えめに微笑んだ。

「さぁ、ということですので、パイが届くまで何をいたしましょう。何か、してみたいことはありますか？　何でも、私とできることならば、おつきあいいたしますよ！」

「してみたいこと……そうだな。絵本や何か、おとぎ話や空想の物語を読んでみたい」

「……読んだことがないのですか？」

「ああ」

「一度も？」

「記憶にある限りは、一度もない」

「……それは、やはり、お母様にとめられて？」

立ち入ったことだと思うが、聞かずにはいられなかった。

「ああ。そういったものを読むと妄想ばかりして、ありもしないものに怯《おび》える臆病者になる。そう、母上は信じている」

「……さようでございますか」

あなたはそれを信じているのですか――とは尋ねなかった。そうであれば、読みたいと願うはずがない。

「わかりました。魔術師塔の図書室にも、何冊かあるので取ってきますね！」

「ああ。ありがとう。……楽しみだ」

今は、この笑顔を守ることだけ考えよう。

テディに「まっていてください」と微笑んで、私は図書室へと向かうことにした。


――思ったより、遅くなっちゃった。

魔術師塔五階の図書室を出て、塔の端にある階段に向かいながら、ふう、と息をついた。

図書室の管理をしている司書のアーロンに「九歳の男の子が好きそうな、ワクワクする本はありますか？」と尋ねると「ありますよ」と三十冊ほど出され、選ぶのに時間がかかってしまったのだ。

じっくりと悩んだ末に「でっかい生き物と冒険譚《たん》が嫌いな少年はそういません」というアーロンのアドバイスに従って、育ちすぎて山になった猫の本、ドラゴン退治の騎士の本、フェニックスや一角獣、不思議な生き物を集めた図鑑等、計十二冊を借りることにした。

――喜んでくれるといいなぁ！

もうお昼に近い。ひとりぼっちで、寂しがってはいないだろうか。

よし、と本を抱えなおし、階段を下りようとしたところで駆けあがってくる足音が聞こえた。

「――あっ、姉上！」

四階と五階の間の踊り場に勢いよく現れたのは大きなバスケットを腕に提げた青年――私の弟のマクスウェルだった。

「姉上！　ケーキ！　持ってきましたよっ！」

風になびくやわらかな黒髪、きらきらと輝く緑の瞳。私とおそろいの色を持つ弟は、私の前まで駆けあがってきてとまり――きれずに「わっ」と抱きつくように突っこんできた。

「ぎゃっ！」

大きく育った身体でぶつかられ、倒れそうになるのを、ぐいと力強い腕が引きもどす。

「はは、ごめんよ、姉上！　あはは、本が腹に刺さった！」

「もう、マックス！　廊下と階段は走るな、と言っているでしょう！」

「でも姉上、歩くより走った方が速く動けるんですよ？　だから、走りたくなるんです！」

曇りのない瞳でマクスウェルは言いはなった。いつものことだが意味がわからない。

「……そう。ああ、ケーキを持ってきてくれたのね、ありがとう」

私は弟を叱るのを諦めて、バスケットに目を向けた。

「はい！　ところで、誰と食べるんですか？」

「…………秘密よ」

「恋人？」

「秘密」

「では、愛人？」

好奇心剝きだしで尋ねてくる愚弟に、私は思わず拳を握りしめた。

「殴るわよ。結婚もまだなのに愛人なんて持つわけないでしょう！　任務上、言えない相手なの！」

「そうなんですね。男ですか？」

「言えないって言ってるでしょう！　しつこいわね！　しつこい男は嫌われるわよ！」

叱りつけるが、マクスウェルは反省するどころか、パッと目を輝かせて叫んだ。

「あ、わかった！　男だ！　しかも、姉上の好みのタイプ！　絶対そうだ！　そうでしょう？　俺、正解ですよね？」

「殴るわよ⁉」

ぐいぐいと迫ってくる愚弟を睨んだところで、頭の中を筋肉と食欲が占めている彼には響かない。

「そうですか～、姉上にも春が来たんですねぇ！　いいことです！　ケーキでお祝いですね！」

呑気《のんき》に笑いながら、マクスウェルが「じゃじゃーん！」とバスケットの蓋をひらく。

まったくもう、と私は溜め息をついて、ちらりと中を覗きこみ、あ、と笑みをこぼした。

薄切りのレモンがのった白く丸いパイと、赤と紫、二色のジャムが真ん中から覗くビスケット、ミルクベージュ色で満たされた四角いガラス瓶。

「レモンメレンゲパイ、苺とブルーベリーのジャミー・ビスケット、それから生キャラメル。キャラメルは、まだ固まっていませんから、魔術でどうにかしてください」

「わかったわ」

ありがとう、と手を出すが、スッとバスケットを遠ざけられる。

「重いから運びます！　本も、のっけていいですよ！」

元気よく宣言をしたマクスウェルの好奇心に満ちた目を見つめかえし、私は微笑んだ。

「……ありがとう、マックス。でも、階段室の扉の前まででいいからね」

「……では、とりあえずそこまでで」

「そこまでだからね！」

そう釘《くぎ》を刺し、マクスウェルに本の半分を渡してから、並んで階段を下りはじめた。

そして――数分の後。

私は階段室の扉を背に庇《かば》い、愚弟とくだらない攻防をするはめになった。

「会わせません！　任務なの！　遊びじゃないの！　マックス、あなたも仕事があるでしょう！」

バスケットと本をカートに置いて立ちさるように促すが、マクスウェルは食い下がる。

「姉上の好みのタイプ！　見たいです！　見たい見たい！　誰にも言いませんから！」

ぶんぶんと尻尾を振って飛びついてくる犬をいなすように、弟のおでこをぴしゃりと叩く。

「ダメ！　ゴーホーム！　ハウス！　これ以上わがまま言うのなら、お母様に言いつけるわよ！」

「っ、うう、ひどいです！　姉上！　うらんでやるぅ！」

キュンキュンと鳴きながら元来た方へ駆けていく大きな背を見送り、私は深々と溜め息をついた。

「……大丈夫なのかしら……あの子が跡継ぎで……」

素直なのはいいことだが、二十三歳にしては自由がすぎる。

我が家の将来を案じながら、私は、地下へと続く階段室へと入った。

バスケットの上に十二冊の本を積んで抱えると、すっかり前が塞がってしまう。

――重い。主に本が。

そろそろとつま先で探りつつ、階段を下りはじめる。すると数秒も経たぬうちに腕が軽くなり、スッと視界がひらけた。

「……クラリッサ、お帰り！」

本を手に、控えめながら嬉しそうに笑いかけてくるテディが、一瞬、大きな犬に見えてしまった。

マックスのせいだわ――心の中で弟に文句を言いつつ、私はテディに微笑みかけた。

「おまたせしました。美味しいお菓子が届きましたよ。さぁ、テディ。一緒に罪深いお昼を過ごしましょうね！」

「ああ。……い、一緒に」

はにかみながら頷いて、そそくさと背を向ける仕草が可愛らしい。外見は可愛さとは無縁の屈強な成人男性のままだというのに、不思議なものだ。

――ふふ。よーし、まずは舌から甘やかすわよ！

テディは、どのお菓子が好きだろうか。

とりあえず、キャラメルはまだ固まっていないので後回しだ。

ごちそうさまの後には歯磨きも忘れずに。

きれいに並んだ白い歯が、虫歯の虫に食われないよう。

そうして、お菓子を食べたその後は、ふたり並んで本を広げ、おとぎ話の世界へ。

幼い遊びかもしれないが彼には未知の体験だから、今日は夜まで甘い味と空想にひたるのだ。

ふたりきり、彼の望むままに。

――たくさん、喜んでくれるといいなぁ。

階段を下りていく逞しい背を追いかけながら、私は心が浮きたつのを感じていた。

＊＊＊

十二冊の本は子供でも読めるものを選んだとはいえ、それなりのボリュームがあった。狙ってやったわけではなかったものの、同じ本を読む、同じ物語の世界に入って、驚きや喜びを共にするというのは、思った以上にテディとの心の距離を縮める助けになったようだ。

最初はテーブルに本を置き、椅子を隣同士並べて一緒に読んでいたのだが、二冊目が終わって、お茶とお菓子を口にしながら感想を言いあってからの三冊目は長椅子に移動することにした。

身を寄せあうように物語の世界にのめりこみ、夢中でページをめくったり、「あっ。まってくれ、まだ読んでない」と戻されたりするうちに、互いの手がふれあうことに抵抗がなくなっていった。

五冊目の本を閉じたところで、座りっぱなしのお尻が限界を迎え、今だけということでベッドに場所を移した。さすが、貴人のためのベッドだけあって寝心地抜群、ふかふかだった。

七冊目は絵のない小話集だったので「読んでさしあげます」とテディを寝ころばせ、私が朗読をした。魔獣や神獣の目撃談や伝承を集めた本で、テディは目をつむって聞きいっていた。きっと、目蓋の裏に、私の語る生き物の姿を思いうかべていたのだろう。

中でも彼は、フェニックスの話に心ひかれたようだった。自らの炎で、その身を燃やして生まれかわる不死の鳥に。

「魂は同じまま、新たに生きなおせるのか……すごいな」

そう呟いたテディの声は感嘆というよりも、どこか羨むような切なさがこもっていて、私はつい手を伸ばして彼の頭を撫でていた。彼は拒まず、むしろ嬉しげに頬をほころばせた。

私は本を読みながら、テディが眠りにつくまで、ほんの少し癖のある黒髪にそっと指を潜らせ、やさしく撫でつづけた。

それから、静かにベッドを下りて、ひとり、長椅子で夜を明かした。

そして、迎えた五日目。

「……おはよう、クラリッサ。……また私だけベッドを占領してしまって、すまない」

気恥ずかしそうに起きてきたテディと朝食を取りに行き、またベッドで本を読みはじめた。

時計が回り、最後の本を閉じたのは、だいぶ日が傾いたころ。

そっと本を傍らに置いたとき、テディは私の膝に頭を乗せて満足そうに溜め息をついていた。

「……さて、テディ。次は何をしましょう？　何をしてみたいですか？」

夕食の後、彼のいれてくれた紅茶のティーカップを片手に尋ねると、テディは同じようにカップを手にしたまま太い首を傾げて「うーん」と考えこんだ。

「……してみたいことか……してみたいこと……色々とあった気がするのだが……」

いざとなるとパッと出てこないらしい。私は、ふふ、と笑ってヒントを出した。

「では、他の子の話を聞いて、ああ、いいなぁ、と思ったことなどはありませんか？」

「いいな、と思ったことか……」

誰かの話を聞いて「いいな」と思ったら、それはきっと自分がしたいことだ。

ちなみに私は最近、同僚のオリヴァーが犬を拾って飼いはじめたという話を聞いて、そう思った。

「ぶっといあんよだから絶対大きくなるわよぉ」と自慢され、心から「いいな」と羨ましくなった。

——まあ、今ここで「犬を飼いたい」ってねだられても困るけれど……。

それでもテディが願うなら、抱っこだけでもさせてもらえないか、オリヴァーに頼んでみよう。

そんなことを考えていると「あ」とテディが何かを思いついたように声を上げ、かちりとカップをソーサーに置いた。

「……先日、家政婦長の子が熱を出したんだ。彼女は、子の看病がしたいから一日だけ仕事を休ませてくれと母に願って『医学の心得もない者がそばにいて何になるのです。医者と看護人を呼びますから、あなたは自分の務めを果たしなさい』となじられていた。それでも、最後は珍しく母上が折れて、家政婦長は一昼夜、つきっきりで子の看病をしたそうだ」

淡々とテディが語りおえる。私は「今の話の、どのあたりが『いいな』と思ったのかしら？」と少しばかり首をひねってから「ああ、そうか」と頷いた。

——家政婦長のお子さんが羨ましかったのかな。

きっと、テディは母親に看病をしてもらったことなどないのだろう。

医学の心得なんてなくても、大好きな親がそばにいてくれるだけで子供は安心できるものだ。

けれど、ランパート侯爵夫人にとっては「何になる」かわからない無意味なことだったのだろう。

——変な方向に生真面目な方だったのね……。

つい溜め息がこぼれそうになる。けれど私はニコッと口角を上げて、テディに笑いかけた。

「そうですか。では、私たちも家政婦長とお子さんの真似をしてみましょうか？」

「……ふたりの真似？」

「はい、そうです。看病ごっこですよ。さあ、テディ。風邪をひいて寝てください！」

そう命じられたテディは戸惑ったように私を見つめていたが、やがて覚悟を決めたように頷いた。

「……わかった。少し、準備の時間をもらえるか？」

「え？　ええ、構いませんよ」

真剣な顔で問われ、軽く頷く。きっと彼は仮病など使ったことがないのだろう。

病人のふりをするのにも、ちょっとした心の準備がいるのかもしれない。

どんな初々しい演技を見せてくれるだろう。それとも意外と演技上手だろうか。楽しみだ。

「では、テディが準備をしている間に、私はお茶を片づけますねー」

「ああ、頼む」

「はーい」

空になったティーカップを魔術で浄化しはじめたところで、テディが立ちあがった。

そっと椅子の位置を戻して離れていく彼を横目でながめながら、私はカップを浄化したソーサーの上に伏せていく。二組のティーセットを銀の盆にのせ、テーブルの端っこ、水差しとグラスの隣に片づけたところで、バタン、と扉が閉まる音が耳に届いた。

「……え？」

振りむくとテディがいない。バスルームに入ったのだと気づいて首を傾げる。

――なんで、バスルーム？

ざあっとシャワーの音が流れだしたところで嫌な予感がして、私は慌てて音の方へ駆けていった。

「――何してるんですか⁉」

バタンとバスルームの扉をあけて、目に飛びこんできた光景に悲鳴を上げる。

白い陶の便器と洗面台の向こうに備えつけられたシャワー。

その下でテディが服を着たまま、床に膝をつき、頭から水流を浴びていた。

びっしょりと濡れたシャツとトラウザーズが肌に張りつき、逞しい身体の線が露《あら》わになっているのに、一瞬ドキリとする。けれど、ぎゅっと目をつむり、身を強《こわ》ばらせる様子に「え、まさか」と近寄って、降りそそぐ水流に手を差しだし――。

「ひぇっ、ちょ、ええっ」

私は慌ててハンドルに飛びつき、グイとひねってシャワーをとめた。

「冷水じゃないですか！　何してるんですか、本当にっ！」

私の叫びにテディが顔を上げる。乱れた髪、濡れた睫毛の下から覗く瞳が不思議そうにまたたく。

「……何って……風邪をひこうとしたのだが？」

「ええっ⁉」

何を考えているんですか――と叱りつけようとして、

「母上のお叱りを受けてこうされると、何回に一回かは熱が出る。だから、少しまっていてくれ」

うっすらと微笑みながらのテディの言葉に、私は自分が水をかけられたような心地になった。

母親の仕打ちを何でもないことのように話す姿に、つんと鼻の奥が痛くなる。

けれど、ぎゅっと目をつむり、パッと私は笑顔を作った。

「もう、テディったら真面目ですねぇ、本当にひかなくていいんですよ？　ごっこなんですから！」

ニコニコとたしなめると、テディは気恥ずかしそうに眉を下げる。

「……ああ、そうか。ごっことはそういうものか。不慣れですまない」

「ふふ、いいですよ。でも、身体、冷えちゃいましたよね？」

微笑みながら、シャワーの温水側のハンドルをそっとひねる。ぱしゃぱしゃと注ぐ水が温かな湯に変わったところで、テディに向きなおった。

「……ゆっくりあったまったら、着替えて出てきてくださいね」

タオルや着替えのシャツ等はかごに入って、洗面台の向かいに備えつけられた棚に置かれている。

テディが「わかった」と笑って頷くのを見届けて、私はバスルームの外に出た。

ぱたん、と後ろ手に扉を閉めて、ホッと息をつく。

――セオドア様って、子供のころから生真面目な方だったんだなぁ……。

まさか、ごっこ遊びのために本気で風邪をひこうとするとは。いや、きっとそれだけ遊びらしい遊びをしたことがなかったのだろう。

――いったい、どんな母親だったのかしら。

セオドア様の母親は、彼が子供のころに亡くなったという話だ。面識のない故人に対して失礼だとわかってはいたが、私は反感を覚えずにはいられなかった。

――いいわ。私は甘やかすから。

残り五日間、全身全霊でテディを甘やかしつくしてやる。

決意を新たに、長椅子に置いてあった自分用の枕と毛布を取り、ベッドへと向かった。

テディが使っている枕を右にずらして、左隣に、猫一匹分の間を空けて自分の分を並べる。敷き布を整え、ふわりと毛布を広げてかけ、潜りこみやすいように右上の端を三角にめくる。

それから、テーブルセットの椅子をひとつ、ナイトテーブル代わりにベッドの横に持ってきて、水差しやらグラスやらをのせた。

「……看病するなら、やっぱりお薬っぽいものがあった方がいいわよね」

よし、とローブのポケットからエズラ団長謹製の冷却コンパクトを取りだして、椅子に置いた。

ぱかりとあければ、ルーレットのチップのように淡い褐色の物体が並んでいる。

薄く伸ばして切って、コンパクトで冷やし固めたミルクキャラメルだ。

――ちょっと大きいけれど、まあ、いいか。

準備万端となったところで、きい、とバスルームの扉がひらく音がした。


そうして、ベッドに寝かせられ、熱もない額に濡らしたハンカチをのせられて、唇にキャラメルを押しこまれ――生まれて初めて、医者と看護人以外からの看病を受けたテディはというと……。

「……うう、本当に熱が出そうだ」

仰向けで顔を覆って呻いていた。隠しきれていない耳がゆだったように赤く、可愛らしい。

「ふふ、それは大変ですねぇ……そうなっても、同じように看病してさしあげますからね！」

浴びた湯のせいか、恥ずかしさのせいか、ほかほかしている大きな身体に寄りそって横たわり、私は彼の毛布を肩までかけなおすと、分厚い胸板をあやすように叩いた。

「……明日の朝ご飯は、ベッドで召しあがりますか？　食べさせてさしあげますよ？」

「うぅ、いらない……看病ごっこは、もう充分、たくさんだ……！」

顔を隠したまま、もごもごと答えるテディに頬がゆるむ。

「わかりました。では、看病ごっこは今夜だけ。よく眠れるよう、お歌を歌ってさしあげますね」

甘やかすと決めた最初の夜と同じように子守唄を歌いながら、「ああ、歯磨きを忘れていたな」と思いだす。

キャラメルは歯につく。そのままはよくない。けれど、ちらりとテディを見ると、ぎゅっと顔に押しつけられていた手から力が抜けて、今にもずり落ちそうになっている。

——浄化魔術ですませちゃおうかな……。

手磨きのような「磨いた！」感は得られないが、起こしてバスルームに連れていくのも可哀想だ。

「テディ、歯をきれいにするので、こっちを向いて、口をあけてください」

彼の唇を指でなぞり、促すと「ん」と眠たげな返事とともに彼が寝返りを打った。

向きあった格好で、うっすらとひらいた隙間に指を差しこみ、美しく整った歯列をなぞって術をかけていくにつれ、心地よさそうな吐息がテディの鼻から抜ける。

ほんのり涼しい風に撫でられるような、そんな感じがしているはずだ。

前歯からはじまって右上、左上、右下、左下。最後の奥歯をなぞって、指を引きぬくときに舌の表に指が当たって、反射のように動いたそれに舐められた。

「……っ」

絡みつく舌の熱さに、ひえっ、と声を上げそうになって、グッと呑みこむ。

――わざとじゃない。わざとじゃないんだから……！

大げさな反応をしたら、テディの方が恥ずかしくなってしまうだろう。

「……テディ、終わりましたよ」

そっと指を引きぬいて、かけた声に返事はなかった。

「……寝ちゃいましたか？」

聞こえたのは静かな寝息。

私は小さく笑って、テディの唾液に濡れた指をサラリと浄化すると、枕に頭を置きなおした。

それから声には出さずに「おやすみなさい」と囁《ささや》いて、彼の隣で目蓋を閉じた。

＊　＊　＊

そして、迎えた六日目。

いつもより早く目を覚ますと、背後から伸びた太い腕に、がっちりと抱きしめられていた。

「っ、え、なっ、えぇぇ」

確かに向きあって眠りについたはずなのに、いつの間にこうなったのだろう。

「……テディ？」

そっと呼びかけても返事はない。ただ、心地よさそうな寝息が私の耳をくすぐるだけだった。

背に伝わる体温は、しっとりと熱く、呼吸に合わせて上下する分厚い胸板は、意外と弾力がある。

もっとガチガチに硬いのかと思っていた。

——やだ、ちょっとまって、ドキドキしてきたんですけれど！

すっかり子供として扱うことに慣れていたから、油断していた。

でも、こうして抱きこまれてしまうと、ダメだ。身体は騎士団長だと思いだしてしまう。

するりと動いた手が、胸をかすめて鼓動が跳ねる。ぎゅっと脇腹に食いこむ指の力強さ、剣胼胝《けんだこ》で硬くなった手のひらの感触は、間違いなく大人の男性のもので……。

——ああ、これは、誤魔化しようもなく騎士団長！

ぎゅっと目をつむり、必死に昨日までの感覚を思いだす。これは子供。九歳の子供だと。

——そっかぁ、テディ君はぬいぐるみをギュッとして眠るタイプなのねぇ。ふふ、かぁわいい！

などと心の中で茶化してみても、ドキドキとうるさい鼓動はしずまらない。

「……ぅう」

彼の腕に手をかけ、そっと外そうと力をこめるが、

「ぐぇっ」

しっかりと捕らえなおされた。

毛布にしがみついて放さない子供のような反応は微笑ましくもあるが、成人男子の平均を遥《はる》かに超える筋肉量の騎士団長様に力いっぱい抱きしめられるのはつらい。肋骨《ろっこつ》が死ぬ。

再度の拘束解除を試みる気にはなれず、私は、おとなしく彼の目覚めをまつことにした。

ふう、と息をついて「仕方ない。二度寝しよう」と目をつむり、もぞりと身体を動かしたとき。

「……ん」

悩ましげな吐息が耳をくすぐった。

ひい、と息を呑み、ハッ、と気がついた。

お尻に当たる、熱く硬い棒状の物体に。

それが何か、わからないほど無知でも無垢《むく》でもない。

——あ、朝だもの。仕方ないわよね。

十年ほど前の夏、朝食の時間になってベッドから出てこない弟を起こしに行って、うっかり目撃してしまった光景を思いだした。

毛布を剝《は》いで、またたき一回。盛大な悲鳴を上げた私に、愚弟は寝ころんだまま爽やかな笑顔で言いはなった。

「おや、姉上、ご存じないのですか？　男というものは皆、朝になるとこうなるのですよ。今日も一日雄々しく生きぬくぞという狼煙《のろし》のようなものです！」と。

ハッキリ言って、バカである。

弟は私と同じく魔力は多いのだが、魔術書を理解できず、剣の腕を磨いて魔剣士となった。

所属としては魔術師団に属しているものの、小難しい任務は受けられないため、もっぱら魔物討伐のために国中を飛び回っている。

あれが跡継ぎかと思うとグラスランド家の将来が心配になってくるが、しっかりした年上の女性が好みだと言っていたので、まあ、おそらく大丈夫だろう。

——はあ、自由すぎる弟を持つと苦労しちゃ……うひぃぃっ！

はふ、とこぼれる吐息とともに、ぐりりと熱杭《ねつくい》を押しつけられて、現実に引きもどされた。

——めりこんでる！　めりこんでるからっ、やめてぇ……！

パン生地に木の延《の》し棒を押しつけるように、ふっくら育ったお尻の肉を棒状のものに潰されて、じわりと頬が――いや、全身が熱くなる。

テディに悪気はないはずだ。いやらしい気持ちも。生理現象だとはわかっている。

わかってはいるが、恥ずかしいものは恥ずかしい。

――大丈夫、大丈夫、気のせいよ。何も当たってないわ。気のせい、気のせいだから……あれ？

精一杯、意識しないようにと努めていたが、ふと違和感に気づいてしまった。

――え？　ちょっと、大きくない？　まって、ねぇ、このサイズって普通なの……？

すりすりと私のお尻で楽しんでいるテディの腰の剣は、ずいぶんと立派に感じられる。

かつて目にしてしまった愚弟の股間テントが、こぢんまりとした野鳥観察用テントだとしたら、こちらは宿営用天幕を思わせるサイズ感だ。

――これ……本当に、アレなのかしら……。

もしかすると、性的でも何でもない装身具や武器的なものだとか、あるいは私が知らない男性にだけあるような他の部位が当たっているだけという可能性もなくもないような気がしなくもない。

もしもそうなら、非常に失礼な誤解をしてしまっていることになる。

――さわってみれば、わかるわよね……。

今後も同じような朝を迎えるならば、誤解は早めに解いておかなくては。

私は、そろそろと背後に手を伸ばして――。

「……ん、クラリッサ？」

かけられた声に一瞬、息がとまった。

ひぃぃ、ごめんなさい――と心で叫びつつ、ううん、と寝ぼけたふりをして、カリカリと自分の腰をかき、そしらぬ顔で手を戻す。焦る鼓動がテディに伝わっていないことを祈りながら。

「……あれ……どうして、こんな格好に――」

ぼそぼそと呟く声が不意に途切れ、ひゅっと息を呑む気配がした。

じわりと彼の肌が汗ばみ、呼吸が浅くなる。

私を抱きしめる腕にグッと緊張が走って――え、と思う間に、お尻に当たっていた熱が消えた。

「……クラリッサ、起きているか？」

問いかける声は、かすれ、震えていた。まるで何かに怯えているように。

一瞬の迷いの後、私は寝たふりを選んだ。

ふす、と鼻から息をついて、おなかをポリポリとかいてから、それらしい寝息を作る。

すぅ、ふぅ、すぅ、ふぅと続けていると、少しずつ、テディの腕から緊張が抜けていく。

やがて、ホッと安堵の吐息が私の髪を揺らした。

「……すまない、クラリッサ」

消えいるような声の後、ゆっくりゆっくりとテディの腕がほどけ、私から離れていった。

背後で寝返りを打つ気配に、そっと私は目蓋をあけた。

どうしてだかはわからない。けれど、なんとなく、我が家の愚弟と違って、テディは自分の身体に起こる現象が嫌いなのだなと思った。

――いいえ、怖いのかしら。

目をつむって彼の方へ寝返りを打ち、薄目をあけて見えたのは広い広い背中。

大きな身体を丸めてちぢこまる彼の姿が、なんだかとても哀れに見えて。

抱きしめてあげたい――そう思った。

でも、それでは起きていたとわかってしまう。だから、私は「ううん」と寝ぼけたふりをして、震える背中に頬をつけ、温《ぬく》もりを与えるように寄りそうことにした。

大丈夫、謝らなくてもいいんだよ。怖がらなくてもいいんだよ――と心の中で囁きながら。


楽しい時間は、すぐに過ぎる。

十二冊の本のお気に入りのページを読みかえしながら感想を語りあったりするうちに、おこもり六日目も夕暮れ時を迎えていた。

「……あ、今、噛みましたね」

テーブルクロス代わりに敷き布をかけたテーブルの下。パキッと小気味よい音が響いて、私は、膝に寝ころぶテディの口に指を差しいれた。

「んー」

「ダメです。ほら……」

のたうつように逃げる舌に、薄切りのキャラメルをそっと押しつける。

「こうやって、ゆっくりと舌の上で溶かすんです。……ね？　その方が、甘いでしょう？」

「……ん」

うっとりと目を細めるテディの髪を撫でてから、私は頭をぶつけそうなほど近いテーブルの天板を見あげて頬をゆるめた。

子供のころ、よくこうしてテーブルの下で母と弟と時々父もまざって、満員御礼、ぎゅうぎゅう詰めの秘密のお茶会をした。

テディから「君が子供のころは、どんな遊びをしていた？」と聞かれ、その話をすると「いいな」と言われた。だから、してみた。大きな身体で寝ころべば、敷き布の天幕からはテディの大部分がはみ出してしまうが、それでも彼は満足そうだった。

「じゃあ、お話ししますねぇ……昔々あるところに、きれいな花でいっぱいの庭がある大きなお屋敷がありました」

十二冊の本を読みおえて、また新しい本を借りに行くか、私が子供のころに遊んだ即興の「お話」遊びをするか、どちらがいいかテディに尋ねると「お話」をねだられた。

筋書きも何も決まっていない。語り手の思いつくままに語って、とにかく最後は「幸せに暮らしました。めでたしめでたし」で締めくくる。それが我が家の「お話」遊びのルールだった。

「……そのお屋敷には、テディという男の子が住んでいました」

同じ「お話」は二度とない。面白いこともつまらないこともあるが、自分のためだけに語られる「お話」が私も弟も大好きだった。

「……テディはあるとき、庭園の片隅、黄色いタンポポの花の根もとに、小さな小さな子犬が一匹、ちょこんとうずくまっているのを見つけました」

「子犬――どんな？」

「お鼻と肉球は桃色、真っ白でふわふわで、タンポポの綿毛のような、とても可愛い子犬でした」

「……いいな。飼ってみたい」

「テディは、その子犬を拾って帰り、名前をつけました。名前は……」

言葉を切って、促すようにテディの頬を撫でると、くすぐったそうに「フラッフィ」と口にした。

「いい名前ですね。ふわふわで」

頷きながら、ミルクキャラメルをまた一粒――というよりは一枚、彼の口にすべりこませる。

「フラッフィと名づけた子犬を、テディは大切に大切に育てました」

「うん」

「とても不思議な犬でした。その犬は肉ではなく、お花を喜んで食べるのです」

予想外の食性に「え？　花を？」とテディが目をみはる。

「ええ。特に好きなのはタンポポの綿毛。ぱふりとひとつほおばるたびに、もふりと子犬はふくれます。やがて、ひと月が過ぎて春も盛りになるころには、テディの背丈に並ぶほどになりました」

「育つのが早いな」

「そのころから、フラッフィは時々、甘い花の香りがする春の風が吹くと、身体をぶるぶると震わせるようになりました」

「え？」

「ふわふわと綿毛のような毛並みが風を孕《はら》んで震えてはしずまり、震えてはしずまり……それはまるで、トンボが羽を震わせて、飛び立つ練習をしているようでした」

「……まて、どういうことだ？　フラッフィは犬ではないのか？」

驚くテディに「ふふ、どうでしょうね」と笑いかけ、私は言葉を続ける。

「そうして、さらにひと月が過ぎたころ、フラッフィの背中の毛は部屋の天井に届いて、ふわふわと掃除ができるほどになり、テディの部屋には入らないほどに大きくなりました。晴れた日には、テディは庭で寝ころぶフラッフィの大きな大きな背中に乗って、おひさまと花の匂いのする毛皮に埋まり、小鳥の声と、やさしい鼓動を聞きました」

「大きすぎる……！　だが、悪くはない……！」

目をつぶって想像しているのだろう。テディは楽しげな笑みを浮かべながら「それで、どうなるのだ？」と続きをねだった。

「そうですねぇ……」

私は、またひとつキャラメルをつまんでテディの口に運び、ふふ、と唇をほころばせた。

「――ひどい話だった」

「……そうなっちゃいましたねぇ」

傍らに寄りそい、うつむく広い背を、ポンポンとやさしく叩く。

「どうして、死んでしまったんだ」

テディは呻くように呟いた。まったくもって、めでたしめでたしではないと。

ある日、フラッフィは初飛行に成功する。けれど、飛んでいる途中でおなかがすいて城の薔薇園に舞いおり、王の大事な薔薇を食べつくしてしまうのだ。最高級の味を知り、ついでに王の怒りも買ったフラッフィは国を追われ、それを追ってきたテディ少年と冒険の旅に出る。

その後は悪いドラゴンに襲われている村を助けるためにひとりと一匹で戦いに挑む、王道の冒険譚になるのだが、フラッフィはテディを庇って怪我をしてしまう。

どうにかドラゴンを倒したもののフラッフィは森で息をひきとり、少年は、ひどく悲しむ。

けれど、その翌朝。フラッフィの亡骸は消えていて、代わりにそこにあったのは、いつかと同じタンポポの花。

テディ少年は、その根もとで丸くなる綿毛のような子犬を見つけて、めでたしめでたし——というような物語だったのだが、現実のテディは納得がいかなかったらしい。

「……その子犬は、フラッフィじゃない。同じ姿をしていても、あのフラッフィじゃない。一緒に時を過ごしたフラッフィは、もう戻ってこないんだ……」

しんみりと呟くテディに、申しわけないと思いつつも頰がゆるむ。私にも覚えがある。主人公に自分の名前をつけられた「お話」は、ついつい思い入れが強くなってしまうのだ。

「……すみません。フェニックスみたいでいいかな、と思ったんですけれど……」

テディには再生と再会の感動よりも、別離の悲しみの方が強く残ってしまったようだ。

「……フェニックス？　……そうか。魂は同じまま、生きなおすのだな……」

ぽつりとテディが呟く。ようやく納得できたというように。

私は彼の目元を拭い、そっと微笑み、問いかけた。

「……それでテディ……新しいフラッフィは愛せませんか？」

しんとした沈黙の後、答えが返ってくる。

「愛せる。魂が同じなら」

静かな、けれど揺るぎのない想《おも》いがこもった声だった。

「……そうですか。なら、可愛がってあげないとですね」

「……ああ、そうだな」

頷いたテディの髪を「いい子ですねぇ」とやさしく撫でる。

彼が心地よさそうに瞳を細めるのをながめながら、私は宣言した。

「……さて、今日のお話はここまで」と。

それから気分を変えようと、ひとつ提案をした。

「しばらくこもりっきりでしたから、明日は、お出かけをしましょうか！」

そろそろ室内遊びだけでは、飽きてきたころだろう。テディがパッと顔を上げ、笑顔になった。

「お出かけ？　屋台街にか？」

「はい。何が食べたいですか？」

「あの串焼き肉が食べたい」

「いいですね」

「それと、くるみの風車の屋台があっただろう？　どのようなものか、手に取って見てみたい！

それから……」

あれも食べたい、あれも見たい、と遠慮なく希望を口にする子供らしい様子に頬がゆるむ。

「……いいですよ。たくさんたくさん、楽しみましょうね」

ゆったりと頷いてかえしながら、私は、ほんのりとした満足感を覚えていた。

＊＊＊

「クラリッサ、あの人だかりは何だ？　泣いている者もいるが、それほど美味しいものなのか？」

おこもり七日目。お昼も過ぎて、おやつの時間。

ずらりと店が並んだ屋台街の一角を指して、テディが目を輝かせた。

バターとミルクと小麦の香りが漂うその店は、ある名物パンで有名なのだ。

「あれですか？　自爆パンの屋台です」

「自爆パン⁉」

「皆、そう呼んでいます。まぁ、カスタードクリームの入った小さなパンなんですが……食べればわかりますよ。さぁ、行きましょう！」

近づくにつれ見えてきたのは、屋台のカウンターにコロコロと並ぶこんがり焼けた丸パンの群れ。

一口サイズの小ぶりなパンは、ちんまりつやつや小麦色。寄りそい転がる姿は丸まったカヤネズミのように愛らしい。

「……可愛らしいな。あれは、何をしているのだ？」

注文を聞いた店主が、赤い魔石が輝く魔法の杖《つえ》のような串で、ひっくり返した丸パンのおなかをプスリと刺している。

「美味しくなるおまじないをしているんですよー」

どのようなおまじないかは食べてのお楽しみだ。私は店主に声をかけた。

「――ふたつ、ください！」

ころんころんと受けとって、ひとつをテディに渡し、屋台街を並んで歩きはじめる。

手のひらに感じるのは、ほんのりとした温もり。実は、それが罠《わな》なのだ。

「……皆、一口で食べます。外はそうでもありませんが、中は、とっても熱いですよ」

「そうか？　そのような感じはしないが……いただきます」

ひょいとテディはパンを口に押しこみ、噛んで――「ぶぐっ」と名状しがたい呻きをこぼした。

手のひらで口を押さえたテディが、じわりと涙をにじませ、睨んでくる。

「ふふ、熱いですよ、って忠告したじゃないですか」

そう。魔術でカスタードクリームの温度を上げているのだ。それが手のひらに伝わらないように、下側は生地が厚くなっている。一口サイズなのも罠のひとつだ。

何だ、大して熱くないじゃん――と口に放りこみ、がぶりと噛んだ瞬間。こってり熱々、濃厚なカスタードクリームが舌に上顎に、下手をすれば喉に直撃して絡みつき、食べた者を悶絶させる。

熱すると溶ける生クリームではできない、カスタードならではの暴力装置である。

「さ、お目当ての串焼き肉を食べに行きましょうねぇ～」

「んぐぐ」

どうにかゴクリと飲みこんだテディが、丸パンをコロコロと手のひらで転がす私を恨めしそうに見つめてくる。

「……クラリッサは食べないのか？」

「熱いので、冷めてからにします」

「……そうか。……皆、こうなると知った上で食べるのか？」

屋台の周りで、口を押さえて涙を浮かべる人々がチラホラ見える。

「はい」

「……確かに、自爆パンだな。舌が焼ける」

「ね？　そうでしょう？　甘い痛みってやつですよ。さ、舌を出してください」

ふふ、と笑って私はテディの唇に指を差しいれ、治癒魔術をかけてあげた。

それから、自爆パンを食べおえた私たちが向かったのは、四日前、テディが食べ歩きデビューをした串焼き肉の屋台だった。

立ち並ぶ屋台の中で、串焼き肉の店はひときわ人が集まっていた。近づくにつれ、じゅうじゅうと肉の焼ける音と匂いが鼻と胃をくすぐる。

列に加わってまつ間、屋台の鉄板の上に並んだ串がひっくり返されて、じゅわ、じゅわっと右から左へずれるごとに、肉の焼け具合が変わっていく光景が目にも楽しい。

その鉄板の前に見知った顔を見つけて、私は順番が来たところで声をかけた。

「久しぶり、アーサー。今日も大盛況ね！」

「おお、クラリッサ、久しぶり！」

メガネをかけた二足歩行のクマ——によく似た屋台の店主は、私を認めてパッと笑顔になった。

「この間、来てくれたんだって？　留守にしてて悪かったな！」

肉汁滴る串を回す太い指には、きらりと赤い魔石が輝いている。

「そうね、引退したかと思ったわよ」

ニコリと笑いかえして「二本、お願い」と指を出す。

「了解、デートかい？　そっちのでっかい兄ちゃんは——」

ちらりと背後のテディへと目を向けたアーサーは、おや、と太い眉をひそめたが、すぐに、人懐っこい笑顔に戻った。

「なんだ、仕事か。相変わらずだな。おまえもいい年だし、そろそろ恋人くらい作れよ」

「その言葉、そっくりそのままお返しするわ」

「がっはっは、違いない！　はいよ、おまたせ！　まいどどうも！」

「ありがとう！」

ちゃりんと代金を瓶に入れ、差しだされた串を受けとって振りかえり、あら、と目をみはる。なぜだかテディが妙に険しいまなざしでアーサーを見つめていた。不思議に思いながらも後ろに客がつかえていることを思いだし、ひとまず、その場を離れようと声をかけた。

「……行きましょう、テディ。今日は、公園で食べましょうか」

「……ああ」

連れだって歩きはじめたが、ほどなくして、人波が途切れたところでテディが足をとめた。

「……クラリッサ」

「はい？」

「あの店主は、知りあいか？」

ぼそりと問われ、え、と首を傾げかけて「そうか、わからないわよね」と思いなおす。

「はい。あの店主は、元宮廷魔術師なんです」

「彼が!?」

驚くのも無理はない。どう見てもクマか下町の親父《おやじ》さん。宮廷人には見えない男だが、事実だ。

「なかなかに腕のいい魔術師だったんですよ」

だからテディを見たときも、気配を薄める魔術がかかっていることに気がついて、プライベートではなく仕事だと思ったのだろう。

彼が辞めたのは三年前なので、セオドア様と面識はあるはずだが、今の彼は覚えていないはずだ。

もっとも、記憶があったとしても、アーサーだとはわからなかったかもしれないが。

「今でこそあんな髭もじゃのクマですが、宮廷で働いていたころは、もう少しこざっぱり、シュッとしていたんですよ」

想像つきませんよねぇ――と笑いかけると、テディは、ふいと視線をそらしてしまった。

「テディ？」

「……ずいぶんと親しげだったな」

すねたような物言いに、ついつい笑みがこぼれる。

「あらぁ、やきもちですか？」

それだけ私に懐いてくれたのかと思うと嬉しいものだ。

からかわれたのが悔しいのか、テディは「別に」と言ったきり顔までそっぽを向いてしまう。

「ふふ、アーサーは宮廷魔術師を辞めて、串焼き屋台をはじめるような男ですからねぇ。良き食いしん坊仲間でした」

「食いしん坊仲間」

「はい。彼とは食べ物談義で、よく盛りあがったものです」

「たとえば？」

「たとえば……ソーセージは焼くがいいか、ゆでるがいいか。ちなみに私は焼く派でした。まあ、検証の結果、どっちも美味しい、という結論に終わりましたが……」

魔術師塔の食堂で、白黒つけようとはじまった討論会という名のソーセージパーティー。

匂いに釣られて次々と論者が増えていき、最後はエズラ団長まで参戦し、大激論をくりひろげた。

思いだして、むふふ、とよだれが垂れそうになる。

ソーセージはアーサーが用意してくれたのだが、あれは実に良い肉だった。

「彼の審美眼ならぬ審肉眼を、私は信頼しています」

「……そうか。食いしん坊仲間か」

テディは、ホッとしたように表情をゆるめると、私の手から串焼き肉をひとつ受けとった。

「では、せっかくの美味しい肉が冷めないうちに公園へ行くとしようか」

私は、はい、と頷き、ふたり並んで歩きはじめた。


天気がいいせいか公園はなかなかの盛況だった。

木陰のベンチで鳩にエサをやる老夫婦。ベンチの近くでは小さな子を連れた母親たちが立ち話をしながら、駆けまわる子供たちをながめている。

地域の公園は王立庭園と違って敷地も小さく、ベンチの数もふたつしかないが、砂場とブランコ、登って楽しめる木枠の遊具がある。今も、何人かの少年が砂場で城を築いていていた。

縄と板でできたシンプルなブランコでは、姉妹らしき少女が楽しげに声を上げている。

テディが乗ったことがないというので、人が少なければ試してみようかと思っていたのだが……。

――うーん。体格的に無理よね……ぶちっと縄が切れちゃいそう。

ブランコで遊ぶ子供たちを「いいなぁ」といった顔で見つめるテディの手を取り、笑いかけた。

「……あちらのベンチがあいていますよ。さあ、あそこで食べましょう！」

木陰は満員だったので、遊具から離れた日向《ひなた》のベンチに腰を下ろした。色あせた木のベンチは、ぽかぽかと温まっている。

「では、いただきましょうか」

「ああ」

がぶり、じゅわぁ、と広がる美味に目を細めていると、傍らでテディが溜め息をついた。

「……やはり、うまいな」

なぜか悔しそうに呟いている。

「ええ、美味しいですねぇ」

「魔術でやわらかくしていると言っていたな」

「ええ」

アーサーの実家は牧場で、家のために魔術の腕を高めたいと宮廷魔術師になったのだ。牛を苦しませないようにしとめ、少しでも高値がつくような加工ができるようにと。

そう伝えるとテディは、感心したように串の肉を見つめた。

「魔術師は多才なのだな」

「ふふ、便利でしょう？　私も、いつか宮廷魔術師を辞する時期がきたなら、魔術の腕を活《い》かして、何か美味しい物屋さんでも開店したいと思っているんですよ」

夏はキンッキンに冷えた水菓子、冬はあっつあつのスープを出すような店がいい。

妄想を広げながら肉にかじりついていると、三つ目の肉を飲みこんだテディが口をひらいた。

「……クラリッサは貴族だろう？」

「はい、伯爵家の娘ですわ」

「そうか。その……婚約者など、いたり、するのだろうか」

歯切れの悪い問いに、くすりと笑みがこぼれる。貴族の娘に生まれて、あえて魔術師になった「ワケあり女」にワケを聞いていいか迷っているのだろう。

「お気遣いいただかなくて結構ですよ。婚約者は、おりません。その予定もありません」

「なぜだ？」

「……なぜ、と言われましても」

「クラリッサは……なかなかに、その、き、きれいだし、才能にもあふれた、その、魅力的な女性じゃないか。縁談のひとつやふたつ、あってもおかしくないのに、と思って……」

テディのようなステキな紳士——といっても今は九歳だが——に褒められるのは正直言って嬉しい。きれい、と、魅力的、の部分だけ、やけに小さな声ではあったが。

「……お褒めの言葉をありがとうございます。とっても嬉しいです！」

絶世の美女ではないことくらい自覚しているが、自分の顔は気に入っているのだ。

なにせ、大好きな母と父から受けついだ顔だから。

「そ、そうか」

もじもじと恥じらうテディが、あまりにも可愛らしくて、気がゆるんだのだろう。

ついついポロリと打ちあけていた。

「いくつかお話は、あったんですよ。全部、お断りしましたが」

「気に入らなかったのか？　そいつのどのようなところが？」

「え？」

「今後の参考のためにも教えてくれ」

「え、ええ。まあ、いいですけれど……」

食い気味に問われ、頭の片隅に打ちすててあった思い出を拾いに行く。

「……『魔術師ならば、簡単に死なない子供を産めるだろう』という理由で、申しこんでくる方が多かったんです。魔力の多い子供は、病気にかかりにくいですから」

病や怪我で、幼いうちに命を落とす子供は珍しくない。

「……子供目当てか」

「はい。何人目の方だったか、思いだしたくもありませんが『産むなら男がいいが、女でも魔力が多ければ縁談に困らない。見た目が悪ければ魔術師にすればいい。何人産んでも、家のお荷物にはならないだろう。どうせなら、男も女も産めるだけ産んでくれ』と言われたんです」

「それでは、まるで家畜じゃないか！」

「そうですねぇ」

愛し愛される妻ではなく、質のよい子を産むための家畜だ。

求婚者は、すべて我が家よりも格上の貴族だった。

我が家はテディの家のように裕福でも、歴史あるものでもない。貴族の中では中の下だ。足元を見られた縁談が多くなるのも仕方がないかもしれない。けれど。

「次から次へと子を産むとなったら、当然、忙しい宮廷魔術師なんて続けられません。ですから、お断りしました」

幸い、両親も娘を家畜にしてまで貴族社会で成りあがりたいと思うような人間ではなかった。

おかげで、我が家は私が生まれたときと同じ、まあまあ貧乏貴族なままだ。

「わがままを言わず、一番高く買ってくれる人に自分を売るべきだったんでしょうけれど……」

元々、この国の貴族の妻女《さいじょ》は不自由なものだ。

夫の愛人宅通いは認められても、妻の浮気は非難される。家の外に種をばらまくのは許されても、外の種が家に入る恐れがある行為は許されないというわけだ。

不平等で不自由な夫婦関係。

貴族に生まれたからには、家のため、それくらい我慢をするべきだったのかもしれない。でも。

「どうしても、受け入れられませんでした」

「……無理もない」

「だから、私は魔術師として出世して、両親に恩返しをしようと思っています！」

そう締めくくると、テディは真剣なまなざしで問いかけてきた。

「では、クラリッサは、生涯ひとりで過ごすつもりなのか？」

「え？　うーん……どうでしょうねぇ」

それでもいいかと思っていた。

恋の喜びも性の喜びも知らぬままだが、食の喜びは人並み以上に満たされている。

仕事のやりがいもバッチリだ。

「今のところ、ひとりでもいいかと思っておりますが……そのうち、自分の子が欲しいと思う日が来るかもしれませんねぇ。女魔術師には割と多いんですよ。結婚しないで子供だけって人が……」

三十を超えて、ある程度地位や仕事が安定したあたりで「今さら結婚なんて面倒なことはしたくない！　でも、子供は欲しい！」と言いだす女魔術師は珍しくない。

確かに子供は可愛い。テディと過ごして、いっそう、そう思うようになった。

家畜のように産まされるのは嫌だが、宝物として授かれるのなら、ひとりくらい……と思うのも自然なことだろう。

「ひとりで産んで育てるのなら、仕事も辞めずにすみますからね！」

魔力の多い子供は国の資産になる。魔術師団から、いくらかの補助も出るだろう。

「……そうか。クラリッサは仕事に誇りを持っているのだな。……では、夫は？　いらないのか？」

「どうでしょう。邪魔にならないのなら、いてもいいかと思いますが……なんて、失礼ですよね！」

あはは、と笑うと、テディは「いや、そんなことは……」と口ごもり、スッと視線をそらした。

――しゃべりすぎてしまったかしら。

テディの結婚に対する夢を壊してしまったかもしれない。いけないいけない。

これ以上余計なことを言ってしまわないように、私は串焼き肉にかぶりついた。

ふたり並んでうつむき、無言のまま、やわらかお肉を味わう。

気まずくても美味しいものは美味しい。

名残を惜しむように、うむうむと最後の一切れを噛みしめていると……。

「なぁ、クラリッサ！」

不意にテディが顔を上げ、がしりと私の手をつかんだ。「えっ」と驚いて彼を見ると、怖いほど真剣なまなざしを向けられていた。慌てて肉を飲みこみ、姿勢を正す。

「んぐっ、……は、はいっ！　なんでしょう？」

「今は考えられないが、いつか、というのならっ、そ、そのっ」

「はい？」

「私の父は十八で母と縁を結んだ。私も、もう何年かすれば、縁談を考える時期が来ると思う！」

「え、ええ。そうでしょうね」

名家の嫡男だ。年ごろになれば、相応しいお相手と縁を結ぶことになるだろう。

もっとも、本来のセオドア騎士団長様は、二十九の現在も独身貴族を貫いているのだが……。

「ああ。そうだ。だから！」

ぎゅっと私の手を握りしめ、グッと身を乗りだして、スッと息を吸いこんで。

「私が十八になったらっ、その、どうだろうか！　私は！　夫として、君の邪魔にならないように、ふるまえると思うのだが！」

つっかえつっかえのプロポーズに、私は「えっ」と目をみひらいて――パッと口元を押さえた。

「……ふふっ」

「笑わないでくれ！」

泣きだしそうな顔で怒るテディが、愛《いと》おしいと思った。

「だって、あまりにも、お可愛らしくて」

「嬉しくない！」

「私は、嬉しいですよ」

これがあと三日の夢だとわかっていても、これほど可愛らしくて、見た目は魅力的な男性の告白にキュンとしないはずがない。心がポカポカと温かくなる。

「お気持ちだけ、いただいておきます」

そう伝えると、テディは雨に打たれたむく犬のようにショボンとうなだれた。

「……ダメか」

「嬉しいですが、ダメです」

「どうして？」

「どうしてって……」

今のあなた《テディ》は、九年後の私の現実には存在しないから――とは言えない。

私は誤魔化すように、それらしい断り文句を口にした。

「だって、テディが十八になるころには、私、三十三ですよ。大年増《おおどしま》じゃないですか」

「いくつのクラリッサでも、私は構わない」

まっすぐな藍の瞳がまぶしくて、思わず、視線をそらしてしまう。

「だって……それに、私たち、知りあってから、まだ七日です。それで、結婚だなんて」

「確かに、まだ七日だが――」

テディの言葉が、ふいに途切れた。

「そうか……七日、経ったのか……」

呆然とした声に、ハッと視線を戻すと、彼はぼんやりと焦点を失った瞳を青い空へと向けていた。

「あと、三日か」

ぽつりと呟いた声音の虚《うつ》ろさに、ざわりと胸が騒ぐ。

ただ「あと三日で離れるのが寂しい」というだけの響きではなかった。

「……テディ？　どうしました？」

つかまれた手をそっと握りかえすと、テディは、ぱちり、とまたたいて、パッと笑顔になった。

「いや、何でもない！」

「え、でも――」

「断られたのはつらいが、仕方ない！　気にしないでくれ！」

ひきつったような笑みを浮かべるテディに、それほどショックだったのかと私は眉を下げる。

あのような――恐れを通りこした虚脱の表情を見せるほどに。

――口約束くらい、してあげるべきだったかしら……。

残り三日なのだ。夢くらい、いくらでも見せてあげればよかった。今からでも遅くない。

「あの、テディ、私――」

「やめてくれ、クラリッサ。そんな顔をしないでくれ。ふられたあげく哀れみの言葉をかけられるなんて、惨めすぎるだろう？」

はは、と笑うテディは無理をしているのが明らかだった。

けれど、ふった側が「無理しないで」などと慰めるのは、それこそ失礼だろう。

「そうですか。……では、あの、お気持ちだけ、ありがたくいただきますね！」

どうにか場を和まそうと元気よく告げれば、テディは「そうか」と呟き、何かを振りはらうように残りの串焼き肉に嚙みつき、ほおばった。「……うん。うまい！　なぁ、クラリッサ。せっかく外に出たのだから、串焼き肉を、もうひとつ食べたい！　あのパンも。いいだろう？」

ニコリと向けてきた笑顔は、やはりぎこちないままで、きゅっと胸が痛む。

「ええ、もちろん、いいですよ！」

ニコリと返した私の笑顔も少しばかりわざとらしいものになっていたことだろう。彼の気持ちに、嘘《うそ》でも応えられなかったことが心苦しかった。

「……残り三日間、めいっぱい楽しみましょうね！」

「……ああ、ありがとう」

ぎこちない笑顔を向けあいながら、テディの希望を叶えるためにベンチから立ちあがった。

「さあ、行こう。クラリッサ」

つないだままの手をギュッと握られる。

その力の強さに、こめられた彼の想いを感じて、私は、じんわりと胸が締めつけられた。

# 第三章　怒らないから、泣かないで

八日目の朝。

食事を取りに行き、階段を下りはじめたところで私は「あれ？」と違和感を覚えた。

いつもなら階段の下で、まちかまえているはずのテディの姿が見えなかったのだ。

——珍しい……寝坊だなんて……。

部屋に着き、そっと扉をひらいて覗きこむと、ベッドの傍らでポツンと佇《たたず》むテディが目に入った。

今から来てくれるところだったのかもしれない。

声をかけようとしたとき、テディが右手を上げ、左の腕をゆっくりとさすりあげるのが見えた。

——寒いのかしら。

空調は管理されているとはいえ、適温は人それぞれだ。

今朝の飲み物はミルク。温めてあげようかな——と、トレーに目を向け、カップにふれて魔術をかける。よし、と顔を上げて、見えた光景に私は息を呑んだ。

「——クラリッサ？」

弾《はじ》かれたようにテディが振りむく。

「すまない。うっかりしていた！」と慌てて駆けてくる顔は、いつものテディに戻っていた。

「いえ、大丈夫ですよ！」

咄嗟《とっさ》に笑みを作りながら、私は一瞬目にした光景に、ざわつく胸を押さえた。

トレーから室内へと視線を戻したときに見えたのだ。虚ろな人形のような顔で自分の腕を握りしめ、ギリギリと音が出そうなほど強く、爪を突きたてていた彼の姿が。

「……さあ、テディ。朝ご飯を食べたら、今日は何をしましょうか？　少し遠出をして、ゴンドラ遊びでもしてみますか？」

わざとらしいほど明るく尋ねた私に「ここにいたい」とテディは答えた。

「この部屋で、一日中、ふたりきりで。……ダメだろうか」

そっと目を伏せ、淡々と。

どうしてだろう。この部屋で、ふたりきりで。今までだって、ずっとそうしてきたはずなのに、私は一瞬、言葉に詰まってしまった。

「……いえ、ダメじゃないわ。あなたが望むのなら」

ぎこちなく微笑んで返したが、彼と視線を合わせることはできなかった。


望み通りにふたりきり、これまでのように過ごしても、テディの瞳は時々悲しげで、時々虚ろで、覗きこもうとすれば、ふいとそらされる。

そうして、ちょっと目を離すと、いつの間にか朝のように腕をさすっているのだ。

さすがに私の見ている前で、爪を立てたりはしないが。

彼の頭を膝に乗せ、物語を語って聞かせても、以前のようにはのめりこめないようだった。

どうしたのかと尋ねても「何でもない」と答えて、うつむくばかり。

どう見ても、何かあるはずなのに。

「……ねぇ、テディ。何を考えているのか教えてちょうだい」

どんなにやさしく促しても、テディは頑《かたく》なで。

ギュッと目を閉じて、ただ「何でもない」と繰りかえすだけだった。


言葉少なに昼食をすませ、食器を返しに階段を上がったところで、思わず溜め息がこぼれた。

「……どうしよう」

精神魔術についてエズラ団長から学んだ際に、心が不安定になったとき、自分をなだめるために自傷を行う者がいると聞いた。腕に爪を立てる仕草も、たぶん、自傷行為の一種だろう。

彼の心に大きな負荷がかかっているのはわかるが、どう解消していいのかはわからなかった。

――きっと、あれのせいよね。

昨日、プロポーズを断ったことが、それほどショックだったのだろうか。

それとも、断られた相手と残り三日を――もう二日になってしまったが――一緒にいることが、苦痛なのだろうか。

でも頭を撫でると、もっと撫でろ、と言うようにすりつけてくる。私を拒絶したいわけではないと思うのだ。

――明日には、元気になってくれているといいんだけれど……。

またひとつ溜め息をついてから、ぺちり、と自分の頬を軽く叩く。

――ダメ、笑顔よ、笑顔！

彼を甘やかすと決めたのだ。私まで沈んでいては、残り少ない時間が台無しになる。

よし、と笑顔を作って、私はテディのまつ部屋へと戻った。

「――さぁ、テディ！　午後は何をして遊びましょう？　ポーカーでもしますか？　私、すっごく弱いですけれど！」

元気よく宣言すると、テディは「え？」と戸惑い、思わずといったように私を見た。

「……弱いのか？　強いのではなく？」

今日、初めてまっすぐに目が合ったのが嬉しくて、満面の笑みで頷く。

「はい！　最高でツーペアです！」

「……それは弱いな」

くすりとテディが笑う。その目元に、うっすらと隈《くま》があることに気がついて私は眉をひそめた。

「……テディ、カードの前に、ちょっとお昼寝しましょうか」

「え？」

「昨夜は、あまり眠れなかったのでしょう？」

私は彼の苦悩に気づかず、ぐっすり眠ってしまったというのに。

「……別に」

ふいと視線をそらすのは、はい、と答えているようなものだった。

眠れぬほどに落ちこんだのかと、申しわけなさと、その純情さにいじらしくなる。

「ね、少しだけ、寝ておきましょう。私も一緒に寝ますから」

「……わかった」

ベッドに入って、手を打ち、部屋の魔術灯を消す。

それから、横向きに向かいあって寄りそいながら、テディの右手を取った。

硬い手のひらを撫で、指を絡めるには大きすぎる手を、両手で包みこむように握る。眠っている間に、彼が自分を傷つけてしまわないようにと。

きゅっと握りかえされたところで目をつむり、睡眠魔術をかける。

ゆっくりと心の中で七つ数えたところで、テディの手から力が抜けた。

「……テディ」

呼びかけても返事はない。

ひそやかな寝息に耳をすませ、私は小さく息をついた。

——初恋だったのかしら。

意外なほど長い睫毛を見つめながら、そんなことを考える。

今からでもいい。嘘でも、「ずっと一緒にいましょうね」と言ってあげるべきなのだろうか。

悩みながらも時は過ぎ、いつの間にか私も眠りに落ちていた。


ふと、視線を感じて夢から覚めた。

握った手はほどけていない。寝入ったときと同じ姿勢のまま、私は目蓋をあけることなく、こちらを見つめているであろうテディの様子をうかがった。

彼の本音が聞けるかもしれない。テディが何に悩み、何を望んでいるのか知りたかった。

――そういえば、向かいあって起きるのは初めてだわ。

初めて同じベッドで目覚めた六日目と同じく、昨日も今朝も、彼の腕に抱きこまれていたから。

毎朝の生理現象――マクスウェル曰《いわ》く男の狼煙――もそうだ。

最初と同じく、まどろむテディにひとしきり、お尻をすりすりされた後、ハッと彼が目を覚ます。

それから、おずおずと彼が腰を引いて、何もなかったことにする。その繰りかえしだった。

――ああでも、今朝は、昨日や一昨日より、狼煙に気づくのが早かったような……。

眠りが浅かった証拠だ。

今夜も眠れないようなら、魔術をかけてあげなくては。

――今、何時かしら。

夕食を食べそびれてしまっただろうか。いや、まだ間に合うかもしれない。

もう少しだけまってから、取りに行こう。

そう考えながら、すぅ、ふぅ、すぅ、ふぅと寝たふりを続けていると、もぞりとテディが身じろいで、つないだ手がゆっくりとほどけた。

――どうしよう。

また自分を傷つけようとするのなら、とめなくては。

目をあけようとしたそのとき、さわりと首すじに何かがふれた。

「んっ」

くすぐったさに声が漏れ、パッと離れていったものがテディの指だと気づいて、ドキリと鼓動が跳ねる。彼がしっかりと意識があるときに、私にふれてきたのは初めてだ。

——ど、どうしよう……！

ドキドキしながらそら寝を続けていると、また、ごそりと動く気配がして、ためらう指先が頬にふれ、そっとなぞっていく。肌に引っかかる、ざらついた感触に妙な吐息がこぼれそうになる。

おずおずと頬を撫でる手つきや体温の高さは少年らしいのに、鍛錬で皮膚が分厚くなった指は、子供のものではない。剣を握る騎士の手だ。

「……クラリッサ」

テディが、ジッと見つめているのがわかる。呼びかける声は焦がれるようで、怯えているようで、いよいよ起きられなくなった。

長い指は私の唇へとたどりつき、寝息にひらいた縁をなぞる。

ゴクリとテディが喉を鳴らし、そっと指が離れていく。

きしりとベッドが軋《きし》み、ふたりの間の空気が動いた。ぐぐっと彼が近づいてくる。

——ど、ど、どうしよう⁉　これ、あれよね⁉　キスしようとしてない？　してるわよね⁉

完全に起きるタイミングを逃してしまった。

——そうだ！　寝返りを打って誤魔化せばいいのよ！

思いついたところで、唇に熱い吐息がかかる。

あ、と思ったときには温もりが重なっていた。

ちゅ、と押しつけて、そっと離れるだけのつたない口づけ。

それが私の二十四年の人生、初めての口づけだった。

「……ふ」

熱を増した彼の吐息が、濡れた唇をくすぐる。

ぎしりとテディが身を起こす気配がして、ホッと息をつく。

けれど、食い入るように注がれる視線を感じ、じわりと背中に汗がにじんだ。

――まって、まって、さすがにこれ以上はないわよね⁉

おとぎ話のお姫様ではない私は、キスで目覚めることもできず、静かに彼の出方をまった。

穴があきそうなほどの強い視線が、やがてゆっくりと外れ、そろそろと温もりが離れていく。

すとんと足を下ろす気配。

足音が部屋の反対側へと遠ざかっていく。やがて、バスルームの扉がひらく音がした。

「……びっくりした」

そっと目をひらいて、灯《あか》りの落ちた室内で、ぽつりと呟く。

いまだに胸がドキドキしていた。

寝ているレディの唇を奪うなんて、ずいぶんと大胆なことをする。

――真っ暗だったから、まだよかったけれど……。

灯りのついた状態でテディの姿をハッキリ認識したままで迫られていたら、たぶん、恥ずかしさと後ろめたさで耐えられなかったと思う。

――ん？　でも、灯りがついていても目をつぶっていれば一緒かしら……。

ふむ、と首を傾げながら起きあがり、ベッドの上に座りなおす。

「……お水が飲みたい」

緊張で喉が渇いてしまった。

あいにくこの部屋にはナイトテーブルがなく、水差しは食事用のテーブルに置かれている。

灯りが漏れるバスルームに目を向けて、耳をすませてみる。

微かに聞こえる水音からして、シャワーでも浴びているのだろうか。

――まさか、また冷水シャワーなんてこと……ないわよね？

気になりながらも渇きに抗えず、私はベッドを下り、テーブルへと向かった。

持ち手に青い魔石があしらわれたガラスの水差しを持ちあげ、グラスに注ぎ、そっとテーブルへ戻す。ゴトンと思ったよりも大きな音がしてしまって、ハッと振りかえる。

バスルームの扉がひらく気配はない。私はホッと息をついて、グラスを口に運んだ。

「……んっ」

流れこむ冷たさに目を細める。

ほんのりとしたレモンの風味もあいまって、渇いた喉に心地よかった。

――いいなぁ。魔石つき水差し。

いつでも冷たい水が飲める。でも、お高い。できれば魔術師寮の自室に持って帰りたい。

わきあがる物欲で、初キスのドキドキがしずまってきたところで、ふと気がついた。

聞こえる水音が先ほどから変わらない。

浴びる人間の動きで、多少は水音が変わるはずなのに。

ということは、中にいる人間は動いていないことになる。

ぽっと頭に浮かんだのは、腕に爪を立てる彼の姿だった。

自傷はエスカレートすることがあると聞いたことがある。

――刃物なんてない。ないはずだわ。

元々自害防止のため、この部屋に刃物は置いていない。鏡が割れる音はしなかった。

食事用のナイフかフォークを持ちこんだ可能性は――ないと思う。きちんとすべて返した。

だが、彼の持ち物検査などはしていない。元々彼は騎士団長だ。護身用のダガーか何かを持っていたとしてもおかしくはない。いや、エズラ団長が回収してくれたはずだ。きっと、たぶん。

――まさかね。

あれが別れのキスだったなんてこと。そんな、まさか。

私はグラスをテーブルに投げおき、走った。

勘違いなら謝ればいい。

多感な少年が失恋で命を落とすなどということになったら、悔やんでも悔やみきれない。

少しでも彼を幸せにしたくて、今まで心を尽くしてきたというのに。

バスルームの扉に耳を押しあてると、シャワーの音にまじって苦しげな呻きが漏れきこえて――。

「テディ！」

私は、バスルームに飛びこんでいた。

「――え」

「――あ」

もうもうとした湯気の向こうに見えたのは、バスルームの床にうずくまり――ぎちりと股間の棒、いわゆる雄の象徴を握りこむテディの姿だった。

かちりと視線がぶつかり、瞬間、時間《とき》がとまる。

呆然《ぼうぜん》と私を見つめる藍の瞳。

テディの濡れた前髪から滴る水の滴が、くっきりと割れた腹筋の下、手の内で反りかえる肉の杭の先に、ぽちょんと落ちる。

ビクッとテディが手を離し、元気よく跳ねる物体に、ひえっ、と私は両手で目を覆って――。

「ごめんなさ――」

「ごめんなさい！」

私の謝罪をかき消すほどの悲鳴じみた声がバスルームに響いた。

「えっ」

広げた指の隙間から見えたのは、ハリネズミのように身を丸め、這《は》いつくばる男の姿だった。

「えっ、なに、どうし――」

「ごめんなさい、いけないいって言われていたのに、ごめんなさい……っ」

問いかけようとした声を震える謝罪の声が遮る。

「えっ、あ、あの……」

こちらの言葉は、テディの耳に届いていないようだった。

「誓いを破ってごめんなさい！　誘惑に負けてごめんなさい！　期待はずれの惰弱な子供でごめんなさい！」

壊れたように謝罪を繰りかえす様は、九歳の少年の姿ではなく筋骨逞しい男の身体であるだけに、いっそう異様に、哀れに見えた。

「ね、ねぇ……」

そろそろと手を伸ばして彼の髪にふれた途端、テディは悲鳴を上げて太い腕で頭をかばった。

ただ恥ずかしいというだけで、これほど取り乱すとは思えなかった。

「許して、嫌だ、もう檻《おり》は嫌だ……！　許してください、母上、どうか嫌わないで……っ」

耳に届いた物騒な言葉に、背すじが冷えて。

「っ、テディ！」

気づけば、私は膝をつき、覆いかぶさるようにして彼を抱きしめていた。

「ひっ」

「テディ、落ちついて」

「ごめっ、ごめんなさ……っ」

「大丈夫、私です。クラリッサですよ。大丈夫。ね、私は味方。落ちついて」

嵐の夜、悪夢に怯える幼い弟にしていたように、ギュッと抱きしめて広い背を撫でる。

降りそそぐシャワーの飛沫《しぶき》で、あっという間に髪が濡れ、ローブの首すじから入りこんだ水滴でブラウスが肌に張りついていく。

「でもっ、いけないって言われたのに——」

「大丈夫！　誰でも……そうよ、元気な男の子なら、誰でもすることですもの！　ね？　怒らないから、泣かないで」

正直、何がなんだか、わけがわからない。恥ずかしくもあった。

自慰の現場を見られたテディとて、目撃者に慰められるのは恥ずかしいだろう。

けれど、今ここで「きゃあ！　えっちぃ！」と恥じらい逃げるという選択だけは、ありえないと

わかっていた。

今、肯定してあげなくては――と思ったのだ。

そうだ。自慰くらい、健康な男性ならば老いも若きもするだろう。普通に。きっと。おそらくは。

「……大丈夫、普通のことよ。悪いことではないわ。大丈夫、大丈夫だからね……」

半ば自分に言いきかせるように繰りかえしながら、ゆっくりと彼の背を撫でていると、段々と、ふれあう身体に伝わる震えがおさまってくる。

やがて、おずおずと身を起こす気配がしたので、私は手をとめ、背すじを伸ばして座りなおした。

泣きぬれた藍の瞳が私を見つめ、そろそろと手を握られる。

「……本当に？　怒って、ないのか？」

ざあざあとうるさい水音にかき消されそうな問いに、私は、しっかりと手を握りかえして頷いた。

「ええ。……少し、びっくりしただけ」

「……そう、か」

グッと唇を噛みしめ、震えるように吐息をこぼすと、テディは小さな声で呟いた。

「驚かせてしまって、すまない」と。

ごめんなさい、から、すまない、に変わったことにホッとする。

いつもの彼に戻りつつあるようだ。

「いいえ」

私は笑って、彼の肩越しに手を伸ばし、シャワーをとめた。

互いにボタボタと盛大に前髪から水滴を垂らしながら、見つめあう。

今すぐ立ちあがってタオルを取りに行きたいが、手をふりほどくのがためらわれた。

モロ見えの股間を意識しないよう努めつつ、いまだ怯えの色が濃い藍の瞳に微笑みかける。

「……ねぇ、テディ。バスルームを出たら、紅茶をいれてもらえない？　なんだか喉が渇いてしまったの。お願い」

「……わかった」

「その前に、しっかり身体を拭いて着替えてね」

「ああ」

「髪もよ。しっかりタオルで水気を取って乾かして。湯冷めして風邪でもひいたら大変ですもの」

「わかった」

ひとつ頷くたびに、テディの表情や声が落ちついていくのがわかった。

「……テディが着替えてお茶の用意をしてくれている間に、美味しいものを作ってきてあげる」

そう微笑めば、ぱちりとテディがまたたいて、強ばっていた目元がゆるんだ。

「美味しいもの？」

「ええ。我が家に伝わるおまじないパンケーキ、焼いてあげます。だから、ちょっとまっていて」

「……おまじないパンケーキか……いいな」

ふわりとテディが微笑む。

「わかった。お茶をいれてまっている」

そう言った後、少しためらってからテディは言葉をつけたした。

「まっているから。戻ってきてくれ」

「もちろん。戻ってきますよ。まっていてください」

「……わかった」

「……いい子ですね」

こくりと頷いたテディの頭を撫で、そっと額にキスをした。


階段室から一階の廊下へ出ると、魔術師塔の窓から差しこむ星明かりが見えた。

ずいぶんと長い昼寝をしてしまったようだ。

「……うぅ、べちゃべちゃするぅ。私も着替えればよかった……！」

なんだかんだで私も動転していたのだろう。つい、そのまま部屋を出てきてしまった。

しばらく歩いてから振りかえれば、廊下に濡れた足跡と大小様々な水滴が続いている。

魔術師のローブには防水防護の魔術が施されているが、その下のブラウスやスカート、下着はごく普通の綿素材だ。

風と炎の調和魔術を上手くかければ、あっという間に乾燥できるのだが、あいにく私は得意ではない。熱すぎるか、妙な人肌温度になってしまうのだ。

ひとまず風魔術単体で、とローブの内側に風を起こすことにした。

「……さむっ」

パタパタと吹きぬける風に身震いし、仕方なしに薄く薄く炎魔術をかける。

「ぬるっ」

生温い風が肌をなぞる。なんとも気持ちが悪いが、風邪をひくよりはマシだろう。

私は顔をしかめながら廊下を進み、階段を上がっていった。

魔術師塔六階の調理場兼食堂には先客がいるらしく、ぼやんとした灯りが廊下に漏れていた。

魔術師は良くも悪くも自由でマイペースな生き物だ。

生活のリズムも夜型、昼型、その中間とバラバラで、いつでも誰かが塔にいる。

当然、食事の時間もバラバラだ。というわけで、六人がけのテーブルがある狭い食事スペースと、なぜか本格的なオーブンや三口コンロがある広めの調理場からなる魔術師塔の食堂では、いつでも誰かしらが美味しい音と匂いを立てていた。今も、そうだろう。

お休み前の一杯か、起き抜けの腹ごしらえか。

先客が目当ての共用食材を使いきっていないことを祈りながら、私は灯りへと向かっていった。

「……こんばんはぁ」

気の抜けた挨拶をしながら食堂に入ると、手前の食事スペースに置かれたテーブルで、ひとりの魔術師が、ねっとり闇色の麺を勢いよくすすりあげているところだった。

「ああ、利用者さん。こんばんは」

聞きなれた声に、ホッと肩の力が抜ける。テディと読む本を選んでもらった司書のアーロンだ。

彼は無類の本好きで、魔術師団の中では本名で呼ばれるよりも「図書室の主《ぬし》」と呼ばれることが多い。たったひとりで図書室の蔵書管理から貸し出し業務まで受け持っている頼れる愛書家だ。

「ああ、図書室の主さん。メガネがないから一瞬、誰かわかりませんでしたよ。何ですか、それ?」

「イカスミパスタです」

「黒いですね」

「ドスグロです。大好物なんですが、メガネはともかく本については困るので、仕事が終わって、寝る前にしか食べられないんです」

彼は朝食も昼食も図書室で取る。本を汚さないようメニューに気を使っているのだろう。

「寝る前にパスタですか……がっつりですね」

かくいう私も、今からカロリーの暴力を作るのだが。

——材料、あるかしら。確か、あったと思うけど……。

調理場に入って魔石が輝く大型保冷庫をあけ、目当てのものを取りだして、調理台に並べていく。

ちなみに保冷庫の中身は私物もあるが、ほとんどが魔術師団の予算で買われた賄い品だ。

「魔術を使うとおなかが減る。それを満たすための費用は当然、団の経費に計上されるべきだ！」

と、何代か前の魔術師が主張し、権利を勝ちとったらしい。

魔術師団の予算の三分の一近くを文字通り食らっているという噂だが、時々、びっくりするほどお高いワインやチーズが入っていることもあるので、案外、本当かもしれない。

——さて、作りますか。

ボウルに小麦粉をふるい、卵、ミルクを混ぜ、じゅわっと魔術でとろかしたバターを入れていく。

本当は三十分くらい生地を寝かせた方がもっと美味しくなるのだが、今日は仕方がない。

ことんと調理台にレモンを置くと、いつの間にかパスタを食べおえて覗きに来ていたアーロンが、キラリとメガネを輝かせた。

「……レモンシュガーパンケーキですね。デザートにいい。大好きです！」

唇の周りを黒く染めたアーロンがニコリと笑う。私はコンロにスキレットを置いて笑いかえした。

「ふふ、一枚いります？」

「いえいえ、そんな図々《ずうずう》しい。ですが、生地が余ったのなら廃棄物処理はお任せください。自分で焼いて食べますので」

「はいはい、余りますよー」

温めたスキレットにバターを溶かし、じゅわわと広がったところで、生地を流しいれる。

薄く広げて、ふつふつパリッとしてきたら、くるりと返す。あっという間に焼けてしまうので、火加減注意だ。

「ちょっと、なになに、いいにおーい！」

食事スペースの方から鼻にかかった甘い低音が聞こえて、またひとり、飢えた魔術師が調理場に迷いこんでくる。手入れの行きとどいたオリーブブラウンの長い髪をなびかせて現れたのは、同期で同僚のオリヴァーだった。

「あ、クラリッサじゃな〜い、密命おつかれ！　何やってるのか知らないけど、頑張ってね〜！」

「あ、うん。ありがとう、オリヴァー。今日は泊まりこみで植物の研究？　犬のご飯は？」

「さっき、一旦、寮に帰ってあげてきたわ。で？　何作ってるの？」

さらりと髪を耳にかけながら、心は乙女、身体は紳士な同僚はスキレットの中身をチェックして
「やだぁ」と艶やかな唇に手を当てた。

「ちょっと、今からレモンシュガーパンケーキ？　太るわよぉ〜でも、私も好きぃ〜！　いいなぁ、私も食べたぁい！」

「後で図書室の主さんが焼いてくれるって」

「ほんとぉ？　嬉しぃぃ！」

きゃっきゃと両手を叩くオリヴァーに笑いかけながら、ころあいになった生地を皿にのせた。

あっつあつのうちに砂糖をふりかけ、レモンを搾り、バターをひと欠片、ぽとん。とろりと溶けだすバターを中心に、ハンカチのようにパタンパタンと四つに折ったらできあがり。

「そうそう、聞いた？　セオドア騎士団長様、なんだかスッゴイ呪いかけられちゃって隔離療養中なんですって！　おいたわし〜い！　つきっきりで、お世話してさしあげたいわぁ！」

事情を知らない同僚の言葉に、ちょっぴり後ろめたい気分になる。オリヴァーは入団前、優秀な副執事だったという。きっと、私よりも上手にテディの世話ができただろう。

「……オリヴァーなら、紅茶をいれるのも上手でしょうしね」

「ありがと！　でね、この間騎士団に潰された盗賊団！　あの残党が逆恨みして呪いをかけたんじゃないかって噂よぉ？」

ひどいことしやがるわよねぇ、そうね、まったくねぇ、うんうん、と相槌《あいづち》を打ちながら、手早く三枚分作りおえ、白い皿に並べる。

「……はい、図書室の主さん。残りはお任せします」

「はい、お任せください。利用者さん」

両手を差しだすアーロンに生地の余りを託して、熱々のパンケーキには冷たいミルクだろうと、保冷庫からミルクの小瓶を取りだす。

それから、「おやすみなさい」と手を振りあって、賑やかな調理場を後にした。

「——さぁ、どうぞ」

ことん、とパンケーキの皿をテディの前に置く。

「嵐の夜や、怖い夢を見て起きた夜に、いつも母が焼いてくれたパンケーキです」

ほわりと湯気の立つ薄焼きパンケーキをジッと見つめ、ぽつりとテディが呟いた。

「……夜中に、このような甘いものを？」と。

チラリと動いたテディの視線は私の胸——ではなく、おなかのあたりに向けられていた。

「……ダメですよ。女性のおなかの肉を目測するなんて。目を潰されても文句を言えない悪行です」

「えっ、そ、それほどの大罪なのか⁉」

「うふふ、冗談です。さぁ、お行儀悪く手づかみで！　思いっきり、真ん中からどうぞ！」

「あ、ああ、すまない。いただきます。……うぶっ」

折り目にかぶりついたテディにまっていたのは、灼熱《しゃくねつ》の溶かしバターの洗礼だった。

ボタボタと液状化したバターが顎を伝い、太い喉へと滴り落ちる。

じわりと瞳を潤ませ、こちらを睨むテディに、ペロリと舌を出す。

「レディの腹肉を目測しようとした罰です。大丈夫、やけどをしたなら治してあげます」

「……大丈夫だ」

むすりと言いかえすと、テディは、残りの生地を口に押しこんだ。

ふふ、と笑って、私もパンケーキにかぶりつく。

じゅわりと甘くて、ほんのりしょっぱく、甘酸っぱい。真夜中のご褒美と罪の味。

ふわりと漂う紅茶の香りと甘いパンケーキの匂いが混じり、なんともいえない幸せな気分になる。

「……足りませんか？　こちらも――」

ごくり、と飲みこみ、物足りなさそうな顔をしているテディに残りの一枚を差しだそうとして、冷めかけていることに気づいた。熱い方が美味しいだろうと温めなおしの魔術をかける。

「さあ、どうぞ」

「あっ」

嬉しそうに受けとったテディが、勢いよくかぶりつく。がぶりと、真ん中から。

とめようとしたが遅かった。またしてもバターの洗礼を受けたテディが呻きを上げる。

「っ、ぅぅ、ぐっ」

ぎゅっと目をつむって熱さをこらえながら、むぐむぐと食べる必死な姿に思わず頬がゆるむ。

「……美味しいですか？」

「ん」

「よかった。はい、やけどには冷たいミルクですよ」

頷くテディに、ミルクのグラスを渡す。

「ありがとう」

こくりと飲んで、テディは満足げに息をついた。

すっかりと怯えの消えた彼の表情に、私の胸も満たされる。

「どういたしまして」

テディのいれてくれた紅茶を口にして、私は微笑んだ。

「相変わらず、とっても美味しいです」

「……そうか、それはよかった、これも、とても美味しい」

「ふふ、私の家では、これを『真夜中のパンケーキ』と呼んでいました。これはね、本当に夜にしか焼いてくれないんですよ。……だから、私、悪夢を見るのが怖くなくなりました」

「……悪夢を見れば、これが食べられるから？」

「そうです。真夜中のパンケーキは、怖い夜を包んで食べちゃう、おまじないなんです」

「……そうか」

最後の一口を放りこみ、もぐもぐゴクンと飲みこんで、テディは恥ずかしそうに微笑んだ。

「……ありがとう。美味しかった」

私は「そう、よかった」とやさしく微笑みかえしながら、思っていた。

この後、彼を寝かしつけたら、エズラ団長に会いに行かなくては、と。

――許して、嫌だ、もう檻は嫌だ……！

どうしても、その言葉が気になっていた。


夜半の訪問にもかかわらず、エズラ団長は元気いっぱい執務の最中だった。

ランプの灯りの下、山積みの書類と香ばしいパンケーキをのせた白い皿に囲まれている。きっと、アーロンかオリヴァーが差し入れをしたのだろう。団長は甘いものが大好きだから。

「……ふむ。セオドアのことで、何かあったのじゃな」

私の表情から察したのだろう。視線が合うなり、エズラ団長は、手にしたパンケーキの切れ端を口に押しこんで、名残惜しげに飲みこむと厳かな声で問いかけてきた。

「はい。お聞きしたいことがあります。……セオドア様の治療は、お母様に関わることでしょうか」

「なんぞ、打ちあけられたかのう」

長い顎髭をつまんで、エズラ団長が首を傾げる。

「いいえ。ですが、気になる言葉がありました」

「ほう、どんなじゃ」

「もう檻は嫌だ、許してください母上」

「ふむ。まあ、心当たりはあるがの。……それを聞いた状況は？」

一瞬ためらうが、正直に答えた。

「……セオドア様が、ご自分を慰めているところを、うっかり目撃してしまいまして」

「そうか。この年齢で、と驚いたじゃろう」

え、と首を傾げかけて、ああ、と頷く。

「ま、まあ、九歳でも早熟な子供はいるでしょうから」

「……ふむ。早熟、とは違うのう。幼い子供が自慰にふける場合、必ずしも、性的欲求の高まりで行うわけではないのじゃよ」

エズラ団長は、小さな溜め息をこぼすと静かに語りはじめた。

「食事もまともに与えられず、本も玩具《おもちゃ》も友人もない。自分で自分に与えられる喜びがそれくらいしかない子供もおる。そういう子供は苦しみから逃れたくなったとき、悩みを忘れたくなったとき、虚《むな》しく自分を慰めることがある。それは理解してくれ、クラリッサ」

「……はい」

そうだったのか。口づけの直後だったので、てっきり、恋心の昂《たかぶ》りを発散しようとしたのかと思ってしまった。

テディは、どのような苦しみから逃れようとしたのだろう。

「……ところでクラリッサ」

「えっ。あ、はい、なんでしょう」

「先月、エブリン様のところで怪我をした近衛騎士《このえきし》がおったじゃろう?」

「ああ、もげかけブライアン様ですか?」

「そうじゃ。もげかけブライアンじゃ」

ひと月ほど前、エブリン様付きの近衛騎士であるブライアン様が、エブリン様との秘密の遊びで傷を負い、慌てた王女様がエズラ団長のもとへ駆けこんできたのだ。

宮廷医師は王の狩りにつきそい、不在だった。

怪我の場所は、男性器。その原因は、大人の玩具。

「……淫魔《いんま》のあぎと、でしたっけ?」

男性器の根もとにはめる淫具だ。

配管固定バンドに似た金属製の二重のリングで、外側のリングが左右からカシャンと閉じて、リング上部の突起の穴に錠前を通して鍵をかけられる。

内側のΩ《オメガ》型のリングは平常時のサイズにフィットしているが、端が閉じておらず、勃起《ぼっき》とともに輪がひらいていく。

そうして、興奮が増すほど外側のリングに近づいていく――のだが、外側のリングには内向きにギザギザの歯がついているのだ。

ゆっくりと興奮を高めて、チクチクするのを楽しむ大人の遊具だと聞いている。

けれども、よほど昂る出来事があったのだろう。ザクッと淫魔のあぎとに噛まれてしまったブライアン様は、股間を朱に染めてのたうちまわるはめになった。

その珍事は陛下の耳にも入ることとなり、エブリン様は「悪戯の責任をとって降嫁」となった。

ことの顛末《てんまつ》を王女様がエズラ団長に伝えにいらしたとき、私もその場にいたのだが……。

「……うーん。団長、あれは、もしかするとエブリン様による策略だったんでしょうかねぇ」

あのとき、エブリン様の唇には、うっすらとだが満足げな笑みが浮かんでいた。

「ほっほ、どうかのう」

エズラ団長は思わせぶりに微笑んで、それから、にわかに表情を引きしめた。

「あの器具には別名があっての」

「別名?」

「以前は、魔女の檻とも呼ばれておった」

「え?」

「悪い魔女は子供を檻に入れ、太らせて食べるといわれておる。『大きくなったら、魔女に食べられてしまうぞ!』と、その名がついたというわけじゃ」

「……魔女の、檻」

どうして、今、ブライアン様の話をするのか不思議だったが、ようやく理由がわかった。

「……テディは、その檻に入れられていたんですね」

「テディ？」

「あっ、いえ……セオドア様は、母親から、それの着用を強いられていた、ということでしょうか」

「そうじゃ」

痛ましげに眉をひそめ、エズラ団長は頷いた。

「……セオドアの母は潔癖な女でのう。『男女の交わりは子を授かるための神聖なものであるべきです。快楽のための行為など穢らわしい！』と声高に言いはるような女じゃった。特に自慰など、もってのほか。子種を捨てるだけの無駄な行為、生命への冒瀆《ぼうとく》、魂が穢れる悪行だ……とな。幼いセオドアに言いきかせ、そのうち、口で言うだけでは足らず、魔女の檻をつけさせるようになったというわけじゃ」

「……ひどい。だって、あんなの……ほとんど、拷問器具じゃないですか！」

そういうことについて私は詳しくはないが、男性の下半身が自分の意思にかかわらず反応してしまうことや、疲れたときにムラムラしてしまうことがあるくらいは知っている。

大人の男性でさえそうなのに、まだ子供のテディに我慢を強いるなんて。

お菓子も本も与えられず、子供らしい遊びや喜びから遠ざけられた上、自分を慰め、苦しみから逃れる手段すら「穢らわしい」と禁じられて……幼いテディは、どれほど苦しんだことだろう。

「……だから、あれほど怯えてらっしゃるんですね」

「そうじゃ」

テディの母は流行《はや》り病で亡くなったと聞いている。

いったい、いつまで彼は、魔女の檻に入れられていたのだろう。

「十一じゃ」

「えっ？」

私の疑問を見透かしたようにエズラ団長が答えた。

「セオドアが解放されたのは、十二の誕生日もほど近い、寒い冬のことじゃった」

「……そうですか」

では、九歳の彼は、あと二年も、ああして怯えて暮らさねばならなかったのか。

ああ、そうか。ようやく、わかった。

先ほどバスルームでテディが自分を慰めていた原因。彼の悩み、逃れたい苦しみは私と離れることだけではない。元の暮らしに戻ることだ。

私は、術が解ければテディの存在は夢となり、現在の騎士団長に戻るだけだと知っている。

けれど、テディにとっては今こそ現実で、もうすぐ母親のまつ家に戻されると思っているのだ。

「……団長、本来の人格について話すのは、やっぱり危険ですよね……？」

地下室で初めて顔を合わせた日、頭を押さえて呻いていた彼の姿が頭をよぎる。

「ふむ。『本当のあなたは二十九歳の立派な騎士団長で、母親はとっくの昔に死んでいるので安心してください』とでも告げるつもりか？　今さらそう言われたところで、混乱するだけじゃと思うがのう」

「……そうですね」

「そうするくらいならば、『あなたを檻に入れる怖い魔女なんて、私が火あぶりにしてあげます』

とでも言ってやったらどうじゃ？」

団長の言葉に、私は、ゆるゆると首を横に振った。

「……ダメですよ」

――どうか嫌わないで。

あのときバスルームで泣いて怯えながらも、そう彼は叫んでいた。

テディは母親を恐れているが、愛してもいるのだと思う。

「……そんなこと言っても、あの子は喜びません」

小さく溜め息をこぼすと、エズラ団長は、ふむ、と長い顎髭を撫でつけ微笑んだ。

「……のう、クラリッサ」

「はい」

「どうか、セオドアを救ってやってくれ」

団長の言葉に私は、え、と顔を上げ、ふふ、と眉を下げる。

「そんな、救うだなんて、おこがましいです！」

「じゃが――」

「ただ、団長。私は、この八日間、彼を心の底から甘やかしたい、満たしてあげたいと思いながら過ごしてきました。最後まで、そうするつもりです」

セオドア様の退行治療は、きっと母親との記憶で負った心の傷を癒すためのものだったのだろう。

ならば、少しでも多くやさしい思い出を増やすことで、少しでも彼の心が軽くなればいいと思う。

「……うむ。それで、充分じゃ。きっと、それが一番、あの子に必要なことじゃからな……」

厳かに頷くと、エズラ団長は皺に埋もれた瞳をやさしく細めてみせた。

「……では、団長、私は地下に戻ります。夜分に失礼いたしました」

「うむ、頼んだぞ」

「はい。……ところで団長、セオドア様の治療が上手くいったら、私のお給金上げてくださいね！」

「この、ちゃっかり者め！」

くすりと笑みを交わしあい、エズラ団長の部屋を出て、ふう、と息を吐きだす。

――よし、やろう。甘やかそう。

今私にできるのは、すべきことはそれだけだ。

残り二日間、力の限り、彼の望むがままに甘やかしてあげよう。

決意を新たに、私はテディの眠る部屋へと走っていった。

# 第四章　おやすみなさい、テディ

おこもり生活、九日目。

遅くに目覚めたテディは「おはよう、テディ」と微笑む私の手を握り、くいと引きよせて「今日は一日、ベッドから出たくない」と望んだ。

私は「いいですよ」と彼の髪にキスを贈った。

そうして、その日は一日、ベッドの上で時間を過ごした。

朝食のトレーをベッドに持ちこんで、一口大のサンドイッチ、ぺかりと向いたゆで卵を彼の口に押しこんだり、押しこまれたり。朝食がすんだら昼までかけて気に入った本を読みかえし、昼食を食べさせあったその後はカードに興じた。

テディはポーカーが強かった。

七回目のワンペアでロイヤルストレートフラッシュに惨敗したところで、私はカードをベッドの外へと投げすてた。

「……ポーカーは、もうしません！　団長に頼んで、明日は別の遊び道具を用意してもらいます！」

「すまない、クラリッサ。本当に、ここまで弱いと思わなかったんだ」

すねる私に、テディは、なぜか嬉しそうに謝って、お詫《わ》びに紅茶をいれてくれた。

ざぱざぱとミルクと砂糖を投げこんで、ヤケ酒ならぬヤケ紅茶をゴクゴクとあおる私を、テディは目を細めてながめていた。

「……クラリッサ、カードはもういいなら、君の話が聞きたい」

「話？　どんなお話がいいですか？　冒険譚とか？」

「いや、そうではなくて。君のことが知りたいんだ」

真剣なまなざしに、一瞬ドキリと戸惑う。けれど、すぐにニコリと微笑み、私は頷いた。

「あなたが、知りたいのなら」と。

それから、何度か紅茶をいれかえ、夕食を挟んで、夜までずっと、おしゃべりをした。

彼は、色々なことを知りたがった。

私は、答えられる限り正直に答えた。

ところどころ、自分でも答えがわからず――ときめくシチュエーションですか？　そうですねぇ、ベッドに薔薇の花びらが散らしてあるのとか、ああいった感じの演出がロマンチックでいいんじゃないでしょうか――などと、適当に答えてしまったところもあったが……。

私の好きな食べ物、好きな色、好きな匂い、好きな音、好きな花、好きな石、好きな動物、好きな本、好きな服、その逆で嫌いなもの。

それから、欲しいもの、したいこと、行ってみたい場所。どんな家に住みたいか、どんなペットを飼いたいか、庭にはどんな花を植えたいか。

私が「もう寝ましょう」と告げるまで、テディは私の話を聞きたがった。

残された時間で私のすべてを知りつくしたいというように。

＊＊＊

迎えた十日目。

テディも私も、今日が最後かもしれないと思いながら、どちらもそれを口に出さなかった。

そして、昨日とは打って変わって、テディは何の質問もしなかった。

情報はもう充分だというように。

たわいのないことをしゃべりながら、朝食の後は、カードの代わりに届けられたボードゲームに興じたりなどした。

まず、鵞鳥《すごろく》ゲームでゴールを競った。

野原を一周するように、ぐるりと並んだ卵が描かれたゲームシート。その上でダイスを転がし、出た目の分だけ自分のガチョウを進めて、卵に書かれた指示に従うシンプルなゲームだ。

ポーカーに引きつづき、テディは強かった。

というよりも、あまりに私が弱すぎた。

私のガチョウがエサに夢中になって一回休み、眠りこんで一回休み、毒草を食べて一回休み、犬に吠《ほ》えられ二マス戻っている間に、テディのガチョウは近道の橋を渡ってゴールしていた。

「……クラリッサのガチョウは自由に生きていて、私は良いと思うぞ」

哀れみに満ちた笑みで慰められて、逆に落ちこんだりもした。

「キツネとガチョウ」の駒を動かす包囲ゲームでは、一匹のキツネと十三羽のガチョウチームに分かれて競いあった。一マスずつ交代で動かして、背後のマスが空いたガチョウをキツネがぴょんと飛びこえたら食べられてしまう。ガチョウの駒がキツネを取りかこんだらガチョウの勝ちだ。

こちらは好勝負となったが、九歳の少年と互角と考えると喜んでいいのか微妙なところだった。

きゃっきゃあははと遊びつづけて、時間は過ぎ、やがて。

昼食の後、エズラ団長が部屋を訪れた。

「……ふむ。順調じゃ。ほとんど儂の魔力は感じられん。早ければ、今日の夜中。遅くとも明日、目覚めるころには、すっかり解けておるじゃろう」

椅子に座ったテディの頭に手をかざし、自分のかけた魔術の残り具合を確かめたエズラ団長は、そう宣告した。

テディは静かに頷き、立ちあがって、エズラ団長への礼を口にした。

そして、エズラ団長が立ちさった後。再び腰を下ろすと、傍らに立つ私の手をそっと握りしめた。

「……ああ、よかった。予定通りに終わりそうだな！」

明るい声が痛々しかった。

「……そうですね」

「クラリッサ。この十日間、私のために心を尽くしてくれて、本当にありがとう」

「いえ、私がしたくてしたことですから」

「これで君も、子供のおもりから本来の仕事に戻れるな！　これで……」

ふ、と言葉が途切れ、テディの声が震える。

「お別れ、なのか……？」

不意に耐えかねたようにテディは私の腕を引きよせ、ぎゅっと額を押しあててきた。

長い指が腕に食いこみ、痛いほどに握りしめられる。

「クラリッサ……！」

「はい」

「今後もっ、ここから出た後も、私と会ってもらえないだろうか？」

「それは……」

「頼むクラリッサ！　私は、私は……もう君なしでは生きられない。君を、愛しているんだ！」

まっすぐな瞳を受けとめきれず、私は目を伏せた。

無理だ。魔術が解ければ、彼の意識は二十年後の今に戻ってしまう。

私と過ごした日々も忘れてしまうのだ。

約束が守られることはない。

——でも、それでも……っ。

彼には今がすべてなのだ。気休めでもいい。もちろん、と言ってあげるべきだ。今だけでも。

そう決め、顔を上げ、口をひらこうとして。

「——やめてくれ」

大きな手のひらに遮られた。

「……嫌だ」

「え？」

「やめてくれ。気休めの嘘なんて、聞きたくない」

「……ごめんなさい」

「謝るな。……もういい」

がたん、と立ちあがり、泣きだしそうな顔で離れていくテディを、私は何も言えずに見送った。


「……テディ、夕食が届きましたよ」

「いらない」

扉の向こうから、ぼやんと響く声が返ってきた。

同じ部屋で過ごしている以上、顔を合わせたくないとなれば毛布の下に潜りこむか、バスルームに逃げこむかのどちらかだ。

毛布か扉か。テディが選んだのは、より密室度の高いバスルームだった。

声の位置からして、扉に背を預けるようにして座りこんでいるのだろう。

バスルームに内鍵はない。あけるのは簡単だ。だが、無理にそうはしたくなかった。

「……テディ、ねえ、一緒に食べましょうよ」

最後の晩餐《ばんさん》なのだから。

「……欲しくない」

「苺を丸ごと使ったフルーツサンドですよ。お皿も特別、ひんやり仕様です。とってもきれいで、美味しそう。ね、出てきてください」

「……そこに置いておいてくれ」

食べる気には、なってくれたらしい。

「テディ」

「嫌だ」

完全に駄々っ子だ。ふう、と溜め息をついて、私は頬をゆるめる。

こうして素直に怒り、悲しみ、わがままを言えるようになったのだと思うと嬉しくもあった。

ただ、やはり最後の夜なのだ。このままというのは寂しい。

「……ねぇ、テディ。未来の約束はできませんが、今できることならなんでもしてあげます。だから、ねぇ、出てきて」

とびきり甘い声で促すと、扉の向こうでテディが立ちあがる気配がした。

「……どうしても、君との未来は、もらえないのか？」

すがりつくような響きに胸が痛む。嘘をついてしまいたい。

けれど、そうしてしまったら、もうテディの顔をまともに見られる気がしなかった。

「……あげられません」

「そうか」

ぽつんと呟いたテディが、ふっ、と嗚咽《おえつ》を呑みこむのがわかった。

「テディ。お願い、泣かないで」

せめて出てきて、抱きしめさせてほしい。ひとりでなんて泣かないで。

「今夜なら全部あげますから。ねぇ、お願いだから、ここをあけて？」

トントンと背中をあやすように扉を叩くが、答えは返ってこない。

「テディ、最後の夜なのよ？　ここをあけて。一緒にいましょう。お願い、なんでも言うこと聞いてあげますから」

ねぇ、お願い――と繰りかえしたとき。

ダンッと扉を叩かれた。思わず、ビクリと肩が跳ねる。

「っ、……テディ?」

おそるおそる呼びかけた私の耳に、微かな呟きが届いた。

「……どうせ捨てるくせに」

え、と聞きかえそうとしたところで、キィとドアノブが動いた。

ゆっくりと扉がひらいていく。

「あ……」

ひらいた隙間から覗くテディの顔を見あげ、笑いかけようとして目と目が合った瞬間。

ぞくりと背すじに冷たいものが走った。

やり場のない怒りと思慕を混ぜて煮詰めたような、どんよりと暗い熱をたたえたまなざしで、彼は私を見つめていた。

「……クラリッサ」

この十日間で初めて聞く、地を這うような声に、ごくり、と息を吞む。

「……は、はい」

「本当に、なんでもしてくれるのだな」

「え?　え、ええ。私にできることなら、なんでも！　いいですよ！」

場を和まそうと、あはは、と明るく笑ってみせれば。

「では、私を慰めてくれ」

投げやりな言葉とともに腕をつかまれ、バスルームに引きずりこまれた。

「――っ」

ぐいと引かれ、手を離された勢いで、バスルームの床に倒れこむ。

起きあがろうとしたところで、扉が閉まる音が響いた。

あ、と振りむき、ひたひたと近づいてくる大きな影を見あげる。

燭台《しょくだい》の灯りに照らしだされたテディは、ひどく思いつめた顔で私を見つめていた。

「……テディ」

かける声が震える。

びくり、とテディが足をとめて。

次の瞬間、一気に距離を詰め、がばりと抱きつくように私を押したおした。

「うぐっ」

背を打つ衝撃と受けとめた体躯の重さに息が詰まる。

はあ、と空気を求めてひらいた唇をテディの唇に塞がれて、反射のように目を閉じる。

「っ、――っ」

シャツ越しに胸に爪を立ててもがいても、ずしりと圧《の》しかかる身体は、びくとも動かない。

どれほど中身が可愛らしくとも、こうして組みしかれれば、本来の――騎士団長としての彼を意識せずにはいられなかった。

親しんできた少年が、急に大人の男に変わったようで恐ろしくなる。

「ゃ……っ、いたっ」

首を振って口づけをほどくと、ぎゅっと胸をつかまれ、悲鳴がこぼれた。

小さくテディが息を呑み、さっと手が離れ、ホッとしたのもつかの間。

そっと目蓋をあけると、胸へと落ちていたテディの視線が上がり、かちりとぶつかった。

藍の瞳がたじろぐように揺らぎ、次いで、キッと細められる。

「……君が嫌だと言っても、やめないからな……っ」

脅しつける声は、かすれ、震えていた。

――ああ、そうか。

彼は私を抱きたいというよりも、きっと、傷つけたいのだ。

傷つけて、嫌われて、嫌いになってしまいたいのだろう。

そうすれば、別れがつらくなくなる――かもしれないから。

――不器用な子。

そう思いいたってしまえば、恐怖は薄れ、哀れみへと塗りかえられていく。

かける言葉に迷ううちに、ぱふりと胸をつかまれた。

先ほどよりはいくらか弱く、けれど、しっかりとふれた指がローブ越しに胸を探る。

大きいか小さいかで言えば胸は大きい方だが、それでも彼の手ならば、すっぽりと入るサイズだ。

その感触が気に入ったのだろう。テディは、パチリと目をみはり、私の胸を揉《も》みはじめた。

「っ、ぅ、~~っ、くぅぅ」

ふにふにとふくらみを揉みこむ指先が時々脇をかすめ、痛みとくすぐったさに身をよじる。

「……クラリッサ、気持ちいいのか？」

初々しい戸惑いと少しの誇らしさが混じった彼の問いに「くすぐったいんですっ！」と答えると、ムッとしたように唇を塞がれた。

ちゅ、と押しつけられ、離れて、また押しつけられて。

繰りかえすうちに気がついた。

彼――テディは、これ以外の口づけの仕方を知らないのだ。

夢中になって胸を揉み、息を荒らげているくせに、それ以上のことはしてこない。

いや、できないのだろう。

テディの手が私の腰をなぞり、おへその周りを撫でまわして、すごすごと胸へと戻ってくる。

「クラリッサ……ッ」

切なげに眉を寄せながら焦《じ》れたように名を呼ばれ、うう、と眉を下げる。

――そんな顔されても、どうすればいいか、私だってわからないわよぉ……！

お姉さんぶって無垢な少年を導けるほどの知識や技術など持ちあわせていないのだ。

それだけではない。テディの身体はセオドア騎士団長の身体でもある。

今の彼が私を求めているからといって気安く応じるのは――キスはしてしまったとはいえ、これ以上はさすがに――職業倫理的にアウトだろう。

――うん。ここは上手くたしなめて、諦めてもらいましょう。

そう決めて、私は、できるだけやさしい声で囁いた。

「テディ、無理しないで。もう、やめましょう」と。

そっと彼の髪を撫で、ニコリと微笑みかけたところで、私は自分の過ちに気がついた。

「……すまなかったな。女の抱き方も知らない子供で」

耳まで赤く染まった顔で睨みつけるテディの瞳には、うっすらと涙がにじんでいた。

「え、ええと」

どうやら私の発言は、彼の幼いなりの男の矜持《きょうじ》を傷つけてしまったらしい。

――どうしよう。

かける言葉を探していると、がばりとテディが身を起こし、次いで私の腕をつかんで引きよせた。

「わっ」

ぼすんと厚い胸板に額をぶつけ、わわ、と離れようとして引きもどされる。

「……よくよく考えてみれば、嫁入り前の娘を穢そうだなんて、いくらなんでも非道な行いだった。すまなかったな」

「……え、いえ……お気遣いありがとうございます……?」

完全に据わった目をして言われても、素直には喜べない。

「……じゃ、じゃあ、もう、寝ましょうか?」

「いや。慰めてくれと言っただろう」

「……そうですね」

「だから、慰めてくれ。私でもわかる、やり方で……」

そう言ってテディは、がしりと私の右手をつかみ、自らの脚の間へと導いた。

「っ、え、や、あの……っ、まって！　やけにならないでっ、話せばわかりますっ！」

ぐぐ、と抗うも、圧倒的な力の差で引きよせられていく。

「やけになんてなっていない。なあ、クラリッサ。今日だけは、何でもしてくれるんだろう？」

意地悪そうな笑みを浮かべているが似合わない。私の手をつかんだ彼の手は微かに震えていた。

「どうせ明日にはお別れで、クラリッサは、私のことなんて忘れるんだ。だからっ、最後くらい、お願いを聞いてくれたって、いいじゃないか！」

捨てられかけの子犬のような目をして吠えるテディに、私は眉を下げた。

――どうしよう。

どうせ術が解けたなら、今このときは彼の夢になる。

私も記憶を消して夢にしてしまえば、今、この瞬間は、いずれふたりにとって夢でしかなくなる。

――夢なら……まあ、いいかなぁ。

なんでもしてあげると言ったのだから、してあげよう。そう決めて、私はテディに微笑みかけた。

「……わかりました。いいですよ」

「えっ」

私の手をつかみ、股間へと導こうとしていたテディの手がとまる。

「え？」

「……い、いや、別に……うん。……ええと、お願いします」

「あ、は、はい」

おずおずと導かれるまま、トラウザーズ越しにふれたそこは、硬く熱を帯びていた。

――え……こんなに熱くていいの？　大丈夫？

震える指でそっとなぞれば、ピクリと跳ねて、私の手をつかむテディの手のひらに、じわりと汗がにじむのがわかった。

「……クラリッサ」

「はい」

「やっぱりいい、やめておく……っ」

吐息まじりに告げられ、顔を上げる。

真意を確かめようと覗きこんだテディの瞳は戸惑いと少しの恐れ、それから隠しきれない期待と幼いなりの熱情に満ちていた。

「……さわってほしくないいんですか?」

「うう」

スッと視線がそれて、戻って、ギュッとテディは目を閉じる。

「テディ」

「だって……っ」

「さわってほしいんですよね?」

ドキドキとうるさい鼓動をなだめるように左手で胸を押さえながら、少し前の彼の真似をして、意地悪な問いをかける。

「……うん。さわって、ほしい」

観念したように頷いて、テディはトラウザーズのボタンを外し、その内側へと私を導いた。

初めてふれたそれは、なんとも不思議な感触だった。

――なんだろう……これ。

引きだしたシャツの裾に隠れて全貌は見えないが、熱くて、ぬるりとして、硬くて、意外にすべすべしているかと思えば、ところどころ血管が浮きだし、脈打っている。

むちりとした太さは、小さなころにさわったテリアの子犬のおなかを思いださせた。

なんというか、人体の一部というよりも未知の生き物のようで、なんともいえないさわり心地だ。

「……ええと……どのあたりが、気持ちいいものなんですか？」

ごそごそと探りながら尋ねると、上ずった声が返ってくる。

「っ、知らない……っ」

「え？　だって、いつもご自分で慰めてらっしゃるのでしょう？」

「いつもじゃない！　……たまにするときは、早く終わらせないといけないから、と、とにかく握って、扱《しご》くだけで……」

「……そうなんですか」

厳しい母親の目を盗んでとなれば、それもそうかもしれない。

「……わかりました。……では、ちょっとずつさわってみるので、好きなところが見つかったら、教えてくださいね」

そう声をかけて、私は手を動かした。

とりあえず、下の方から順々にいってみよう。

そう思って、太い茎の下に指を潜らせると、たぷんとした袋にたどりついた。

——あ……何か入っている？

やわらかウズラのゆで卵のようなものがふたつ。試しに指でつまんで、ぶにゅっと。

「〰〰〰っ」

声にならない叫びとともに、テディは勢いよく脚を閉じた。

「ひゃっ⁉　テ、テディ？」

「く、クラリッサ、そこは急所だからっ、やめてくれ」

「えっ、あっ、ごめんなさいっ」

じわりと額に汗をにじませての懇願に、逞しい脚の間から慌てて手を引きぬく。

「……大丈夫。大丈夫です、今度はちゃんとできますから！　任せてください！」

「……そうか……ありがとう」

グッと拳を握りしめて宣言する私を不安そうに見つめながら、テディは膝をひらいた。

——とにかく、本体をさわればいいのよね！

あらためて見おろせば、ぽろんとトラウザーズからこぼれた褐色の肉が目に入り、ひえっ、と視線をそらす。

——大丈夫、大丈夫、怖くない。

よし、と気合いを入れて手を伸ばし、そっと握りこんでみると先ほどよりもぐんにゃりしている。

よほど痛かったのかもしれない。

よしよし、ごめんね——と慰めるように、やさしく撫でさすれば、しおれていたものが少しずつ元気を取りもどしてくる。

「……ん」

心地よさそうな吐息が私の髪を揺らす。

根もとから握って、ゆっくりとこすりあげ、ぷくりと張りだした段差に引っかかったところで、ビクリと手の中のものが跳ねた。

「わっ」

「くぅ……っ」

振りはらわれまいと慌ててキュッと握りなおすと、テディの唇から悩ましげな呻きがこぼれて、がしりと左肩をつかまれた。

──え、どっち？　やめて？　やめないで？

先っぽをかすめるように、ぬるりと指を動かしてみると肩をつかむ彼の手に力がこもる。

「……あ、あの、これは大丈夫？　痛くない？」

たじろぎながら尋ねれば、テディは、こくり、と頷いた。

よかった。どうやら、今度は正解なようだ。

ホッとしながら、ふむ、と考える。

──先っぽと段差と……あとは……どこが好きなのかしら。

もう一度、根もとまで戻って、先ほどよりもゆっくりと扱きあげてみる。

しっかりと指を絡めて、じわじわと。

段差まで来たところで指の輪っかをひらいて、今度は手のひらで撫でてみる。

──裏側、っていうのかしら……こっちの方が好きなのかな？

正面から見て、おなかにつきそうな側——表側を撫でるより、裏側をやさしく撫であげる方が、びくびくと嬉しげな反応を返してくれる。

なんとなく可愛く思えてきて、さすりさすりと撫でていると、トロリと上から垂れてきたものが、手のひらを濡らしてすべりがよくなった。

おお、と広げた指に絡め、もう一度やさしく握りなおす。

ゆっくりと上下に動かすたびに、ぬちりぬちりと水音が鳴る。

——なんだろう……変な気分。

ドキドキしながら手を動かしていると、不意に「うぅ」と低い唸りが頭上で響いた。

え、と顔を上げるのと同時に、がしりと手をつかまれる。

「っ、——ちょ、えぇぇっ」

テディは私の手ごと握りこみ、脈打つモノを扱きはじめた。

「っ、ぅ、うぅ」

ぐちゅぐちゅと音を立てて激しく上下する手の中、むちむちの肉と先っぽの段差が指を弾く。

——そんなに強くていいの？　速くていいの？　大丈夫？　ねぇ、本当にこれでいいの？

私の手を握る大きな手のひらも、握りこまれた彼自身も、ひどく熱くて。

私まで、その熱がうつったように頬がほてり、ジワリと汗ばんでくる。

「っ、テディ、ねぇ……」

どうしていいのかわからず顔を上げた途端、噛みつくようにキスをされた。

「クラリッサ……！」

睫毛がふれそうなほど近くで私を見つめる藍の瞳は熱くとろけて、普段の低く落ちついた声からは想像もつかないようなドロドロに甘い響きが鼓膜をくすぐる。

耳も頬も燃えるように熱い。心臓も破裂しそうだ。すがりついてくるテディが可愛い。けれど、本来の彼は騎士団長で、身体も声も誤魔化しようがなく大人の男性のもので……。

――ごめんなさい！　セオドア騎士団長様、ごめんなさい！　変な気分になってごめんなさい！　こんな姿見ちゃってごめんなさいっ！　忘れますっ、ちゃんと忘れますから！

愛しさと恥ずかしさと後ろめたさで頭が沸騰しそうだ。

すりりと私の頬に鼻先をすりつけ、好き、好き、愛している、とうわごとのように呟きながら、テディは手の動きを速めていく。

「っ、――ぅぅ、ん、くぅぅ」

やがて、子犬めいた――なんて可愛らしいものではないが――呻きと同時に、ぶるりとテディが身を震わせて、熱い飛沫が私の指を濡らした。

――すごかった。男の子の本気、すごかった。

ひとり残ったバスルームで、ぱちゃぱちゃと手を洗いながら、私は、ホッと息をついた。

彼を慰めるのに、ずいぶんと時間がかかってしまった。途中で「今ここで、退行魔術が解けたらどうしよう！」と不安がよぎったりもして……とにかく、すごかった。

いまだに手が痺《しび》れているような気がする。

くるりと振りかえり、壁に吊《つ》るされた水滴したたるローブをながめる。

ブラウスと違って替えがないので、これを着るほかない。シャワーで洗い流して、水切りのために吊るしたのだが、洗濯前はずいぶんとひどいことになっていた。

――ななかい、って……多い、わよね？

勢いでいったのは三回までで、以降は、ぬるぬるまったり進行となったが、どうなのだろう。

これがセオドア騎士団長様の通常回数ならば、彼の妻となる人は大変だろうな、と思う。

――毎日だったら、身体がもたないわよねぇ。

余計な心配をしながら、タオルで手を拭ってバスルームを出る。

「……あ」

がちゃりと扉をあけると、テディが立っていた。

「テディ」

「クラリッサ、その……、すまない。大事な仕事着を……汚してしまって」

うろうろとさまよう藍の瞳を見あげ、ふふ、と微笑む。

「大丈夫、すぐに乾きますから」

「そうか。……でも」

尚も謝ろうとする彼の腕を取り、私は歩きはじめた。

「気にしないで、さぁ、フルーツサンドが、まちくたびれていますよ。美味しく食べて、ゆっくり寝ましょう！」

「……わかった」

「どうしてもお詫びがしたいというのなら、とびきり美味しい食後の紅茶、いれてくださいね」

そうねだるとテディは、ふわりと笑って頷いた。

「ああ。クラリッサが惚れるくらい、美味しくいれてみせる」と。


丁寧に丁寧に供された紅茶は、今まで通り、いや、今までで一番美味しかった。

「……美味しゅうございます」

「……よかった」

テーブルの向こうでテディがホッと息をついて、それから、表情を引きしめた。

「……クラリッサ」

「はい」

「すまなかった」

深々と頭を下げられて、私は苦笑いを浮かべる。

まあ、確かに色々と無体をされた気もする。けれど、不思議と怒りはないのだ。これっぽっちも。

「……私は、テディに謝ってほしいことなんて、なんにもありませんよ」

静かに言いかえすと、う、とテディは目を伏せた。

「……会えなくなるのなら、せめて君に嫌われたかった」

「そうですか……残念でしたね！」

からりと笑って、私は、テーブルに置かれた金色のコンパクトに手を伸ばした。

かちりとあけて、並んだキャラメルを一枚つまみだす。

「……大好きですよ。あなたのこと」

そう告げて、震える彼の唇に金色の塊を差しいれた。

それからしばらく、互いに互いの想いを味わうように紅茶とキャラメルを堪能して。

「……クラリッサ」

足りないというように口をひらいたのは、テディの方だった。

「どうしました、テディ」

「私を……捨てないでくれ。ひとりにしないでくれ」

伸ばされた大きな手が私の手をつかむ。

「今までのように甘やかしてくれなくていい。ずっとそばにいられなくてもいい。時々会って、君に紅茶をいれて話をするだけでも、私の心は救われるんだ……！　だから、どうか……！」

「……そうできたらいいのに、と思っておりますよ」

本当に九歳のころのテディに出会って、彼を守ってあげられたら、どんなにかよかっただろう。

「……では、では私を嫌いだから、私が面倒な子供だから、会いたくないわけでは、ないのだな？」

「もちろん」

しっかりと頷いて、それから少しだけためらった後、告げた。

「嫌いじゃない。大好き。あなたを愛しています」と。

男女の情よりも親愛に近いものかもしれない。それでも愛には違いない。

たとえ夢と消える人だとしても、この十日間で、私はテディを心から愛したつもりだ。

エズラ団長から頼まれたときには、こうなるとは思っていなかった。

十日間、セオドア様に不便がないようサポートをするだけ。こちらから積極的に働きかけるのはかえって失礼だ。そう思っていたのに、気づけば、本気でテディの心に寄りそい、守ってあげたい、そばにいてあげたいと願うようになっていた。

　本当に一緒に時を重ねられたなら、いつか彼の想いを受けとって、恋人になれたかもしれない。

でも、それは叶わない。存在しない未来だ。

「……っ」

　テディは涙をこらえるように目元を歪ませた。

　それでも、結局こらえきれずに、あふれたものが頬を伝う。

　私は紅茶を飲みほして、カップを置いて立ちあがった。ゆっくりとテーブルを回りこみ、泣き声ひとつ上げずに身を震わす少年《テディ》を、そっと背中から抱きしめる。

「……ならば、いい。……君には、君の事情もあるだろうから……私は、私で、頑張るさ」

　ぐす、と鼻をすすりながら、気丈に言って、テディは私の腕に頬をすりよせた。

「そう。テディは、強い子ですね」

　やさしく褒めて、ああ、とつけたした。

「別に、弱くても、好きですけれど……」

　そう囁けば、こぼれでたテディの嗚咽が、私の鼓膜と胸を震わせた。


　いよいよ最後の夜。

　ふたり向かいあって横たわったベッドの上で、テディは最後のお願いを口にした。

「……クラリッサ、その、お願いがあるのだが……」

泣きはらして腫れぼったくなった彼の目蓋を指でなぞり、回復魔術をかけながら私は微笑んだ。

「いいですよ」

「その……服を……ぬ、脱いでくれないか」

「えっ」

キスでもハグでも応えてあげようと思ったが、それをひとつ飛びこえたお願いにたじろぐ。

「……やはり、それはさすがに、無理、だよな……」

しおしおと萎《しぼ》むテディの声に、恥じらう乙女心と「いいじゃない別に！　最後なのよ？　どうせ忘れるんだし！」という雑な親切心がせめぎあう。協議の末に私は、うう、と呻いて答えを出した。

「……いいですよ。ただ、恥ずかしいので、先に灯りを消しますね」

そう言って、ポンと手を打った。魔術灯が消えて、あたりは闇に包まれる。

それから私は身にまとう衣服を一枚、一枚と脱ぎすてていった。

最後の一枚をベッドの外に落として、ドキドキと騒ぐ鼓動が彼に聞こえないことを祈りながら、生まれたままの姿でテディに寄りそった。

テディは、おそるおそる目をこらし、手を伸ばして……。

「……暗くて、何も見えない」

恨みがましげな声が闇に響いた。

「……そうですか」

さらりと答えたつもりだが「見えなくてよかった」とホッとしたのが伝わってしまったのだろう。

テディがふてくされたように「さては、見せないつもりだったな」と呟く。

「ばれてしまいましたか……でも私だって、バスルームで見ないようにしましたよ！　おあいこです！」

「……意地悪だな、クラリッサは」

「恥ずかしいんです！」

「ずるい。見たかったのに……」

なじられながら、そっと抱きよせられる。

こわごわと肌をなぞる彼の手つきは、愛撫《あいぶ》というには、あまりにもぎこちない。

「……すべすべで、やわらかい」

「ん、そうですか」

「……初めて、こうしてふれるのが、クラリッサでよかった」

テディの言葉に、ドキリとする。

そうだ。貴族の嫡男ともなれば、閨《ねや》教育もあるだろう。

本来のセオドア様は、誰と初めてを迎えたのだろうか。

少しばかりチリリと胸が疼《うず》くのを、気のせいだと誤魔化して、私は、やさしく囁いた。

「……気に入ったのなら、ずっと覚えていてくれてもいいですよ」

「絶対、忘れない。全部、絶対に忘れない」

泣きそうな呟きに、また胸が締めつけられ、じんと目の奥が熱くなる。

本当に、もっと早くに生まれて、この人を救えていたのならと思わずにはいられなかった。

「……そうですか」

ふふ、と笑って、手探りで彼の頬を撫で、涙をぬぐって。

「おやすみなさい、テディ」

きっと、そう呼ぶのも、これが最後。

魔術をかけて眠らせて、次に目覚めたときには彼はセオドア騎士団長に戻っている。

私との日々は夢と忘れて。

「おやすみ、クラリッサ」

震える声に、もう一度頬を撫で、そっと身を寄せあい、私はテディを深い眠りへと落とした。

# 第五章　別れの朝

別れの朝が来た。

夜明け前に目を覚ました私は、テディが眠っていることを確認して――念のため、睡眠魔術を上がけし――絡みつく腕をゆっくりとほどいた。

バスルームで何事もなかったかのように乾いた魔術師のローブを着こんで、朝食のトレーを取りに行き、階段を下りながら、寂しさを噛みしめる。

あとは、覚醒の魔術をかけて彼を起こせば、この任務もおしまい。テディとは、お別れだ。

ただ、記憶は失っても、その間に感じた気持ちが消えてなくなるわけではない。

心の奥底、他の夢にまぎれて残る。

星の見分けはつかなくても、その光は慰めとなって暗闇を歩く者の心を照らすように、彼の心をほんのりと照らす星のひとつになればいいと思う。

そんな少しばかり傲慢なことを願いながら、馴染《なじ》んだ部屋へと入った。

テーブルに食事を置いて、ベッドへと近づき、すやすやと眠るテディの整った顔をながめる。

この寝顔も見納めだ。目蓋を閉じた彼の顔は、穏やかな印象を感じさせる。

小さなころはきっと、大人しそうな可愛らしい美少年だったのではないだろうか。

以前は――騎士団長としての彼と接している間は――そのようなこと、思いもしなかった。

――きっと、あの目のせいね。

いつもセオドア様は、ひどく厳しいまなざしをしていた。少しの甘えも迷いも持つことを許されずに育った彼は、きっと大人になっても、自分を責めて律しつづけていたのだろう。

――少しは、変わっていてくれるといいんだけれど……。

しんみりとしながらも、笑顔笑顔、と言いきかせ、覚醒魔術を行使した。

ふ、と彼の唇から吐息がこぼれる。

長い睫毛が震え、ゆっくりと目蓋がひらいていく。

藍の瞳が覗いて、ゆるりと動き、私をとらえて――瞬間、驚いたようにみひらかれる。

それは、テディの瞳ではなかった。

ズキリと胸のどこかが痛むが、私は、笑みを作った。

「おはようございます、セオドア様。ご気分はいかがですか？」

いい感じの声が出せたと思う。義務的すぎず、馴れ馴れしすぎず、明るく言えた。

ゆっくりと身を起こしたセオドア様は、まだ意識がぼんやりとしているのか、大きな手のひらで目を覆って――。

「え？」

みるみるうちに手のひらからはみ出た部分、頬が耳が首すじが赤く染まっていく。

「っ、セオドア様？　だ、大丈夫ですか、お顔の色が――」

「く、くらりっさ」

「は、はいっ、なんでしょうか？」

たどたどしい声で名を呼ばれ、笑顔で応えながらも不安がこみあげる。

いったい、どうしたというのだろう。退行魔術の後遺症で熱でも出てしまったのだろうか。

もしそうならば、すぐにでもエズラ団長に報告に行かなくては――身構えたそのとき、セオドア様が口をひらいた。

「この十日間、本当に、世話にっ、い、いやっ、多大なる、ご面倒っ、ご迷惑をおかけしてっ、う、ぅううっ」

呻きながら両手で顔を覆い、ぶるぶると震えはじめる。セオドア様のその反応を、言葉の意味を理解した瞬間、ぶわっと一気に汗が噴きでる。

――えっ、ちょ、嘘っ、忘れてない⁉　そんなっ、う、嘘でしょぉおおっ⁉

心の中で絶叫しながら張りついた笑みを浮かべていると、やがて、ぴたりと彼の呻きがとまった。

「クラリッサ！」

がしりと両手をつかまれる。

「ひぃぃいっ」

ぎらりと睨みつけられ、その眼光の鋭さに命の危機すら感じて、背すじが震えあがった。

「わ、わわわ、悪気はっ、決して悪気はっ、誰にも言いませんからっ！」

「結婚しよう！」

「ひぃっ、ご勘弁を――え？　い、今、なんと……？」

「結婚してくれ！」

「は、はいっ⁉」

ぶわわっと頬が熱くなる。何で、どうして、今、そんな。混乱が極限に達した瞬間。

「もう私に、他に道はないんだ！」

苦しげに吐きだされた彼の言葉に、すっ、と頭の芯が冷えた。

他に道はない。その意味を考えて、苦い笑みがこみあげる。

ああ、そうか。手元に置いて、口止めしようということか、と。

確かに、この十日間のあれこれは彼にとって誰にも見せたくない部分だったとは思う。けれど。

――そんなことしなくても、言いふらしたりなんてしないのに……。

信用されていないのだな、と思うと、少し――いや、テディとの信頼を築けたと思っていた分、かなり、ぐさりときた。

「……手を、放してください」

「だが、クラリッサ」

「放して」

静かに繰りかえすと、セオドア様の手から力が抜ける。

「……すまない」

おずおずと離れていく感触や温もりは、この十日間で馴染んだものだ。それなのに、もう違う。彼はテディではないのだと思うと、ただ悲しかった。

「……大丈夫ですよ！」

私は感傷を振りはらうように、からりと明るく声を張りあげた。

「え？」

「心配なさらなくても、私、きちんと記憶を消してもらいますから！　ご安心ください！」

「クラリッサ、何を言って――」

「セオドア様も、どうか夢と思って、お忘れください。本当に失礼な、出すぎた真似ばかりして、申しわけありませんでした！」

勢いよく頭を下げ、起こして、背すじを伸ばす。

「私、エズラ団長に報告してまいります！　いやぁ、無事に術が解けてよろしゅうございました！」

「まってくれ、クラリッサ」

「セオドア様は、術が解けたばかりで身体が本調子ではないでしょうから、ここでおまちください」

「だが――」

「お願いですから、ここで、まっていてください！」

身勝手なのはわかっている。

けれど、これ以上、彼と話をして、テディとの思い出を台無しにしたくなかった。

「……わかった」

うなだれるセオドア様の表情がテディの泣き顔を思いださせて、ズキリと胸が疼く。

けれど、違うのだ。記憶はあっても、見た目が同じでも、今の彼は私が愛したテディではない。

「……失礼いたします」

私は感傷を振りはらうように踵《きびす》を返し、十日間の蜜月を過ごした部屋から、ひとり逃げだした。

「ふむ。まぁ、そういうこともあるじゃろう」

退行魔術は解けたはずなのにセオドア様の記憶があるようだが、これはいったいどういうことなのか。

半ば泣きながら問いつめた私に、エズラ団長は、あっさりとそう答えた。

「そんな……っ、そっ、そういうこともっ！　そういうこともあるんならっ！　最初にっ、なんで最初に言ってくれなかったんですか⁉」

知っていれば、知ってさえいれば――甘やかしはしたかもしれないが――少なくとも最後の夜のアレコレはしなかった。

「ほう。覚えられていては困るようなことをしたのかのう」

「～～～～～！　そうですよ！　しちゃいましたよ！　山ほど！」

「ほうほう。九つの少年をいじめるとは、クラリッサもなかなかの悪だのう」

真っ赤にゆだった私の顔を見て、エズラ団長こそ、人が悪そうな笑みを浮かべている。

「いじめてません！　甘やかしすぎただけです！」

「ほう。それの何が悪いんじゃ？」

「えっ⁉　で、でも、知らないうちに自分の身体を甘やかされていたって、嫌じゃないですか⁉」

「そうじゃな。そこに悪意や下心があれば、嫌じゃろうな。あったのか？」

「あるわけないでしょう！」

「ほう。ならば、何の問題もなかろうが」

「そんなわけ――」

尚も言いかえそうとする私を片手を上げて制し、エズラ団長は静かに微笑んだ。

「……のう、クラリッサ。儂とて、はじめから記憶が残ると知っておったわけではない。さすがに、知っておったら教えたわい」

「……それは……そうですね。申しわけありません」

うむ、と頷き、エズラ団長は言葉を続ける。

「退行魔術は、まだまだ研究の余地がある分野じゃ。セオドアのように長い期間退行していた例は、儂が知る限りで初めてだからのう」

「ですが、今までも術が解けきれず、退行時の精神のまま現実に戻ってきた方はいたでしょう？」

「うむ。おった。今までの例では、時間を置かずに退行魔術をかけなおし、半ば強引に精神を元に戻してきたのじゃが……」

「の、じゃが？」

「少しずつ研究が進んできての、その方法では、後日——数カ月か、あるいは数年後になってから、何がしかの精神疾患やフラッシュバックを引きおこす症例が多いとわかったんじゃ。……もしも、セオドアが戦場でそうなったらどうなる？　突然、九つの子供に戻ったら。命に関わるじゃろう？ゆえに今回は、自然解呪をまったというわけじゃ」

そう説明されてしまえば、何も言えない。

考えてみれば、最初に、しっかりとエズラ団長に確認をせず、自らの乏しい知識を過信した私が悪かったのだ。

「……そういう事情とは知らず、取りみだして申しわけありませんでした」

「いや、正直、今までにない例だからの。覚えている可能性もあるじゃろうなとは思っとった」

「なら、言ってくださいよ！」

しれっと告白されて、私は叫んだ。

「まあまあ、儂は信じておったんじゃよ。クラリッサならば、記憶が残らないからとあくどい真似はせんじゃろうとな。しかし……くく、そうかそうか、恥ずかしさに泣くほど甘やかしてやったか……くふふ」

笑い事ではない。セオドア様も震えるほど恥ずかしがっていた。

起きぬけの言葉を思いだし、ずきりと胸が痛む。

「……セオドア様も、だいぶ戸惑ってらっしゃいました」

「まあのう。あやつは甘えとは無縁な育ち方をしてきたからのう。生まれて初めて泣くほど甘やかされれば、そりゃあ、戸惑いもするじゃろうて」

だから、あのような提案をしてきたのか。

甘やかされた自分を知っている私を、野放しにはできないと。

溜め息をついて、私は願いでた。

「……エズラ団長、記憶を消してください」と。

一呼吸の間を置いて、静かに問われる。

「セオドアのか？」と。

そうです――と頷きかけて、私は首を横に振った。

「いえ。……できれば、そちらも消していただきたいですが。ご本人の了承が取れれば、是非ともお願いしたいところですが……消していただきたいのは、私の記憶です」

「ほう、理由は」

「……私の記憶がなくなれば、セオドア様も少しは気が楽になるだろうと思いまして。自分の弱さや甘さを知っている者がいるというのは、セオドア様のような方には、耐えがたいことなのではないかと……」

「ほう」

すべてを見透かすようなエズラ団長の視線に、私は溜め息をもうひとつついて、言いたした。

「もちろん、私自身が楽になりたいという思いもあります。恥ずかしくて、今後、団長補佐としてセオドア様にどのような顔で会えばいいのかわかりません」

騎士団と魔術師団。王宮の敷地内、噴水のある中庭を挟んで東西に塔を構える両者の行動範囲はさほど被《かぶ》らないが、団長同士は顔を合わせる機会が多い。

当然、それぞれの補佐も。

「……正直、会った瞬間、逃げだす自信があります」

「困った自信じゃのう」

ふうむ、とエズラ団長はふっさり長い顎髭を撫でつけて、うむ、と頷き、結論をくだした。

「ダメじゃ」

「どうしてですか⁉」

それでは、補佐の仕事を辞めるしかないのだろうか。

その程度のことで心を乱し、職務を放棄するような人間は団長補佐には相応しくないということなのかもしれない。

——そうよね、恥ずかしいから仕事相手と会いたくないなんて……。

だが、平気な顔をしてセオドア様と今まで通りに接するのは無理だ。

——せっかく、三年間、頑張ってきたのに。

どっちつかずの自分が情けなくて、じわりと目の前がにじんでくる。

「……わかりました。甘ったれたことを言って、申しわけありません」

「いや、まてまて！」

エズラ団長の慌てたような声が響く。

「泣くな、クラリッサ。心の整理がつくまであやつに会いたくないと言うのなら、それで構わんよ。補佐から外すつもりもない。補佐の仕事は、他にいくらでもあるからのう」

「……それを聞いて、ホッといたしました」

「うむ。……すぐにはダメじゃ、ということじゃ。色々と準備もいるのでな。それに、今は、エブリン様からも頼まれごとをしていてのう」

意外な名前に、私は目元を拭って聞きかえした。

「エブリン様から？　さ来月、ご結婚ですよね？」

「ふむ。その縁談に文句をつけてきたやつらがいるらしくてのう」

「文句？　あの流れでですか？」

王女様が彼女の騎士であるブライアン様の男性器を、うっかりもぎかけた責任をとっての降嫁だ。

あれ以来、彼は、銀の髪に白磁の美貌からついた「銀の騎士」という二つ名ではなく「もげかけブライアン」という不名誉な名で囁かれるようになってしまった。

結婚くらい許してあげてほしいと思う。

「うむ。色々と戯《たわむ》れてはいたようじゃが、最後の一線は越えておらなんだようでな……純潔のままならば取りかえしがつくだろう、と考える者もいるわけじゃ」

「……なるほど」

ブライアン様は貧しくもないが豊かでもない、そこそこの由緒の中堅伯爵家の嫡男だったはずだ。

もっと釣りあいの取れた相手、できれば自分の息のかかった相手を――と目論《もくろ》む者がいたとしても、おかしくはない。

もっとも、恋人のものをもぎかける女性を奪いとりたい男性がいるとも思えないが……。

「肝心の婿候補たちは『いくらでも陰から協力しますので、おふたりの愛をお守りください！』と言っておるんじゃがのう」

「……そうでしょうね」

「周りの連中がうるさくてのう。わからずやどもの頭を直してやってほしいと頼まれてしまってな。ちょっぴり忙しいんじゃよ」

ほっほ、とエズラ団長が、あくどい笑みを浮かべる。

「エズラ団長は、エブリン様のお願いに弱いですからねぇ」

「おしめが取れないころから知っておるからのう」

それでは、仕方がない。

縁談までに周りを静かにしなくてはいけないのなら、私が後回しになるのも当然だ。

それでなくとも、普段から団長が忙しい身の上なのは知っている。

あらためて執務室を見渡せば、返信まちの伝書鳩が、机、書棚、帽子かけ、床に積まれた本の塔、あらゆる場所で羽を休めていた。

――ずいぶん、たまっちゃってるわね。

伝書の整理と返信は、私の仕事のひとつだ。

どうやら、この十日間、エズラ団長は代わりの補佐を立てていなかったらしい。

「……あれ。団長、あそこの二羽、求愛していませんか」

分厚い魔術書の上で、いい感じになっている二羽がいる。

「春じゃのう」

「夏ですが」

すりすりと仲良さげに寄りそう二羽に、テディのことを思いだして、溜め息がこぼれた。

「……まぁ、クラリッサ。焦らず、今は、まちなさい。今日は、もう帰って休んで大丈夫だからの」

「……はい。ありがとうございました」

とりあえず、寮の部屋に帰ろう。

私はエズラ団長に頭を下げ、しおしおと魔術師塔を後にした。

何か大切なものを地下室に忘れてきたことに気がつかないまま。

＊　＊　＊

クラリッサが部屋を出ていって、どれくらい経っただろう。

扉をあけて廊下をながめていても、いっこうに階段室を下りてくる足音は聞こえてこない。

いつ戻ってくるのだろう。

すぐにでも戻ってきてほしい。

話がしたい。

どうして彼女は、記憶を消すから大丈夫などと言ったのだろう。

何か怒らせるようなことを言ってしまったのだろうか。

何がいけなかったのだろう。現在の意識に戻った途端、勢いよく迫りすぎたせいだろうか。

今すぐに後を追って、会いに行きたい。

けれど、「ここでまっていて」と彼女が願った以上、黙ってまつほかないのだ。

私は溜め息をついて、そっと扉を閉めた。

——紅茶でもいれるか。

ざわめく心を落ちつかせるため、クラリッサと何度となく至福の時を過ごしたテーブルに行き、ティーカップとソーサーを二組、向かいあわせに置いてからティーポットの蓋をあけた。

貴族の男が茶を上手くいれられたところで、何の意味もない——そう言ったのは、母だ。

かつて母を喜ばせようとして報われなかった作法も、クラリッサは無駄ではないと褒めてくれた。

——あれは嬉しかった。

十日間、彼女の言葉に何度救われたことだろう。

しみじみと思いかえしながら、茶こしをポットの口に押しこんで、ふと笑みがこみあげる。

――慌てるクラリッサも可愛らしかったな。

黙々と手を動かしながら、初めて彼女に紅茶を供した日を思う。

書物を多く扱う魔術師は、こぼして困るような飲食物は普段口にしないと聞く。

幼いころから魔術師を志していたクラリッサは、紅茶をいれる機会などなかったのだろう。

不慣れな手つきで、それでも真剣な顔で私のために紅茶をいれようとしてくれた。

あの豪快なまでの山盛り茶葉は、きっと彼女の誠意の表れだったのだろう。今となっては愛しく思える。

温めておいたカップのひとつに紅茶を注いでポットを置き、椅子に腰を下ろした。

かちゃりと口に運び、カップを傾ける。

鮮やかな水色《すいしょく》も香りたつ匂いも、いつもの通り上出来。

違うのは、目の前にクラリッサがいないことだけ。

それだけで、ひどく味気なく感じてしまう。

溜め息をついて、テーブルに置かれた金色のコンパクトをながめる。

黄金の蔓薔薇が彫られた蓋の中心に、サファイアブルーの魔石をはめこんだ魔道具。

四日目、母君お手製のキャラメルを詰めこみながら、これはエズラ魔術師団長謹製の品なのだと、クラリッサは嬉しそうに教えてくれた。

そっと手に取り、指先でなぞる。

希少で貴重なこの品を、きっと彼女は取りに戻ってくる。

そのとき、もう少し、上手に彼女と話せたなら、彼女をどうにか捕まえられるだろうか。

思いを巡らせようとしたところで、ノックの音が響いた。

「っ、——っと」

立ちあがった勢いで倒れかけた椅子を戻し、大股で扉へ歩みより、ひらいた。そして。

「……クラリッサは？」

恩ある魔術師団長の頭を通りこして背後を探す私に、エズラ殿は苦笑しながら肩を押し、部屋へ入るよう促した。

「……無事に術が解けたそうじゃな。よかったよかった」

「ありがとうございます。……エズラ殿、クラリッサは？」

「まぁ、落ちつけ。クラリッサは、だいぶお疲れなようでな、今日はもう帰した。ここには戻らん」

エズラ殿の言葉に殴られたような衝撃を受けた。

「帰した？　どこに？」

「自分の場所にじゃ」

「自分の場所？　グラスランド家ですか？　戻らないとは、どういうことですか？　ここでまっているように言ってくれたのに……どうして……？」

「セオドア、落ちつきなさい」

たしなめる彼の声が遠く感じる。

彼女《あれ》が欲しい。彼女《あれ》が欲しい。他に何もいらない、彼女《あれ》が欲しい——と心の奥底で軟弱《テディ》な子供が叫んでいる。

——ああ、そうだな。私も、彼女が欲しい。

今ならば、私は彼女と釣りあう大人の男で、女性の抱き方も知っている。

今すぐに彼女のもとに行き、あらためて結婚を申しこんだところで何の問題もないはずだ。

帰ったのは「屋敷まで挨拶に来い」という遠回しの催促なのだろうか。

それとも――と黒い感情が蠢《うごめ》く。

「……全部、嘘だったのか？」

あれは全部仕事でしたことなのに、今さらすがられても迷惑だと逃げてしまったのだろうか。

それもそうかもしれない――と唇が歪む。

見かけだけは立派な図体《ずうたい》をしながら、この十日間、彼女に甘えて、泣いて、喚《わめ》いて、すがって、あまつさえ、最後は手籠めにしようとした。

彼女に晒《さら》した醜態や仕打ちを思えば、見限られても当然だろう。だが、それでも。

――愛していると言ってくれたのに……！

こみあげる激情で力が入り、握りしめたコンパクトが手の内で軋んだ音を立てたとき。

「……セオドア！」

語気を強めた声とともに肩をつかまれ、スッと心がしずまった。

「……あ」

鎮静の魔術をかけられたのだろう。

「落ちつきなさい。クラリッサは、そんな娘ではないぞ」

「では、どんな娘だというのですか」

「明るい素直なお人好《ひとよ》しじゃ。嘘で誰かを愛するふりができるような、器用な娘ではない」

きっぱりと答えたエズラ殿の言葉に安心するよりも嫉妬を抱いた。

クラリッサのことなら、おまえよりもよく知っているというような言い方に苛立《いらだ》ちさえ覚える。

「……エズラ殿は、クラリッサについて、お詳しいのですね。補佐として常にそばに置いているからですか？」

「セオドア、落ちつきなさい。儂に嫉妬するなど、見当違いも甚だしいぞ！」

厳しくたしなめられて、ようやく恥という概念を思いだす。

「……そうですね……下衆《げす》な勘ぐりをしました」

「うむ。……セオドア、退行魔術は、精神に大きな負荷をかけるものじゃ。自分ではわからずとも、今の君は、とても不安定な状態にある」

「不安定、ですか」

「そうじゃ。ひどく混乱しておる。いまだ退行時の意識に強く引きずられておるのじゃろう。時が経てば冷静に考えられるようになるはずじゃ。何か行動を起こすのなら、それからにしなさい」

懇々と言いきかせる声に反発したくなるのをこらえて、頷いた。

国一番の魔術師であるエズラ殿が言うのだ。

きっと今の私は、正常な状態ではないのだろう。

「……はい」

うむ、と頷き、エズラ殿は微笑んだ。

「それにしても……本当に、この十日間、心から愛されたんじゃなぁ」

「……はい」

テディという名を――愛される子供としての呼び名を――与えられ、幼いころの私が飢えていたものすべてを与えてもらった。

「……だから、彼女を失いたくないのです」

「甘やかしてほしいからか？」

「違う！　……と思います。今度は私が彼女を愛したいのです。彼女がしてくれたように、彼女の望むものをすべて与えて……もっと愛されたい」

違うと否定しながら、結局、彼女から与えられることを求めている。

まるで、貪欲な子供のように。

「……ふむ。じゃが、今はクラリッサに会わせられんぞ」

「どうして!?」

「っ、セオドア、落ちつきなさい」

咄嗟にエズラ殿のローブの襟首をつかんで、たしなめられ、慌てて手を放す。

「……失礼しました」

「高まる気持ちはわかるがの、落ちつきなさい。最初に説明したと思うが、退行中の記憶は残らんのが普通じゃ。君が覚えているとは、クラリッサも思わなかったんじゃろう……クラリッサ曰く、恥ずかしすぎて『会った瞬間、逃げだす自信があります』だそうじゃ」

「恥ずかしい？　私と過ごした日々が？」

「それはそうだろう。私も恥ずかしい」と頷く自分《セオドア》と「あの幸せな日々の、どこが恥ずかしいというんだ！」と嘆く自分《テディ》が喚きあい、ずきりと頭の芯が痛む。

う、と頭を押さえた私に、エズラ殿は小さく溜め息をついた。

「……とにかく、今は、まちなさい。君にもクラリッサにも、落ちつくための時間が必要じゃ……無理に会えばクラリッサを追いつめることになるじゃろう。誰も幸せになれんぞ」

「……わかりました」

やさしく言いきかせるような言葉に頷いて。

それから、私は少しのためらいの後、願いを口にした。

「エズラ殿、ひとつ、お願いがあります」

「なんじゃ」

「もう一度、彼女と話ができるまで、彼女の記憶を消さないでほしいのです」

忘れたいと願う彼女を苦しめるかもしれないと思いながらも、そう頼まずにいられなかった。

エズラ殿は、ジッと私の目を見つめ、やがて、静かに頷いた。

「うむ。よかろう」

「ありがとうございます」

ホッと肩の力が抜ける。

「……ところで、セオドア」

「なんでしょうか」

「肝心の悩みは、解決したかの？」

私は一瞬言葉に詰まり、すっと視線をそらし、答えた。

「……はい、無事に」と。

エズラ殿は、うむ、と頷いて、それから、やわらかく微笑んだ。

「そうか、よかったのう。まあ、クラリッサと心が通じあうまで、少し時間はかかるかもしれんが
……間違えず、君が幸せになれる道を進みなさい」

いつかと同じ台詞をエズラ殿が口にする。

十七年前、疎遠だった父と、その愛人との暮らしがはじまることに不安を抱いていた私に、彼は言った。

「儂が君の力になろう。父親の跡を継ぎたくないのならば、剣の才能を活かして魔剣士になればいい。家のことなど気にせず、君が幸せになれる道を進みなさい」と。

嬉しかった。助けとなってくれる人間がいると信じられることが、どれほど支えになったことか。

「……はい。ありがとうございます」

「ただし、よく考えて行動するんじゃぞ」

今回は私ひとりのことではない。相手あってのことだから。

「わかっています。ですが、もう私には他に道はありません。クラリッサでなければダメなのです」

「そうか……まぁ、焦らず、ゆっくりとな」

「はい」

素直に頷きながらも、私の心がクラリッサを追いもとめていることを感じとったのだろう。

「……セオドア、ひとつだけ忠告しておく」

エズラ殿の声の調子が変わり、私はハッと背すじを伸ばした。

「はい、なんでしょうか」

「求めるのは構わん。だが、もしも力にものをいわせ、無理やりにクラリッサを手に入れるようなことがあれば、儂が責任を持って、君を第二のブライアンにする。その上で、クラリッサの記憶を消し、二度と君には近づかせんぞ」

エズラ殿は、そう厳粛に言いわたした。

きっと私が道を踏みはずせば、迷わず、罰をくだすことだろう。

彼は、やさしいが、決して甘い人間ではない。

「……あなたを裏切るような真似はしません」

十七年前、大して親しくもない、ただ同じ団長職にあるというだけで、父は身も心も壊れかけていた私のケアをエズラ殿に頼み、半ば無理やり押しつけた。

エズラ殿は嫌な顔ひとつせず、私を支え、導いてくれた。

以来、私は彼を頼りとしてきた。

実の父親よりもずっと。

「……そうか」

それはよかった。そう言って頷くと、エズラ殿は「今日はもう、なるべく何も考えず、ゆっくり休みなさい」と私を残して去っていった。

テーブルに戻り、冷めた紅茶を口にして、ほう、と溜め息をつく。

――クラリッサに会いたい。

あれほど「今は、まちなさい」と言われたばかりだというのに。願わずにはいられなかった。

少し前まで、彼女のことなど、ろくに知らなかったというのに。

ほんのりと好ましくは思っていた。

見た目の愛らしさもそうだが、彼女の私を見る目が好きだった。

新緑の瞳は、私に何も求めない。

妙な色も欲もない、きらきらと輝く健やかなまなざしが心地よかった。

けれど、だからといって、彼女とどうこうなりたいとまでは思っていなかった。

ただの宮仕えの知りあいにすぎなかった。

それなのに、遠い昔から焦がれていた人のように感じるのは、なぜなのだろう。

彼女と過ごした十日間は、つい昨日のことのはずなのに。

なんとも奇妙な感覚だった。

エズラ殿は私が混乱しているのだと言っていた。

混乱しているから、クラリッサを求めているのだろうか。

この心のざわめきは、狂おしいほどの想いは、私自身のものではなく、この十日間で作られた存在しない子供《テディ》のものなのだろうか。

——クラリッサも、そう思ったから、私を拒んだのだろうか。

今は、テディの感情に引きずられているだけで、そのうち冷めてしまうだろうと。

だから信じてもらえなかったのかと思えば、名状しがたい感情がこみあげてくる。

溜め息をつき、カップを置いて、顔を上げる。

テーブルの向かいに置かれたカップの紅茶は冷めきっていた。

いれなおしたところで、クラリッサが口をつけることはない。

片づけようと手を伸ばし、持ちあげて、伝わる重みに苦い記憶がよみがえり、眉をひそめる。

かつて母に出した紅茶は一口も飲まれぬまま、捨てられた。

「あなたはいつから侍女になったの？　ランパート家の次期当主たる者が女々しい真似はおやめなさい！」と冷ややかに吐きすてる声が今でも鮮明に思いだせる。

けれど、クラリッサは私の紅茶を「美味しい」と喜んでくれた。嬉しかった。それなのに――。

――クラリッサは、もう、ここには戻ってこない。私のいれる茶を飲んでもくれない。

その事実に胸が苦しくなる。

――いや。戻ってこないのは当然だろう。彼女の仕事は終わったのだから。

そう考えながらも「まっていて、と言ってくれたのにどうして」と恨みに思う自分がいて、頭が心がグラグラと揺れ、渦巻く激情に叫びだしたいような気分になる。

がたりと立ちあがり、視線をさまよわせ、自然と足はベッドに向いていた。

古めかしい四柱式ベッドは、大の大人がふたりで寝るにも充分な広さがある。

そっと敷き布に手を這わせ、どさりと仰向けに横たわった。天蓋を見あげ、溜め息をつく。

――よく、一緒に寝てくれたものだ。

外見は何ひとつ変わっていなかったというのに。

「……クラリッサ」

寝返りを打ち、無意識に彼女の残り香を探そうとしている自分に気がつき、苦い笑みがこぼれる。

まるで、主人を恋しがる犬のようだ。

――いつも、良い匂いがしていたな……。

香水などつけていないはずなのに、クラリッサは淡い花のような匂いがした。

彼女にしたこと、してもらったこと、言ったこと、言ってもらったこと、ひとつひとつ、すべて、鮮明に思いだせる。

やさしい声も、抱きついた身体のやわらかさも、肌の匂いも、絡みつく指の感触も。

圧倒的な幸福感をともなって、頭に身体に灼《や》きついている。

「……っ」

じわりと昂りはじめた下肢に眉をひそめる。

自然と手を伸ばしかけて――拳を握り、とすん、と敷き布へ落とした。

母の戒めを思いだしたからではない。

クラリッサの手の感触を思いだせるうちに、自分の手で上書きしたくなかったのだ。

心を落ちつけようと目を閉じ、深く息を吸いこめば、クラリッサの残り香に胸が苦しくなった。

――ダメだ、帰ろう。

まっていても、クラリッサは戻ってこないのだから。

この部屋にひとり残されるのは、耐えられない。

――情けないことだな。

自嘲の笑みを浮かべて起きあがり、ベッドから敷き布を剥がして畳んで小脇に抱えると、私は、王都の屋敷に戻ることにした。

# 第六章　過去を与えてくれた人

屋敷に戻り、一夜が明けた。

心に渦巻く嵐は去り、残ったものは途方もない羞恥と、それでも消えることのない彼女への想いだった。

――少し、肥えただろうか。

姿見の前に立ち、十日と一日ぶりに袖を通した騎士服は、わずかにきつく感じられた。

きっちりと詰まった襟元に指を入れ、息をつく。

縦二列に並んだ金ボタン、それを同色のブレードでつないだ肋骨飾りをあしらった青の上着は、腰から下はゆったりと広がっているが、上半身はタイトなつくりになっている。

ある程度の伸縮性のある生地を用いられているが、華美なだけで戦闘には向かないデザインだ。

以前、国王にデザインの変更を願いでて、ゆったりとした装飾の少ない制服を試験的に採用してみたのだが「以前の制服に戻してほしい！」という陳情が宮廷内外の女性たちから連日山のように届いたため、変更は取りやめとなった。

意外だったのは騎士団の内部にも同様の意見が多かったことだ。

変更後の制服の着用を拒んで、「この制服に憧れて私は騎士になったのです！」と主張する青年に「だが、動きにくくはないか？」と問うと「どのような服装であれ、実力を発揮できてこそ騎士というものです！」と返され、私は己の不徳を恥じた。

確かに「動きにくいから戦えない」などと服装を己の弱さの言いわけにするなど情けない。

騎士たるもの、いついかなるときも揺らぐことのない強さを持ちつづけなくてはならないのだ。

そう決意を新たにし、日々、己を律し、鍛えてきた。

強くあらねばならない。ひと欠片の弱さも許されない。

そう己を叱咤《しった》しながら、生きてきたのだ。

そう、だというのに——。

「……………ぅう」

鏡に映る武骨な男と見つめあい、呻きが漏れる。

——私は、なんということを……！

可愛らしさなど欠片もない、この顔で、この身体で、知人にすぎなかった年若い女性を相手に、なんということを。

彼女にしたこと、してもらったこと、言ったこと、言ってもらったこと、ひとつひとつ、すべて、鮮明に思いだせる。今でも。

やさしい声も、抱きついた身体のやわらかさも、肌の匂いも、絡みつく指の感触も。いまだに、しっかりと。

「……ぁあぁぁ……！」

がしりと両手で顔を覆い、がくりと膝をつく。

その拍子にポケットで動いたものに顔を上げ、取りだす。金色のコンパクト。クラリッサが忘れていったものだ。万が一、彼女に会えたなら渡そうと思っていた。

「……」

自然と手が動き、蓋をあけ、並んだキャラメルを一枚つまんで口に含む。

じわりと広がる甘味に温かな気持ちがこみあげる。同時に羞恥も。

思わずグッと噛みしめれば、パキッと小気味よい音が響いて、クラリッサの声がよみがえった。

――あ、今、噛みましたね。

甘くたしなめながら、唇へと差しいれられる指。取られまいと逃げる舌にキャラメルを押しつけられる。

――こうやって、ゆっくりと舌の上で溶かすんです。……ね？　その方が、甘いでしょう？

やさしい微笑み。舌をくすぐる細い指。頭の下に感じる太もものやわらかな弾力が、まざまざと思いだされて。

「……ううう」

気づけば、勃《た》っていた。

呻きとともに顔を上げれば、キャラメルを口にしながら瞳を潤ませ、下肢を昂らせた男が姿見の中から見つめてくる。

――何なのだ、この状況は……！

自分の身体の反応が信じられない。このようなことが起こるなど思ってもみなかった。

予期せぬ昂りに悩まされる日が来るなど。

——あれほど、悩んでいたというのに……。

少し前まで、私の下肢にぶらさがっていたのは排泄《はいせつ》以外の用をなさない、かさばるだけの肉の塊だったのだ。


自分の身体が、男として反応しなくなったことを知ったのは、父の跡を継ぐと決まって閨教育を受けはじめたときだった。

何度か教育係が入れかわったが、ふれるのもふれられるのも、ただ不快で、時折吐き気すらこみあげ、興奮も欲情も感じなかった。

最後にあてがわれたのは同年代の少女で、何をしても冷めたまなざしを向ける私に、しまいにはベッドの上で泣きだしてしまった。

気の毒なことをしたと思う。当時の私には、慰めの言葉をかける余裕すらなかった。彼女がその後、自信をなくしていないといいのだが。

父は私の不能を嘆いたが、私は、さして気にもとめなかった。

母が亡くなるまでずっと、勃てば棘《とげ》に咬《か》まれる魔女の檻に捕らわれていたのだ。勃たなくなったのも、当然だと思っていた。

欲情するな。快楽を求めるな。

おまえのそれは、跡継ぎを作るためにだけ役に立てばいい。

そう繰りかえし、繰りかえし、覚えこまされた私の身体は、母の呪いに支配されていた。

それでも、時間が経てば、どうにかなると思っていたのだ。

成長するうちに呪いも解けて、まともな男になれるだろうと楽観視していた。

いや、目を背けていただけなのかもしれない。

父の背を追いこし、騎士団に入り、それを父に代わって率いる立場になっても、尚、母の呪いは薄れることなく私の身体を縛りつけていた。

そうして、半月ほど前。いつまで経っても妻を娶《めと》ろうとしない私に業を煮やした父が、媚薬《びやく》の瓶を握りしめた名も知らぬ令嬢を私の部屋に送りこんできた。当然、丁重に断り退出を願ったが。

余計なことをせず、大人しく隠居暮らしを楽しんでいればいいものを――干渉に嫌気が差して、父のグラスに毒を入れる前に、私は長年の悩みに片をつけようと決めたのだ。

ちょうど、国内を騒がせていた大規模な盗賊団の討伐を終え、騎士団の仕事も落ちついていた。

今ならば、何日か休暇を取っても大丈夫だろうと、私はエズラ殿に相談することにした。

きっと彼は私の瑕疵《かし》を笑うことなく、助けとなってくれると信じて。

多忙にもかかわらず、エズラ殿は二つ返事で引きうけてくれた。

そうして、治療がはじまって、揺らぐ意識の中で私の世界は巻きもどり、何度目かの自慰を母に見つかった夜へと落ちていった。

そこからしばらくの記憶はない。

あのころは、まだ、まともに下肢が反応をしていた。母に逆らい、過去の弱い自分を変えることができれば、失われた機能を取りもどせるのではないかと思っていたのだが……。

きっといつものように罵られ、平手で打たれ、魔女の檻を着けられそうになったのだろう。

そして、おそらく私は恐慌状態に陥ったのだ。

落ちつかせようと声をかけてきたエズラ殿を母と間違って振りはらい、転倒した彼は積まれた本の角で頭を打ち、意識を失った。

そのときの物音と衝撃で、私は二十年前の屋敷から現在へと戻ってしまったのだろう。

心だけは、当時のままに。

エズラ殿が無事で、本当によかった。

うっかり打ちどころが悪く、そのまま――などということになったなら、悔やんでも悔やみきれないところだった。

幸いにしてすぐに目を覚ましたエズラ殿になだめられ、あの地下の部屋へと連れていかれて。

クラリッサとの日々が、はじまった。

今、思いかえせば、不思議でならない。

九歳の子供からすれば、自分の身体の大きさや視界の高さに違和感を覚えるはずだろうに、あの十日間は何の疑問も抱かなかったのだ。

クラリッサは、夢と思えと言っていた。

確かに、夢の中では自分が自分の姿をしていなくても覚めるまで気づかないことがある。

あの十日間、ずっと、私は不思議で幸福な夢の中にいた。


「……クラリッサ」

会いたい。女々しい溜め息をこぼしたところで、ノックの音が響いた。

ハッと立ちあがり、衣服の乱れを直す。考え事をしている間に股間の方は無事しずまっていた。

「……セバスティアンか。すまない、今行く」

心配性な家令が、いつまで経っても下りてこない主人を案じて呼びに来たのだろう。

声をかけると「かしこまりました、旦那様」と落ちついた声が返ってくる。

――仕事だ。

復帰初日から遅刻など許されない。深く息を吐いて背すじを伸ばし、扉へと歩みよる。がちゃりとひらいた先には白髪をきっちりと撫でつけた老家令が姿勢を正していた。

「……呼びに来てくれて助かった。少し考え事をしていてな」

そう言って笑みを浮かべようとして――セバスティアンの視線の険しさに表情を引きしめた。

「……どうした、セバスティアン」

「旦那様、もしや、お身体の具合がよろしくないのではございませんか」

「……なぜ、そう思う」

自分では気づかなかった。今の私は、傍《はた》から見てわかるほどに弱って見えるのだろうか。姿見で確かめてから扉をあけるべきだった。腹に力をこめ、身構えたとき。

「……お顔の色が赤いので……」

ためらいがちに告げられて、私は、サッと手のひらで顔を覆った。

「……旦那様？」

「あ、ああ。違う。これは、熱があるわけではないのだ。……考え事をしながら、少し運動をしていただけだ。身体は問題ない。療養前よりも、ずっと調子がいいくらいだから心配しないでくれ」

「……さようでございますか」

「ああ。行こう、時間だ」

「はい、旦那様」

我ながら苦しい弁解だったが何か言いにくい理由があるのだと察してくれたのだろう。それ以上追及することなく、セバスティアンは穏やかな微笑を浮かべると、私について歩きはじめた。

昔から、彼は私の心に必要以上に踏みこんでこないよう気遣ってくれる。信用に値する男だ。

だが——と、内心、溜め息をつく。

セバスティアンにクラリッサのことを打ちあけることはできない。

あの十日間は退行治療のためではなく、怪しげな呪いをかけられ、解呪のために隔離されていたことになっている。

セバスティアンは「是非とも私どもで、旦那様のお世話をさせていただきとうございました」と言ってくれたが、そうはならずによかったと心から思う。

とてもではないが、あのような醜態は彼に——いや、誰にも見せられない。見せたくない。

魔術によるものだと知っていたとしても、九つの子供に戻って怯える私を見れば、きっと呆れ、落胆し、失望させてしまうだろう。自分が仕える主人は、このような矮小《わいしょう》な人間だったのかと。

そう考えたところで、クラリッサの顔が浮かんだ。

——本当に、彼女でよかった。

見せたくて見せたわけではない。彼女とて、見たいと思って見たわけではないだろう。

だが、それでも十日間、彼女は一度として嫌な顔をすることなく、九つの少年として私を扱い、接してくれた。

逆の立場なら、できる自信がない。外見に惑わされ、外見に見合った大人の対応を無意識に期待して、幼い振るまいに鼻白んでしまうだろう。

――私には、とてもできない。

だからこそ、得がたい人だと思う。得がたいからこそ、愛しく思う。

――会いたいな、クラリッサに。

性懲りもなく思っているうちに、気づけば玄関ホールを抜けていた。

「……では、行ってくる」

セバスティアンと見送りの使用人に声をかけ、ひらかれた馬車の踏み台に足をかけたところで「ああ、旦那様」とセバスティアンが声を上げた。

「どうした、セバスティアン」

「うっかりしておりました。昨夜、お持ちになった敷き布ですが、いかがいたしましょうか」

問われ、言葉に詰まる。

本当に、昨日の私はどうかしていた。なぜ、当然のように敷き布を持って帰ってきたのだろう。

いや、わかっている。本当は。クラリッサの残り香がするからだ。

「……しばらくは、あのまま保管しておいてくれ」

とてもではないが、正気に戻った今は嗅げない。

「かしこまりました。しっかりとケースに入れて、管理させていただきます」

きっと何か任務に関わる証拠品だとでも思ったのだろう。

真剣なまなざしで請け負うセバスティアンに「ああ、頼む」と答えて、そっと目をそらし、私は馬車に乗りこんだ。

「――おお、来たか、セオドア！」

国王の執務室に通されて、扉が閉まり、私が腰を折るより早く、執務机から立ちあがった陛下が「いや、よい。そのままで構わん、堅苦しい挨拶も抜きでよい！」と手を振り、マントを翻して歩みよってこられた。

謁見室と異なり、装飾や家具の少ない部屋は狭く、ものの数秒で距離が詰まる。

かつては自ら剣を取り、騎士にまじって鍛錬をしていたこともあって、齢《よわい》五十を過ぎた今でも、陛下の足取りは若々しい。

「ああ、よかった。変わりはなさそうだな」

ざっと上から下まで私をながめ、陛下は安堵したように息をつかれた。

「お気遣いいただきありがとう存じます。この度は十日もの間、職務を放棄することとなり――」

「何を言うのだ、セオドア。放棄などとは、とんでもない。呪いなどかかりたくてかかる者がどこにいる。こうして無事に呪いが解けて戻ってきてくれたのだから、何よりだ」

澄んだ青の瞳を細めて労《いたわ》られ、いたたまれない心地になる。

だが、真実を打ちあけることはできない。

目を伏せた私に何を思われたのか、陛下は節くれだった手で私の肩をやさしくつかまれた。

「……だが、セオドア。私は信じていたぞ。我が国が誇る騎士団の長であるおまえならば、必ずや呪いに打ち勝ってくれるだろうとな。私だけではない。皆が信じていた。おまえほどの男が呪いに負けるはずなどないと」

「……光栄にございます、陛下」

目を伏せたまま礼の言葉を口にすれば、陛下は力強く頷き、微笑まれた。

「おまえは我が国の誇りだ、セオドア。これからも、私の愛するこの国を守ってくれ」

全幅の信頼をこめた命《めい》に「はい。この命《いのち》に替えましても」と答え、深々とこうべを垂れながら、私は名状しがたい後ろめたさと息苦しさを感じていた。

私は、陛下の、皆の信に値するような強い男ではないというのに——と。

退室し、騎士塔に向かって王宮の廊下を進みながら、耳の奥で母の声がよみがえる。

——ランパート家の一員たるもの、いついかなるときも皆の規範となるように、清らかで誇り高く、強い心を持ちなさい。

欲は心の乱れ。欲を抱くな、自分を律しろ、甘えるな、ひとりで立て、誰よりも強くあれ。

母の教え——いや、呪いの言葉は、ずっと私を縛りつけていた。

強くありたいと思っていた。

強い人間だと思われることが嬉しかった。

だが、実際、私が強い人間だったことなど一度もない。

強くなければ、生きる価値などない。弱い私など、何の価値もない。誰にも必要とされなくなると恐れていたから、強いふりをしていただけだ。

この二十九年間、ずっと私は母親の呪縛に捕らわれた惨めな子供のままだった。

あの十日間を過ごすまでは。

――別に、弱くても、好きですけれど……。

最後の夜、祝福のように落とされた彼女の囁きを思いだして、胸が締めつけられる。

あの言葉に、どれほど救われたか。きっとクラリッサは知らないだろう。

――会いたい。

たとえ十日間の夢だとしても。テディなどという子供は私の過去には実在しない幻だとしても。

後からつけたした偽物だというのに、「淡い初恋の思い出」は他のどの記憶よりも鮮明で尊い。

――クラリッサに会いたい。

想いを押しつけるのは迷惑だ。わかっている。けれど、受けいれてほしいと思う。

――同じ顔と身体なのだから、同じように愛してくれないだろうか。

願うそばから冷静な自分が吐きすてる。

九つの子供だと思ったからやさしくしてくれただけだ。勘違いをするな――と。

だが、本当に仕事だからというだけで、あそこまでしてくれるだろうか。もしかすると、彼女も少しは私のことを好ましく思ってくれていたのではないか。

そのような微かな希望にすがりつきたくなる。

術は解け、直後の混乱もしずまったはずだ。それなのに、なぜ、これほど心が乱れるのだろう。

――わかっている。愛してしまったからだ。

クラリッサ。私に過去を与えてくれた人。

――未来も、もらえないだろうか。

考えるうちに気づけば足は騎士塔の前を通りすぎ、魔術師塔へと向かっていた。

引きよせられるように進み、ふたつの塔の間、中庭の噴水前で足をとめた。

芝生の緑と空の青に大理石の白が映える、石造りの噴水の中心、大きく羽を広げた白鳥の背から噴きだす水が放物線を描いて、水面を叩く涼やかな音が響く。

――ダメだ。約束しただろうが。

今、クラリッサと顔を合わせてしまえば何を口走るか、何をしてしまうかわからない。

エズラ殿の言う通り、落ちつくための時間が必要だ。

遥か遠く感じる魔術師塔を見あげ、溜め息をつく。

――会えなくとも、せめて、ひとめでも彼女の姿が見たい。

そう願ったとき、魔術師塔の最上階から、一羽の白い鳥が羽ばたいた。連絡用の伝書鳩だ。

青い空を飛んでいく鳩を見つめ、思いつく。

クラリッサは、心やさしい女性だ。顔を合わせるのが恥ずかしいのならば、私が姿を見せることなく、そっと彼女の姿をながめるくらいならば許してくれるのではないだろうか、と。

――今はまだ、それだけでもいい。

そう心をなだめ、私は騎士塔の鳩舎《きゅうしゃ》へ向かい、魔術師塔の最上階へと鳩を飛ばし、願った。

「どうか遠くから姿を見ることを許してほしい」と。

三分ほどの間を置いて、戻ってきた鳩に結ばれたメモには、やわらかな筆跡で記されていた。

「それくらいなら、構いません」と。

クラリッサの文字だった。以前から職務で何度も目にしていたはずなのに、目にした瞬間、鼓動が跳ね、じわりと目の奥が熱くなった。

彼女のやさしさを噛みしめながら、そっと目元を拭って。

そうして、その夜、私は望遠鏡を買った。

＊　＊　＊

「……今日は、外で昼食か……珍しいな」

ひだまりの中、噴水に向かって歩いてくるクラリッサの手には紙に包まれたサンドイッチらしきものが見えた。

――今日の昼食は私もサンドイッチにしよう。

そう心に決め、ランパート家の料理人に作らせたチップ型のキャラメルを一枚、コンパクトからつまんで口に含み、あらためて望遠鏡を覗きこむ。

騎士塔の最上階の執務室からは、中庭を挟んで、魔術師塔がよく見える。

八日前、魔術師塔に入っていくクラリッサの姿をレンズ越しに見つけたとき、その鮮明さに感動を覚えたものだ。騎士団長になってよかった、と心から思った瞬間だった。

あの部屋を出て、十日。

架台つきの地上望遠鏡を買って以来、私は終日、執務や鍛錬のあいまをぬっては、新緑と金色の魔石をあしらった真鍮《しんちゅう》の筒を覗いている。

クラリッサの朝は早くない。

現れる方角からして、屋敷からではなく王宮の敷地内にある魔術師寮から通っているのだろう。

時折寝癖がついた艶やかな黒髪をなびかせ、うーん、としなやかな両の腕を天に伸ばしてから、よし、と気合いを入れて塔の扉をくぐる仕草は愛らしく、見るたび胸が高鳴る。

そして、昼食は塔の中ですませるのか滅多に出てくることはない。

退勤時間は日によって変わるようで、夕陽に染まる背中を見送ることもあれば、星明かりに照らされた白い横顔に見惚れることもある。

時々、ふとこちらを見あげたクラリッサとレンズ越しに目が合ったような気がすることもあるが、そんなとき、決まって彼女は少し困ったような表情をしていた。

ただ彼女をながめるだけの日々は切なく、もどかしい。

それでも、無理に会えばクラリッサを追いつめることになる——というエズラ殿の言葉を思えば、こらえるほかない。

——早く、許可を与えてくれないだろうか。

彼女と話をする許可を。ふれあう許可を。人生を共にする許可を。そのためならば、どのような代償を払っても構わない。

深々と溜め息をついたところで、ノックの音が響いた。

「——入れ」

「失礼いたします」

書類を手にした若い騎士——団長補佐の一員を務めるライリーは部屋に入るなり、私の顔よりも先に、窓辺で光る真鍮の筒へと目を向け、ハシバミ色の瞳を輝かせた。

今にも駆け寄っていきそうな様子に、苦笑を浮かべて「ライリー、書類を」と声をかける。

「えっ、あ、失礼いたしました！」

ぴしりと姿勢を正して私に向きなおりながらも、ライリーの意識は窓辺の筒へと向けられている。

「……ライリー。よくわからないが、あれは、それほど良い品なのか？」

商人に具体的な――騎士塔から魔術師塔までの――距離を伝えて「今すぐ手に入る、よく見える品を」と頼み、勧められるがままに購入したのだが。

「もちろんです！　魔石の効果で、暗所での鑑賞もできますし、なんと、鑑賞対象をスローで見ることもできるんです！　カワセミの羽が弾く水滴の一粒一粒まで見られるという、最新式のやつですよ！」

「……そうか」

だから、これほど強い関心を抱いているのか。納得した。

長く団長補佐を務めていた者が高齢となり職を辞し、その息子のライリーが後継として配属され、ふた月余り。その短い期間でさえ、彼が無類の鳥好きだと知るには充分だった。

望遠鏡へと注がれる羨望のまなざしを微笑ましく思いながら、言葉をかける。

「……休暇で使いたければ貸してやろう」

休日の夜から早朝にかけて、湖や森へバードウォッチングに行くのがライリーの唯一にして最大の趣味だと聞く。

その時間にクラリッサは魔術師塔にいない。貸したところで問題はない。

「えっ、よろしいのですか⁉　ぜひ！　お願いいたします！」

「ああ。……今日の報告を頼む」

「はい！」

威勢の良い返事の後、ライリーは日々の細々《こまごま》とした報告を読みあげ、最後に一枚の陳情書を差しだしてきた。

「……黒ツグミ好きの北のご領主からです。鉱山近くの洞窟に、魔物が巣を作っているそうで、討伐隊を派遣してほしいとのことです」

記された現状に目を通して、ふむ、と頷く。

「……ゴブリンとスライムか。ゴブリンは問題ないが、スライムが相手ならば魔術師の力を借りた方がいいだろうな」

骨や臓器を持たないスライムには剣が通用しない。

油をかけて燃やすこともできるが、手間や延焼の危険を考えれば、炎か雷の魔術に長《た》けた魔術師に助力を願った方が早い。

「……できれば、魔剣士を何人か借りられればいいのだが……」

魔剣士ならば、どちらのモンスターにも通用する。

「では、身体が空いている魔剣士がいるか、魔術師塔に確認してまいりましょうか？」

その言葉に書類をめくる手をとめ、私は答えていた。

「……いや、私が行こう」と。

ライリーは、え、と首を傾げた。

「ですが、団長に、そのような雑務をさせるなんて……」

ためらうライリーに微笑みかける。

「今日は、もう帰っていいぞ。休暇から復帰して以来、ずいぶんとこきつかってしまったからな」

「そんなっ、こきつかうなんて、私は団長のお役に立てることを嬉しく思っています！」

「ありがとう。ならば尚さら休めるときに休んでくれ。明日は午後からの出仕で構わない。望遠鏡《あれ》も持っていけ。夜明けに飛びたつ鳥が一番美しいと言っていただろう？」

「っ、はい！　この世の美の極致です！　――ああっ、本当に、お借りしてよろしいのですか？」

「ああ」

うっとりと望遠鏡に駆けよるライリーに頷き、立ちあがり、窓から遠くそびえたつ塔をながめる。

――決して、クラリッサに会いに行くわけではない。

あくまでも、他の用事があっての訪問だ。

昼食を終えて塔に戻っている彼女と偶然、運よくすれちがったところで、約束を破ったことにはならないだろう。

久しぶりに、肉眼で彼女を間近に見られるかもしれないと思えば心が弾む。

私は、浮きたつ気持ちを顔には出さず、静かに机の上を片づけはじめた。


意気揚々と騎士塔を後にしたものの、魔術師塔に近づくにつれて足取りは重くなり、やがて、中庭の噴水前で私は足をとめた。

――ダメだ。いけない。

どう言いわけをしようと、クラリッサ会いたさに行くのは事実なのだ。

うっかりでも顔を合わせてしまえば、彼女に約束を守れない男だと幻滅されるかもしれない。

私は溜め息をついて、噴水へと向きなおった。

白亜の縁で憩う一羽の鳩に目をとめる。

魔術師塔の伝書鳩の一羽だろう。騎士団の鳩は鳩舎で管理されているが、魔術師団の鳩は大らかに飼われているため、こうして脱走する個体も珍しくない。

――ライリーが来れば、喜んだだろうな。

彼は珍しい鳥だけでなく、日常に見かける鳩や烏《からす》も愛している。

先日、「望遠鏡で何を観《み》てらっしゃるのですか？」と問われ、「鳩を観ている」と誤魔化した私に、ライリーは鳩の素晴らしさを力説してくれた。鳩の頭の中には天然のコンパスが入っているそうだ。

「だから、どこに行っても帰ってこられるのですよ！」と彼は自分のことのように自慢していた。

――確か、伝書の整理と返信、鳩の世話もクラリッサの役目だったな。

きっと一羽一羽、大切に羽を撫でてやり、手ずからエサをやって、労をねぎらっているのだろう。

その光景を思いうかべた後、目の前の鳩を見れば、涼むように羽を休め、くるる、と囀《さえず》る純白の存在がまぶしく見えた。

――羨ましい。

クラリッサと結ばれないのなら、いっそ私も伝書鳩になりたい。

そうすれば、彼女に愛《め》でてもらえるだろう。

――今度、エズラ殿に人間を動物に変える魔術がないか聞いてみよう。

しんみりと考えていると、魔術師塔の方から近づいてくる足音が聞こえた。

「……おや、セオドア様、お久しぶりです。このようなところで珍しいですね」

「――ああ。アーロン、久しぶりだな」

アーロンは魔術師塔の図書室を管理する魔術師だ。重たげな本を抱えているのはいつも通りだが、なぜか今日は昏がドス黒い。

腫れている様子は見られないので、何か食べ物の色なのだろうか。それとも、お洒落《しゃれ》の一種なのかもしれない。

「……どこかへ出かけるのか?」

「いえ。本の虫殺しのため、本日はもう閉室です。このまま屋敷に帰って積んでいる本を読みます」

「そうか」

ならば、昏が黒くとも、さほど問題はないだろう。

「……セオドア様は、ここで何を? 魔術師塔に何かご用事が?」

問われ、建前を口にする。

「……魔物の討伐隊に魔剣士を加えたいと思ってな」

「種類は」

「ゴブリンとスライムだ」

「なるほど」

メガネを押さえて頷くと、アーロンは「ちょうど一名、任務を終えて帰ってきた者と、先刻すれ違いました。彼なら大丈夫でしょう。おススメはしませんが」と微笑んだ。

大丈夫なのに勧めないとは、どういうことだろう。

「なんという魔剣士だ」

「マクスウェル・グラスランドです」

「……マクスウェルか」

名前を聞いて、腑《ふ》に落ちた。

クラリッサの弟であるマクスウェルは魔術の腕も剣の腕も申し分ないが、いささか自由がすぎる男だった。

まず、やりたい仕事しか請け負わない。

単独行では抜群の討伐実績を誇るが、誰かと組んでとなると途端に効率が悪くなる。

特に自尊心が高く、秩序や序列を重んじる類の騎士との相性は最悪といっていい。

なんというのか、手心や忖度《そんたく》というものがまるでないのだ。

「ここは私が」と前に出た年嵩の騎士に対して「いや、俺が倒した方が早いので、下がっていてください！」と邪気のない笑顔で言ってしまう。

子供のまま大人になったような嫌みのない天真爛漫《らんまん》さは好ましくもあるが、それを失礼、非常識だと感じる者もいる。

――なぜ、あれほど自由な人間に育ったのか不思議だったが……。

今ならば、なんとなく理解できる。

クラリッサのような大らかな姉に可愛がられて育ったから、何ひとつ欠けず、折れず、歪まない、マクスウェルのような人間ができあがったのだろう。

――羨ましい。

クラリッサと結ばれないのなら、せめて弟に生まれたかった。

そのようなことを真剣に考えていると、アーロンは「よほど、差しせまった状況なのですね」と手にした本を抱えなおして、魔術師塔を振りかえった。

「……マクスウェルでもいいかとお考えならば、呼んできましょうか」

「え……ああ、そうだな、頼む。組む相手を間違えなければ、彼も腕のいい魔剣士だ。できるだけ早く討伐隊を出したい」

「はい。では、クラリッサを呼んでまいりますね」

そう言って歩きだそうとしたアーロンの肩を、私は音の速さでつかんで引きとめた。

「うわっ、びっくりするじゃありませんか」

「まて。なぜ、クラリッサなのだ」

「マクスウェルは帰宅済みですので。代わりに姉のクラリッサをと」

是非とも呼んでほしいが、ほしくない。

弟を口実に呼びだすなんて——と軽蔑されることだけは避けたかった。

いや、と首を横に振り、私は表情を引きしめた。

「……結構だ。彼女には彼女の仕事があるだろう。直接、マクスウェルと話すことにしよう」

「そうですか。マクスウェルは犬のごとき帰巣本能の持ち主ですので、まっすぐに屋敷に向かったはずです。夕飯を美味しく食べるために運動するんだと言っていましたから、庭で素振りでもしているのではないでしょうか」

屋敷か。少しばかり迷うが、この流れでやめておくと言うのは不自然だろう。

——大丈夫だ。屋敷にクラリッサはいない。約束を破ることにはならないはずだ。

それにマクスウェルがいるのならば、クラリッサの面影を偲《しの》べるかもしれない。

ふたりの顔の造形自体は、さほど似ていない。だが、鮮やかな新緑の瞳と笑ったときの雰囲気は、よく似ていた。

——この際もう、マクスウェルでも構わない。

レンズ越しではないクラリッサらしきものを見て、話がしたかった。

「……わかった、行ってみよう。ありがとう、アーロン」

「いえ、お役に立てれば幸いです」

では、と闇色の唇で微笑むアーロンに別れを告げ、私はグラスランド家へと向かうことにした。


王宮から馬で半時間ほどの場所にクラリッサの生家はあった。

グラスランド家の少し手前で黒馬を下り、しなやかな首を撫でながら屋敷をながめる。

——良い家だな。

こぢんまりとしているが、門扉《もんぴ》は磨かれ、屋敷をぐるりと取りまく煉瓦塀《れんが》も苔《こけ》ひとつなく手入れされている。

見あげれば屋敷の壁をつたう蔓薔薇が、愛らしい薄紅の花を咲かせていた。

屋根の上の風見鶏《かざみどり》は雄鶏ではなく、笛を吹く天使が風に泳いでいる。

近づくにつれ、使用人らしき若い娘たちの笑い声さえ聞こえてきた。

屋敷の主人の人柄が偲ばれる、明るい、良い家だ。

——私の屋敷とは違う。

私が物心ついたころ、母はひどく神経質になっていて、他人の話し声や立てる物音を嫌がった。使用人の数を最低限まで絞り、私語ひとつ聞こえない。閉めきった部屋で刺繍針が落ちる音さえ響くほどの静けさは、今思えば異様だった。

母が亡くなり、父が屋敷に戻ってから使用人は一新され、数も増えたが、私と父の間に漂う蟠《わだかま》りを感じるのか、屋敷の雰囲気は良いとは言いがたいものだった。

父が領地のカントリーハウスに移った後も、いまだに明るい雰囲気になったとは言えない。給金は弾んでいるつもりだが、堅苦しくて息が詰まると感じる者も多いのではないだろうか。

――もう少し、皆が心地よく働けるよう、考えた方がいいかもしれないな。

だが、家令に相談すれば「ならば、一日もお早いご結婚を」と急《せ》かされるだけだろう。「もしかすると一生独り身か、来月には鳩になっているかもしれない」と伝えたなら、卒倒してしまう恐れもある。

どうしたものかと考えながら門扉に近づき、そっと覗きみれば、芝生の庭で素振りをする上半身裸の若い男が目に入った。

――あれは……マクスウェル？

よく見ると、足にも靴を履いていない。裸足《はだし》だ。

ずいぶんと暑がりなのだな――と思いながら、そういえばクラリッサもそう言っていたな――と思いだして切なくなる。

――だが……なぜ、剣が二本も……？

マクスウェルの手には、左右それぞれ一本ずつ、魔石をあしらった剣が握られていた。

以前見かけたとき、彼は二刀流ではなく、大ぶりの両手持ちの剣を使っていたはずだ。

不思議に思ってながめていると「ローリング・スラーシュッ！」という不可解なかけ声とともに回転したマクスウェルと目が合った。

「あっ！　セオドア騎士団長！」

遠目でわかるほどに、まばゆい笑顔だった。

「お久しぶりでーす！」と叫びながら、引きしまった身体に汗を光らせ、こちらへ駆けてくる。

そして私の目の前に来て足をとめ――きれずに「わっ」と門に激突した。

ひひん、と傍らで驚いたように黒馬が嘶《いなな》く。

「マクスウェル、大丈夫か？」

「はい！　いやぁ、鉄って硬いですね！　これだけ硬い門ならば我が家も安全というものです！」

「……そうか」

ニコニコと笑うマクスウェルにクラリッサを思いだす。

――あの部屋では、こんな風に笑ってくれていたのに……。

切なさが胸をよぎり、用件を切りだすのが遅れた私は、咄嗟に取りつくろうことができなかった。

「ところで、当家に何かご用が？　姉上への求婚ですか？」というマクスウェルの問いに。

「えっ」

「えっ」

つかの間、言葉なく見つめあい、パッとマクスウェルの瞳が輝いた。

「俺、正解ですか？　うわ、本当に⁉」

「い、いや、私は、今度の討伐隊に君を――」

今さら建前の理由を口にしたところで、マクスウェルの耳には入らないようだった。

「そうですか！　いやぁ、なんだか切なそうな顔をしてらっしゃるんで、もしかしてって思ったら、へぇえ、驚きです！　あっ、もしかして、半月ほど前、姉と一緒にケーキを食べました？」

「え？　あ、ああ、食べた」

「何を召しあがりました？」

「何を？　レモンメレンゲパイと、ジャミー・ビスケットとミルクキャラメルだ。どれも、とても美味しかった」

答えて気がつく。心尽くしの馳走《ちそう》に、礼の品ひとつ渡していない。

「……後日、あらためて礼を贈らせてもらうつもりだ」

「高くて美味しいものでお願いします！」

「……わかった」

こほん、と咳《せき》ばらいをして、どうにか話の軌道を修正しようと試みる。

ここで「はい、求婚に来ました」などと認めるわけにはいかない。

爵位だけならばこちらが上だが、クラリッサの話からして、グラスランド伯爵夫妻は、かなりの子煩悩なようだ。

訪問の約束も本人の同意もなく、突然「お嬢さんをください」と願ったところで、うろんな客を見るような冷ややかなまなざしで追いかえされるだけだろう。

――第一印象は大事だからな……今日はひとまず、マクスウェルに討伐隊の話をするだけにして、求婚の件は後日あらためて手紙を送ることにしよう……。

そう決め、表情を引きしめたところで、マクスウェルが門をあけ、どうぞ、と招きいれられた。

「馬は、そこの芝生に放してくださって大丈夫ですよ！　な、芝生、好きだよな？」

やさしく撫でられながら屈託のない笑顔で話しかけられて、心なしか馬も嬉しそうだ。

「ありがとう。……なあ、マクスウェル。私は本当に今日は――」

「ところで、当の姉上は、あなたとの結婚についてなんと？」

まばゆい笑みで問われ、言葉に詰まる。

「あ、ダメだったんですね！」

クラリッサを思わせる笑顔が痛い。

「まだ、ダメとは……」

言われていないと思う、と返す声が知らず小さくなる。

「……結婚を申しこんだところで逃げられてしまって、はっきりと返事を聞けていないだけだ」

「それは残念！　ですが、それなら外堀から埋めるのは逆効果だと思いますよ。心の準備ができる前に『さあ、檻を用意したぞ！　入れ！』と言われたら、嫌ではないですか！」

からりと笑いながら言われて、う、と私は胸を押さえる。

「……檻」

「はい！　ガチガチの檻ではなく、居心地のよい家とご飯を用意してゆったりまてば、自然と住みつきますよ。そこで寝ている猫ちゃんも、そうやってゲットしたんです！」

そこ、と言われて目をやれば、緑の上、ふさふさの腹毛に陽ざしを浴びてくつろぐ白猫が見えた。

「……マクスウェル、猫と女性は違うと思うのだが……」

「そうですか？　似たようなものですよ！　小さくて可愛くて癒されて、時々傷つけられちゃったりもするけれど、結局はその魅力に惹かれて抱きしめたくなる！　ね？　似ているでしょう？」

確かにクラリッサは小さくて可愛い。手触りも声も最高で、癒されて、抱きしめたくなる。

そして地下室に置きざりにされたときには、この世の終わりかと思うほど苦しかったが、結局はその魅力に惹かれて忘れられない。

「……そうかもしれないな」

「はい！　猫ちゃんも女性も可愛いですよね！」

きらきらと新緑の瞳を輝かせて笑うマクスウェルは、大きな犬のようだ。愛情たっぷりに育てられた犬。きっと、愛され方も愛し方も、私よりもずっとよく知っていることだろう。

「……なあ、マクスウェル。クラリッサの心を動かすために、私は他に何をするべきだろうか」

「そうですねぇ。あっ、姉上は物で釣りやすいです！」

「物」

「はい！　すぐ、物に釣られます！　悪戯をしても、その日のおやつをあげれば、いっつも許してくれましたよ！」

「……そうか」

いったいいくつの時分の話なのだろう。効果のほどに疑問を抱きかけ、いや、と思いなおす。

――実の弟の言葉だ。信用に値する情報に違いない。

ヒョウの模様は変わらないという格言もある。子供のころの性質は、大人になっても残るものだ。

静かに目を伏せ、私は頷いた。

「ありがとう。とても参考になった」

さて、それでは肝心の討伐隊の話を――と話を変えようとしたところで、マクスウェルは私の腕を取り、歩きはじめた。

「さあ、行きましょうか！」

「……どこへ？」

「父は不在ですが、母はおります。『お嬢さんをください！』をやりに行くのでしょう？　ご案内します！」

ぴたりと足がとまる。彼はとまらない。大の男が引きあって、ずず、と芝生が抉《えぐ》れて土が覗いた。

「……マクスウェル、外堀から埋めるのは逆効果だと言っていなかったか？」

「言いましたよ。ですが、結婚は家と家との間のことでもありますから。伝えておいた方がいいでしょう。俺、応援しますから！　あなたみたいなカッコいい義兄上《あに》欲しいですし！」

意外な言葉に嬉しくなるが、時期尚早だと断ろうとして。

「さぁ、セオドア騎士団長！　男らしく！　覚悟を決めてください！　姉上も、いざというときに物怖《お》じせず、ビシッと行動できる男の方が好きですよ！」

「……そうか。行こう。案内を頼む」

マクスウェルの言葉に――クラリッサの好みの男となるため――私は覚悟を決めたのだった。

「……お気持ちは、よくわかりました。実に光栄なお話ですわ」

応接間の長椅子で低いテーブルを挟んで向かいあい、グラスランド伯爵夫人が微笑んだ。

「……ありがとう」

ホッと肩の力が抜けて、テーブルの紅茶に手を伸ばす。

静かに一口。すっかり冷めきっていたが、渇いた喉には甘露だ。

これほど緊張したのは、いつぶりだろう。いや、初めてかもしれない。不興を買いたくない相手としては、陛下よりも上だ。クラリッサは両親が嫌う男を伴侶に選びはしないだろうから。

不快に思われぬよう細心の注意を払い——仕事を通じてクラリッサに好意を抱き、縁を結びたいと思うに至ったこと。彼女の承諾はいまだ得られていないが急ぐつもりも強制する気もなく、夫妻に彼女を説得してもらいたいとも思っていないこと——伝えるべきことは伝えられたはずだ。

ようやく室内をながめる余裕が出てきて、そっと視線を巡らせる。

明るいクリーム色の壁紙に若草色の絨毯。四方の壁にかけられた絵画も堅苦しいものではなく、野原で寝ころぶ猟犬やピクニック風景等を描いた楽しげなものばかりだ。

——良い部屋だな。

一仕事を終えて気をゆるめかけたところで、グラスランド伯爵夫人が、ゆっくりと立ちあがった。

菫《すみれ》の花を思わせる青紫のドレスの裾が揺れる。

「……本当に、光栄なお話です」

夫人の口ぶりに含みを感じ、かちりとカップを戻して姿勢を正した。

顔を上げれば、こちらを見つめる新緑の瞳とぶつかる。

瞳は子供たちとそろいだが、凛とした涼やかな美貌はクラリッサよりもマクスウェルと似ている。

クラリッサは父親似なのかもしれない。

思考がそれそうになったところで、落ちついた夫人の声が響いた。

「娘が望むのならば、喜んで送りださせていただきます」と。

緑の瞳に気圧《けお》されたように見つめる私に、グラスランド伯爵夫人は淡々と告げる。

「……閣下、私は娘の幸せを心から願っております。娘が心から愛し、望んだ相手ならば、たとえそれが商人でも奴隷でも反対はいたしません。ですが、そうでなければ、たとえ相手が国王陛下であってもお断りいたします。……望まぬ男に抱かれるのは、女にとっては何よりの地獄。我が身、我が家可愛さに娘を地獄に送りだすことなど、何があってもいたしません。夫も同じ気持ちですわ。どうぞ、それだけはご理解ください」

夫人の言葉は、我が子への愛情に満ちていた。

私は憧れにも似た敬意を抱きながら、静かに頷いた。

「……よく、わかりました」

「ですが母上！　姉上はセオドア騎士団長のことをたいそう褒めておりましたから！　落ちついて口説けば、きっと上手くいきますよ！」

張りつめた空気を背後から響いた声が吹きとばした。

「――クラリッサが、私のことを？」

「はい！」

「ちょっと、マックス――」

「『もう、ほんっと、凛々しくてカッコよくてね！　騎士の中の騎士って感じの方なの。お会いするたびに、今日もいいもの見たなぁ、って得した気分になれるのよ！』と言っていました！」

まばゆい笑みで言いはなったマクスウェルに、グラスランド伯爵夫人が額に手を当て、深い深い溜め息をついた。

「……そ、そうか」

気恥ずかしさに口元を押さえる。

そのように思っていてくれたのかと嬉しく思いながら、ほんの少しの寂しさも覚えた。

――私の内面には、興味がなかったのだろうか。

いや、だが、と思いなおす。今までは、仕事以外の会話はなかったのだから仕方がない。見た目だけでも、彼女の好みならば、何よりだと思うことにしよう。

「……とにかく」

こほん、と響いた咳ばらいに慌てて顔を上げ、背すじを伸ばす。

視線が合うとグラスランド伯爵夫人は、ふと眉を下げ、新緑の瞳をやわらかく細めた。まったく困った子たちね、というように。その表情は、テディをたしなめるクラリッサとよく似ていた。

「娘の気持ちを大切にしたいという親心を、どうぞご理解ください。とにかくまずは、クラリッサとお話を。大切なのは、ふたりの心が通じあうことですわ」

「……確かに。申しわけない」

「いいえ。……さぁ、マックス。閣下をお送りして。そして、戻り次第服を着なさい。本当にもう、あなたって子は……」

「はい！　さぁ、行きましょう、セオドア騎士団長！」

「ああ。……では、失礼する」

「ええ。ごきげんよう、ランパート卿《きょう》」

愛しい人と同じ笑顔で、グラスランド伯爵夫人は私に別れを告げた。

「娘とあなたの幸運を祈っておりますわ」と、励ましの言葉を最後に添えて。


「……ところで、マクスウェル」

「はい、なんでしょう」

廊下を歩きながら、先ほど庭で気になっていたことを尋ねてみる。

「以前は二刀流ではなかっただろう？」

「え？　ああ、これですか。今、練習中なんです！　まだ、全然使いこなせていませんが、楽しいですよ！」

からからと笑いながら数歩前に出て振りむくと「見てください！」とマクスウェルは腰の両脇に下げた白刃《はくじん》を抜きはなった。

「右手に炎、左手に氷！　ふたつ合わせると爆発的な威力を発揮します！」

シャキンと剣をクロスさせ、構えてみせる青年に、ふと浮かんだ疑問を口にする。

「それは、クロスさせなくては発動しないのか？　一本の剣に魔石を二個埋めこむのでは、効果が出ないのか？」

「いいえ、同じですよ？　クロスさせる必要もありません。でも、こっちの方が格好いいじゃないですか！」

キッパリと言いきったマクスウェルの瞳に迷いはなかった。

「……そうか」

よくわからないが、きっとマクスウェルの世代の価値観では「格好いい」ことなのだろう。

「……私も挑戦してみるかな」

「あ、姉上に格好いいと思われたくてやるのなら、やめた方がいいですよ！　これ、姉上に見せたら『どうしてこんなにバカな子に育っちゃったのかしら』って不評でしたから！」

「……そうか」

ならば、やめておこう。

「早く会得できるといいな」

「はい！」

ニコニコと答える顔は無垢な少年のようだ。

よくぞここまで良くも悪くも純粋なまま育ったものだと思う。

――きっと、クラリッサも可愛く思っているのだろうな。

共感と嫉妬を抱きながら、私は忘れかけていた建前の用件をマクスウェルに伝えることにした。


「……さて、帰るか」

手綱を握り、跨った馬に声をかけると名残惜しげな嘶きが返ってきた。

グラスランド家の芝は、よほど美味しかったようだ。ケーキの分も合わせて、礼をしなくては。

「ダメだ。帰るぞ」

訪問前よりふくらんで見える腹を挟んだ脚に力をこめて促せば、渋々と歩きはじめる。

あの後、マクスウェルは討伐隊への参加を二つ返事で了承してくれた。

件《くだん》の洞窟近くでは美味しい林檎が採れるとかで、グラスランド伯爵夫人の好物なのだという。

それを土産に買いたいという、彼らしい参加理由だった。

なるべく彼が伸び伸びと――しすぎても困るが――任務を果たせるような隊員を集めようと思う。

――良い家だったな……。

グラスランド家は明るく、温かな場所だった。自分が場違いに思えるほどに。

――結婚に反対されたわけではない……と思うのだが……なぜだろう。

胸に広がる言いようのない寂しさを噛みしめながら、常足《なみあし》で馬に揺られていると、屋敷から少し離れたところで車輪の音が耳に届いた。

グラスランド伯爵が帰宅したのだろう。

振りむき見れば、門の前で二頭立ての馬車がとまり、新緑の上着をまとった紳士が降りてくる。

そして、ひらきつつある門へと駆けよって――。

「おお、エンジェル！」

朗々たる声を上げ、両手を広げた。

グラスランド伯爵夫人の名前は、確かイモージェンだったはずだ。

――エンジェル？

首を傾げたとき、門の内側から勢いよく誰かが駆けだしてくるのが見えた。

「ああ、あなた！　おかえりなさい！」

胸に飛びこんできた夫人を伯爵が抱きあげ、くるりと回り、淡い青紫のドレスの裾が菫の花びらのように舞う。

「ああ、帰ったよ！　愛する君、我が守護天使のもとへ！」

「うふふ、ご無事で何よりですわ！」

先ほど、私の前で凛と背すじを伸ばしていた淑女の姿からは想像もつかない、恋する少女のように笑う夫人の姿に衝撃を覚えた。

その夫人を愛おしそうに抱きしめる伯爵にも。

グラスランド伯爵夫妻の間には、あふれんばかりの愛が見えた。

ありふれた貴族の婚礼、家同士の縁で結びつけられたはずのふたりの間に。

いや、ふたりだけではない。この家は、愛であふれていた。

あまりにもまばゆい愛が。

どうしてだか、わからない。

不意に名状しがたい激情がこみあげてきて——私は、逃げるようにその場を後にしていた。

＊＊＊

私の母と父は、婚礼までまともに話すこともなく、家のために結びつけられた夫婦だった。

私は、父が母にやさしい言葉をかけているところを見たことがない。

ふたりが抱きあう姿を目にしたことも。

父には他に誓いを交わした女性がいて、結婚当初から、父は母を疎んでいた。

若すぎたのだろう。

せめて父の方が、あと五年早くに産まれていれば、若い妻を思いやる余裕が持てたかもしれない。

この国で貴族の娘が十八で嫁ぐことは珍しくないが、男は違う。

職を得て、世を知り、大人の分別のついた二十半ばになってから妻を娶る。

世間知らずな乙女を守り、導き、支配できるように。

けれど、父は騎士となって間もない、十八の若さで婚礼を強いられた。

先々代の騎士団長であった祖父が職務中に負傷し、一時、寝床から起きあがれない状態が続いたためだ。祖母は祖父を励まし、一日でも早く跡継ぎをもうけようと、父の結婚を急いだ。

当時、父には恋人がいた。名前はアン。

それが貴族の娘であれば、その娘と結ばれて大団円だっただろうが、彼女は商家の娘だった。

アンの両親は、ふたりの恋を欲得まじりではあるが応援していたらしい。

いずれ爵位を買いあげ、貴族の末席に加わった暁には、きちんと娘を妻として迎えてほしい――

そう父に望み、父も喜んでその日をまつと答えた。

だが、祖父が倒れ、父は即時の婚礼を強いられることとなった。

当時、アンと父との間に、どのような会話がなされたのかはわからない。

だが、おそらく、父は誓いを立てたのだ。生涯、君だけを愛しつづけると。

許されないからこそ、心は燃え、愛しさはつのり、恋人は、ただの人間の女から愛の女神にまで昇華される。

その愛の障害となった母が、父には神を冒瀆《ぼうとく》する魔女のごとく悍《おぞ》ましく思えたのだろう。

父は母の美しささえも自分を誘惑するための罠だと憎んでいた。

父はただ、自分が悪者になりたくなかったのだ。

自分は恋人を裏切りたくなかった。どうしようもなかった。この結婚を望んでなどいない。

身勝手な誠実さをアンに示すために、父は必要以上に母を傷つけた。

まともな会話を拒み、肝心の子作りさえも医師と相談し、孕みやすい日を選んで最低限の交わりですませた。

きっと母の身体を思いやるような交わりではなかっただろう。月に一度の務めの翌日、決まって母は寝こんでいたと聞いている。

ようやく私が産まれたとき、結婚から六年が経っていた。

六年は、長すぎる。

その間、母が味わった苦しみを思うと、どうしても、彼女を憎みきれない。

彼女が苦痛と屈辱だけを与えられつづけた六年の間、父は恋人には惜しみない愛を捧げ、悦《よろこ》びを与えていたのだから。

私が産まれ、父は最低限の義務は果たしたと思ったのだろう。

母が産褥《さんじょく》の床を上げる前に王都の屋敷を出ていった。

記憶に残る一番古い母との思い出は、私を抱いた母が玄関ホールに佇み、ひらかぬ扉を見つめる光景だ。

「……産めば、変わると思ったのに」

私を抱く腕に力をこめて、そう呟いた母の声を不思議なほど鮮明に覚えている。

あれほどの怒りと絶望に満ちた声を忘れられるはずがない。

帰らぬ父をまつ母は、ひどく歪んだ顔をしていた。

それでも、私が幼いうちは、父は月に何度か屋敷へ帰ってきていた。

けれど、アンに泣かれるか何かしたのだろう。

祖父母が相次いで世を去り、しばらく経ったある日を境に姿を現さなくなった。

それからだ。母の躾が厳しさを増したのは。

母は、父を愛していたのだろうか。

真実はわからない。母に尋ねれば「夫を愛するのは当然のことです」と答えただろう。

もしかすると存在したかもしれない恋心は絶望となり、やがて絶望は膿《う》んで父への憎悪となった。

あの男さえいなければ、自分は誰か他の想い想われる相手と幸福な未来を得られたかもしれないのに、と。

けれど、憎むべき父は屋敷にはいない。

そうなれば、自然と代わりのものを求めるようになる。

幸か不幸か、母の手元には、父とよく似た色彩の男が残されていた。

「男女の交わりは子を授かるための神聖なものであるべきです。快楽のための行為など穢らわしい！」

幾度となく言いきかされた母の言葉。あれは、私を通して、父に叫んでいたのだろう。

生涯の愛を誓いながらも、父は貴族としての体面を重んじ、愛人であるアンとの間に子をもうけなかった。

父とアンの間にあったのは、純粋な愛と快楽の交歓だ。

母は、自分がそれを得られないことを知っていた。

だから、私にも——私の中の父にも——それを許したくなかったのだろう。

母は悲しいほどに誇り高く、貞淑な貴族の娘で、弱音のひとつも外に出せなかった。

逃げてくれればよかったのだ。外聞など気にせず、自分を救えば。

家を飛びだすのでも、愛人を作るのでもいい。心の逃げ道を作ってくれれば。

そうしていれば、私と地獄に堕《お》ちずにすんだだろうに。

どれほど私が言いつけに従っても、母が満たされることはなかった。

私を躾《しつ》ければ躾けるほど、母の心は病んでいった。

十二の誕生日もほど近い冬の日まで、私は母の作りだした地獄にいた。

ひどい流行り病で、多くの犠牲者が出た年だった。

数年ぶりに屋敷を訪れた父の顔は傑作だった。

そろそろ騎士の見習いにでもしようかと息子の顔を見に来てみれば、青白い、やせ細った子供が出てきて、さぞ驚いたことだろう。

父は険しい顔で母を探しに部屋を出て、十数分の後、母は、突然の流行り病で世を去った。

父から母の死を告げられ、私は母のもとへと走った。

長年使われることのなかった夫婦の寝室で、今朝まで元気だった母は眠るようにこときれていた。

どこか、ホッとしたような顔をして。

だらりと落ちた白い腕。その先に転がるワイングラスとこぼれた鮮やかな赤色。

へたりとその場に座りこんだ私を、父は「すまなかった。おまえには何の罪もなかったのに」と涙ぐみながら抱きしめてくれた。

けれど、本当は、あのとき私は悲しいと思うよりも、気が抜けてしまったのだ。

ああ、これでもう、母から罰を与えられずにすむのだ――と。

そうして憎き魔女が消え、心から愛する女性を妻に迎えようとした父の望みは叶わなかった。

きっと母の最後の祈りが通じたのだろう。

一緒に暮らしはじめて、わずかふた月後。商家の娘は流行り病にかかり、あっけなくこの世を去ったのだ。

父は、ひどく嘆き悲しみ、母を罵った。

「あの魔女が、もっと早くに死んでいればよかったのだ！」と。

けれど、散々泣いたその後には「彼女との愛を貫けたことを、私は誇りに思う」と微笑んでいた。

私は、父を憎んだ。

すべての穢れを罪を母にかぶせ、自分だけが愛を謳歌《おうか》し、酔いしれる父を。

私に罪はなかった。だが、母にも罪はなかったはずだ。

母が父に何をしたというのだろう。

ただ、親に、家に決められるまま、父のもとへ嫁いできただけだったというのに。

金の髪に青の瞳の天使のような少女は、父によって歪んだ魔女にされた。

父が母を壊したのだ。

そして、母は私を壊そうとした。

「……私は、ホッとしています。新しい母上ができて、弟が産まれれば、また父上に捨てられるのではないかと、怖くて仕方がなかったので」

震える私の言葉に父は唖然《あぜん》として、それから、ばつが悪そうに目をそらし、「すまない」と私を抱きしめた。

私はその腕を振りほどきたくなる衝動を、歯を食いしばってこらえていた。

父に抱きしめられたのは、それが最後だった。

母を死に追いやり、アンを失って以降、父は次第に酒に溺れるようになり、数年後に身体を壊して騎士団を退いた。今ではまともに剣も持てない。

誰ひとり、幸せにならない家族だった。

＊＊＊

物思いにふけりながら、自分の屋敷にも騎士塔にも戻る気になれず、気づけば、懐かしい公園に来ていた。

夕暮れ時ということもあって人影はまばらで、三組ほどの親子連れが、ちらりと私に目をやり、ひそひそと何ごとか囁きあっている。

騎士団の制服を着ているので、どこかへ通報される恐れはないと思うが、あまり長居はしない方がいいだろう。

馬を下り、木陰に佇み、揺れるブランコを見るとはなしにながめる。

ここは私が子供のころからある。

けれど、一度も遊ぶことを許されなかった場所。

そして、クラリッサと日向のベンチで語らい、至福の時間を過ごした場所だ。

――クラリッサも困っただろうな。

ここで、九つの自分《テディ》が彼女にプロポーズをしたときのことを思いだす。

――口約束なら、いくらでもできただろうに。

もしくは、これは十日間の夢だから、と種明かししてしまうこともできたはずだ。

けれど、クラリッサは口約束で誤魔化すことも、十日間の夢を壊すこともせず、どうにか誠実であろうとしてくれた。

だからこそ、テディも私も、ますます彼女が愛しくなったのだ。

少し前のことなのに、二十年も前のことのように感じる。

あのころの、当たり前のようにクラリッサの隣にいられたテディが羨ましい。

――自分に嫉妬なんて、バカらしいが。

私にとって、あの十日間は奇跡だ。

それなのに、記憶を消すなどと言わないでほしい。私との思い出を捨てようなどと。

ああ、だが――と溜め息がこぼれる。

クラリッサの生家を訪ね、目を背けていた事実に気がついてしまった。

――私はクラリッサが欲しい。彼女さえいれば幸せだ。

だが、彼女の幸せはどうなのだろうか――と。

あのような家庭で育った彼女が、私に嫁いで幸せになれるのだろうか。

彼女が育ってきたような温かな家庭など、私に築けるのだろうか。想像もつかない。

ランパート家に入ることで、彼女の笑顔が損なわれたらと思うと、自分の想いが成就しないことよりも、ずっと恐ろしく思えた。

――彼女の人生の邪魔になるくらいなら、このまま諦めて鳩になった方がいいのかもしれない。

そう心が揺らいだところで、こちらへと駆けてくるふたつの足音に気がついた。

振り向けば、六つか七つの年ごろの少年がふたり、親子連れの集団から飛びだして、向かってくるところだった。その後ろには、慌てて追ってくる母親らしき姿が見える。

「セオドアきしだんちょーさま！　こんばんは！」

目の前で足をとめたふたりの声がきれいにそろう。

「ああ、こんばんは」と返すと「ぴゃあっ！　しゃべったぁあああっ！」と歓声が耳に突きささる。

「……何かあったのか」

背をかがめて問えば、兄らしき少年は弟の手を握りしめ、つま先立って声を上げた。

「おれたち、きしになりたいんです！　どーすれば、なれますか！」

「なれるわけないでしょ！　もう、バカね！」

背後から伸びた手が少年たちの肩をつかんで、ぐいと私から引きはなした。

「本当に申しわけございません！　警らの途中でいらっしゃるんでしょうに、とんだお邪魔を！

息子たちがご無礼いたしました！」

深々と頭を下げて、溜め息と共に顔を上げた母親と目が合い、気がついた。あのオムレツ専門店のウエイトレスをしていた娘だと。

今日は店に出なくていいのだろうか。

思えば、あのオムレツの話が夢の日々のきっかけだったな――と懐かしいような心地になる。

「……いや。なれないこともないが、店の後継ぎがいなくなるのではないか？」

後に調べて知ったが、あの店は家族経営のようだ。

「えっ⁉　どうして――あ、いいえ、この子たちの上にひとり、食い意地の張ったでっかい息子がおりまして！　今日も私の代わりに店に出ております！」

「かーさん、きいた⁉　おれたちだって、なれるって！」

「なれないこともないってことは、まず無理だってことよ！　どんなに勉強しようが運動しようが、爵位もない商人の子が騎士になれるわけないでしょ！」

「ちぇっ！　なんだぁ！　がっかりだよなぁ、ジャン」

「ちぇっ、じゃない！」

ばしんと少年の後頭部を叩く母親に眉をひそめながら、言葉をかける。

「確かに、騎士団に入るのは簡単ではない。健康な身体と最低限の教養が必要だ」

「やはり、そうですよねぇ」

「だが、爵位があるかどうかは関係ない。自分の剣と鎧と馬を持っていれば充分だ」

「……剣と鎧と馬ですか……」

「高額な品である必要はない。手の届く範囲で用意すればいい」

兄弟も母親も栄養状態がよく、健康そうだ。

父親であるオムレツ店の店主は大柄で骨格がしっかりした男だった。見込みがないとは言えない。

あの店はだいぶ繁盛している。貧しい貴族の三男坊よりも、出せる予算は多いかもしれない。

事情はそれぞれだろうが、少しくらいは真剣に子供の夢を考えてやってほしかった。

「……それなら、買えなくもないですが……ですが、それでは、その……騎士団の中で、恥をかくのではありませんかねぇ」

「今の私を見ればわかると思うが、騎士が皆、普段から鎧を着ているわけではない。馬も、健康であれば容姿のいい名馬である必要はない。式典用の馬は別にいる」

「ああ、確かに……パレードの馬は、皆きれいにそろった色ですものねぇ」

「いずれ、騎士の報酬で買いなおしてもいい。ただ、剣だけは、最初からそれなりの品を選んだ方がいいだろう」

疑わしげな顔をしていた母親は、次第に真剣に耳を傾けるようになっていた。

「……本当に、私たちのような平民の子が騎士団に入れるのでしょうか」

「私が騎士団を率いている間は、才ある者を出自で弾くようなことはしない。約束しよう」

そう答えて、ふたりの兄弟に目を向けた。

期待に満ち満ちた四つの瞳が見あげてくる。

幼い私は、このように無邪気に夢を見ることなどできなかった。母の機嫌を損ねないことだけを考えて生きていた。

このふたりが、心折れることなく、健やかに育って、いずれこの国を守る騎士になってくれればいいと思う。そういう者が増えれば、今よりも団の雰囲気も明るくなるだろう。

「……大切なのは強い心と健康な身体だ。たくさん食べて、遊んで、鍛えて、そうして、もう少し大きくなったなら入団試験を受けに来るといい」

「はい！」

元気なふたつの声が公園に響いた。

――ああ、ずいぶんと偉そうなことを言ってしまったな。

きゃあきゃあと何ごとか言いあいながら去りゆく親子連れを見送って、そっと溜め息をこぼす。

演説ぶったことをしてしまったが、今の私に騎士に相応しい強い心があるとはいえない。

それでも、ああ言ってしまった以上、彼らが大人になるまで騎士団長を辞めるわけにはいかなくなった。

――あの兄弟が本当に来るかはわからないが……約束してしまったからな。

鳩になるのは諦めよう。いずれ遠縁から養子をとり、遠くからクラリッサを見つめて仕事に生きよう。きっと、それがお互いのためだ。

そう自分に言いきかせながらも、心の奥底でわがままな子供が「嫌だ、欲しい」と喚いている。

――充分、もらったじゃないか。

あの十日間で、充分なはずだ。

――私は、とても幸せだった。

あの十日間の思い出だけで、生きていけるはずだ。

それまでの二十九年すべて合わせても足りないほどの愛と幸福を、たった十日で与えてもらったのだから。

じんと目の奥が熱くなり、私は固く目を閉じた。

少し路地を歩いて頭が冷えたら屋敷に帰って、明日からは、大人しく望遠鏡を覗いて過ごそう。

たとえ彼女と結ばれなくとも、私には、まだ騎士団長としての務めがあるのだから。

そう自分に言いきかせて馬を引き、私は公園から立ちさった。


きっと情けない顔をしている。

そう思い、誰にも見られないようにと人気《ひとけ》のない通りを選んで進むうちに、気がつけば見知らぬ路地へと迷いこんでいた。

――ふむ。困ったな。

空を見あげれば、茜《あかね》から藍へと移ろうとしている。

――夜までまつか。

星が出れば、方角がわかる。王都の大まかな地図は頭に入っている。どうにかなるだろう。

――そういえば、クラリッサと星を見たことはなかったな。

あれほど一緒にいたのに、まだ彼女としていないことはたくさんある。

その機会は生涯得られないのかと思うと、胸がぎりりと締めつけられる。

うつむきかけたところで、ひひん、と遠慮がちな嘶きが響いた。

立ちどまる私を不思議そうに見つめる愛馬の首をさすり、声をかける。

「ああ、すまない。腹が減っただろう。……いや、そうでもないか」

グラスランド家で、心行くまで芝を食べたはずだ。光射《さ》す庭、あの温かな屋敷で。

――そういえば、昼食を食べ忘れたな……。

珍しいことではない。母から罰と称して食事を抜かれることが多かったせいか、すっかり空腹に疎くなってしまった。朝と夕は屋敷で取るため忘れずにすむが、昼は時折おろそかになる。仕事が忙しいときなどは特にだ。

――クラリッサが聞いたなら、驚くだろうな。

新緑の瞳をきゅっと細めて「お昼を食べわすれるなんてありえません！　自分への虐待ですよ！」とでも叱ってくれるだろう。

思いうかべて頬がゆるみ、すぐにその笑みは苦いものへと変わる。

諦めようと決めたそばから、これだ。頭を振って妄想を追いはらうと、私は馬に声をかけた。

「……さぁ、もう少し歩こう」

そうしてなるべくひらけたところに出て、夜の訪れをまとうと歩きはじめて――きん、と夕闇に響く剣戟《けんげき》が耳に届き、私は身を翻し、地を蹴った。

ほどなくしてたどりついた路地を覗いて目にしたのは、五人の覆面姿の男と、それに囲まれて膝をつく、ひとりの騎士の姿だった。

――あれは……ブライアン？

見間違いようのない、銀の髪に白磁の美貌。近衛騎士のブライアンだ。

――なぜ、このようなところに……。

彼はエブリン殿下との婚礼を控えている身だ。このような路地裏で何をしているのだろう。

疑問を抱きながらも、私は白刃を抜き、地を蹴った。

手近な覆面のひとりが気づき、さっと身構える。誰何《すいか》はされなかった。

殺気とともに踏みだした男の膝蓋《しつがい》の下、腱を狙って横薙《な》ぎに裂く。

呻き、よろめく男の身体を隣の男に向かって蹴りとばし、ふたり目に斬りかかろうとして——。

「あっ、殺さないで！　できれば全員捕まえてくださいっ！」

ブライアンの声が響いた。


「……ありがとうございます、騎士団長。おかげさまで、命拾いいたしました」

私の手を取り、よろよろと立ちあがったブライアンが微笑んだ。

殴られたのか頬が腫れ、唇が切れている。美男が台無しだ。近衛騎士の白い制服にできたいくつかの裂け目からは赤い色が覗いている。

男たちの剣をあらためたところ、幸い毒物が塗られている様子はなかった。

命に関わる傷ではないだろうが、治療は必要だろう。

「こいつらは、どうするつもりだ」

自らの覆面を口に押しこまれて呻く男たちを目で示す。

ブライアンの願い通りに全員生かして捕らえたが、少しばかり手間取ってしまった。

縛るものがなかったので、手足の関節を外してある。逃げだすことはないだろう。

「……騎士団に連行し、尋問していただけませんか」

「心当たりは、当然あるのだろう？」

「はい。姫様との仲を引き裂こうとする輩《やから》に雇われたのでしょう。ひとりになったところを消せと」

その言葉に眉をひそめる。

「……自分の身を囮《おとり》にしたのか」

「はい。……あ、ですが、最後の邪魔者だったのですよ！　式まで時間がないから、どうにか早く片をつけたいと姫様が頭を悩ませてらっしゃって……あ、どうぞ姫様にはご内密に！　囮になったなどと知ったら絶対にお怒りになりますから！　偶然襲われたということで、お願いいたします！」

深々と頭を下げるブライアンを見つめながら――呆れるような哀れむような、少しばかり羨ましいような――なんとも言えない心地になる。

彼がエブリン殿下を娶るに至った過程は耳にしている。ずいぶんと無茶をしたものだ。不名誉な呼び名までつけられて。

釣りあわぬ恋、相手を不幸にするかもしれない関係――そのような想いを、なぜ、こうまでして貫こうと思えたのだろう。

「……ブライアン、今さらこのようなことを聞くのは何だが」

「はい、なんでしょうか」

スッと背すじを伸ばしたブライアンに尋ねる。

「……君は、エブリン殿下との恋路を諦めようと思ったことはないのか。嫌気が差したことは？　伯爵家に嫁ぐことでエブリン殿下を不幸にするのでは、と案じたことはないのか」

「……実に、手厳しいですね」

はは、と顔をしかめながら、ブライアンは表情を引きしめた。

「嫌気なんて差しません。ですが、諦めようと思ったことはあります。当家の財力では姫様に王宮にいるときのような暮らしはさせてあげられませんし、私の取り柄など顔だけですから。……ご存じでしょう？　姫様からあなたのお父上へ強烈に推薦していただいて、姫様のおそばにいられるようになりましたが、元々、私に近衛騎士を務められるほどの実力はないんですよ。見てくれだけです」

確かに、先ほどの戦いでも感じたが、ブライアンは腕が立つとは言いがたい。

近衛騎士の中では、下から数えた方が早い腕前だろう。

「……だから、姫様にも言いました。あなたを幸せにできる自信がありません。もっと相応しい男がいるはずですと」

「……そうか。エブリン殿下はなんと？」

「姫様は……『できるかできないかではなく、おまえには私を幸せにする義務があるのよ。おまえに嫁がなかった人生と、嫁いだ人生、どちらの方が私が幸せになれるのかなどと悩むくらいなら、どのような犠牲を払ってでも、私と結ばれ、幸せにする方法を考えなさい！』と頬を殴られました」

「殴られた」

「はい、拳で」

平手ではなく、拳で。殴ったのか。あの高貴な姫君が。あの細腕で恋人を。

「エブリン殿下は、おそろ――強いお方だな」

「はい。姫様は、お強い。そこがたまらなく魅力的なのです」

うっとりと夜空を見あげるブライアンは泥にまみれ、方々に傷を作りながらも幸福そうに見えた。

「……ですから、私は、姫様と結ばれて幸せになるためならば、どんな犠牲も厭《いと》わぬ覚悟です」

「……そうか」

不格好に微笑むブライアンの姿に、道を示されたような気がした。

確かに、私と結ばれることでクラリッサの未来は狭まるかもしれない。

だが、それでも「私と結婚して幸せになれるのだろうか」とうじうじ悩むよりも、選ばせた道を、いかに幸福に満ちたものにするかに心血を注いだ方が、ずっと建設的だ。

クラリッサが私を選び、この手を取ってくれたならば、きっとブライアン同様、私も何を犠牲にしてでも、彼女を幸福にしてみせる。

次に会えたときには、迷わずに想いを伝えよう。

しっかりと男らしく、物怖じせずに行動するのだ。

そう心に決めながら、私は転がる男たちを騎士塔へ運ぶため、呼び笛を取りだした。

# 第七章　騎士団長が鳩を抱えて追ってくる

「はい、おすそわけ～！」

深夜の魔術師塔食堂、食事スペースにて。ちびちびとミルクをすすっていたところ、どーん、と目の前にフルーツタルトを置かれ、私は「わぁっ」と歓声を上げた。

「すっごいどっさり！　フルーツ山盛り！　ちょっと、オリヴァーどうしたの？」

「この間のパンケーキの御礼よ～どうぞ召しあがって！」

「わーい！　って、でもこれ、けっこう高いやつじゃない？」

こぼれんばかりに積みあげた宝石のような真っ赤なベリーに、ふんわり純白生クリームのタルト、ワンホール。きらきらと魔法の粉のように散らされているのは本物の金箔《きんぱく》だ。

確か、香水屋や宝飾店が並ぶ通りに店を構える高級な菓子店の品だったと思う。

「そうよ。臨時収入のおかげ～！」

「臨時収入？」

首を傾げる私に「そうよぉ」とオリーブブラウンのおくれ毛をかきあげ、オリヴァーは微笑んだ。

「うふふ、聞いて聞いて～セオドア騎士団長様ったら、恋わずらいしてるみた～い！」

オリヴァーの言葉に、私はミルクを噴きだしそうになった。

「あらやだ、大丈夫？」

「え、ええ。大丈夫よ。続けてちょうだい」

「そう？　ええとねぇ……ほら、私、『絶対好きになるお花』売ってるでしょ？」

「ええ」

乙女心に詳しいオリヴァーは植物に関する魔術を得意とする。

宮廷魔術師としては品種の改良や貴重な植物の管理栽培などを担っているのだが、趣味と小遣い稼ぎをかねて、恋占いの花を雑貨屋におろしているのだ。

花びらをちぎりながら、好き、嫌い、好き、と意中の相手の心を占う、恋する乙女のための花。

野に咲く花と違うのは、オリヴァーの魔術によって花びらが奇数になるように育っていることだ。

だから、絶対に「好き」で終わる。

だから、「絶対に好きになるお花」。

そんなのイカサマじゃないかと思うだろうが、恋する乙女は嘘でもいいから「その想いは叶うよ！」と応援されたいものなのだ。

そういうわけで、オリヴァーの花は、そこそこの人気を誇っている。

「今日……もう昨日か。昨日の昼にね、噴水のところで物思いにふけってらっしゃるセオドア騎士団長様をお見かけしてね。ピンときたわけよ！　これは恋！　恋わずらいをしてらっしゃるって！　それでね。ちょうど新作のブルーローズ……あ、魔術で青い色をつけたやつよ、今度、売りだすの。とにかくね、手元にひとつあったから『恋愛成就のおまじないにひとついかがですか？　絶対好きになるお花ですよ～！』って言ったら『言い値で買おう』って銀貨一枚で買ってくれちゃった！」

「……ぼったくりじゃない」

新作とはいえ、雑貨屋に行けば、その金額で一ダースは買えるだろうに。

「うふふ。普段、こういうのお買いにならないのねぇ。意外に世間知らず〜可愛い〜！　ね？　クラリッサもそう思うでしょ？」

「……そうね。いただきます」

一切れタルトを取って、かぶりつく。

じゅわりと広がる甘酸っぱい果汁とサクサクのバタービスケット生地。生クリームは、ほのかなミルクの香りとすっきりとした舌触りが心地よい。

騎士団長を騙《だま》して食べるタルトは——うまい。申しわけないが、美味しかった。

——うう。生クリームだけで食べても美味しいやつだこれ。

もぐもぐと至福の味を噛みしめながら、ぼったくりの被害者であるセオドア様を思う。

——恋わずらいって……私に……なのかしら……。

美味しい美味しいとはしゃぐオリヴァーに笑みを返しつつ、私は甘酸っぱいベリーと一緒に後ろめたさを噛みしめていた。


翌日の昼、私は魔術師塔の最上階で鳩にエサをあげながら、セオドア様のことを考えていた。

あの日、半月前、地下から逃げだした日の彼の言葉。

あれは、口止めのための求婚ではなかったのかもしれない——と今では思うようになっていた。

——だとすると、あんな風に突きはなしちゃって……傷ついたかしら。

セオドア様が私を望遠鏡で覗いていることは、エズラ団長から聞いている。

「クラリッサの心の準備ができるまで会いに来るな」とエズラ団長が釘を刺してくれたらしく、彼は一切、私の前に姿を現さない。その代わり、地下を出た翌日の夕暮れ、騎士塔から鳩が来た。細い肢《あし》に結ばれたメモには「どうか遠くから姿を見ることを許してほしい」と見た目に相応しい力強く端正な筆跡で記されていた。

私は少し悩んで、見るだけなら別にいいかと「それくらいなら、構いません」と返した。

その結果が、これだ。望遠鏡による監視。

エズラ団長によると、あれは「顔を合わせるのが恥ずかしい」と言った私に、彼の姿を見せないための気遣いらしい。

――気遣いの方向が間違っているわ！

近ごろはそれでは足りなくなったのか、エズラ団長曰く「偶然の出会いに、一縷《いちる》の望みをかけておるんじゃろう。ぷふふ」ということで、時々、中庭の噴水で鳩にエサをあげている。

五日前には家に来た。寮ではなく、グラスランド家の方だが。屋敷をながめているところを弟のマクスウェルに見つかり、そのまま母に会って「お嬢さんをください」と言ってきたそうだ。

そして、思い出の地巡りでもしているのか、彼の姿を屋台街や公園や庭園で見かけるという噂がチラホラ耳に届いている。

――私に会いに来ること以外、とりあえず全部やっている気がする……。

まるでベッドに乗るなと叱られて、ベッドの周りを歩きまわりながらキュンキュン訴える大型犬のようだ。その主張の激しい聞き分けのよさに呆れつつも、少しずつ絆《ほだ》されてきている自分がいる。

「うう……それは困る……！」

いつか根負けして受けいれてしまう未来がよぎって、うう、と頭を抱えたくなる。

絶対、顔を合わせたら負けだ。

「結婚は、したくない」

由緒あるランパート家の女主人が、魔術一筋で生きてきた私に務まるとは思えない。

「だから、したくないんだけれどなぁ……」

逃げつづけたところで、諦めてくれる気がまるでしない。はああ、と深い溜め息がこぼれる。

互いに記憶を消して、元の通りに時々目の保養にするだけの関係に戻れたら、どれほど気が楽になるだろうか。そんな身勝手なことを考えてしまう。

記憶を消すのは、精神に負担がかかる。テディを甘やかそうと決めたのは私の独断で、セオドア様は否応《いやおう》なく甘やかされただけなのだ。

それなのに、自分が楽になりたいがために彼に負担を強いるなんて最低ではないか。

――こんな考えだから、エズラ団長は、私の記憶を消してくれなかったのかしら。

自分だけ忘れて楽になるなど無責任だと。

本当はきちんとセオドア様と話をして、互いに納得をした上で動くべきなのだろう。

けれど、あの十日間でテディにしたこと、言ったこと、言われたこと、乞われるがままに応じてしまったことを思いだすと――もう、叫びたくなるほど恥ずかしい。

――セオドア様だって、そうじゃないの……？

それならば、やはり会わないまま互いに記憶を消して、なかったことにした方がいいのではないだろうか。またしても都合のいい考えが浮かんで、私は、ぶんぶんとかぶりを振る。

――ダメダメ、やっぱり一度、きちんと話をしないと。

いったいセオドア様は、あの日々を、どのように認識しているのだろう。

子供のころの自分がされたこととして記憶しているのだろうか。

それとも、つい最近の出来事として、しっかりきっかり鮮やかに覚えているのだろうか。

後者だとしたら、あのバスルームでの出来事も「しっかりきっかり鮮やかに覚えている」ということになる。私と同じように。

手のひらに伝わる脈打つ熱さ、扱きあげる指を弾く肉の感触、耳たぶをくすぐる乱れた吐息が、まざまざとよみがえり、私は思わず両手で顔を覆って叫んだ。

「ああ、無理！　ダメ、絶対！　会えない！　無理！」

どのような顔をして会えというのか。

――そうだ！　手紙よ！　お詫びの手紙を書けばいいのよ！

悪気はなかった。エズラ団長の許可が下り次第記憶を消すので、どうか許してもらいたいと。

それから、セオドア様の治療が上手くいくことを祈っていると。

そこまで考えて、ふと疑問が浮かぶ。そういえば、結局、何のための治療だったのだろうかと。

子供のころのつらい記憶のせいで心か身体に不調があって、退行治療を受けたのだとは思う。

けれど、エズラ団長は詳しいことは教えてくれなかった。気になるのなら当人に聞きなさいと。

――私のせいで、悪化とかしていないといいのだけれど……。

確認もかねて、やはり一度は話をした方がいいかもしれない。

そう思うものの、どうしても恥ずかしさが邪魔をして、一歩踏みだす勇気が持てない。

いったいどうすればいいのだろう。鳩の餌入れを握りしめ、ううう、と唸《うな》っていると、軽やかなノックの音が響いた。

「……はい。あら、図書室の主さん、こんにちは」

「こんにちは。エズラ団長は……ご不在ですか」

「今、エブリン様と一緒に、オリヴァーの恋の花園を見に行っています」

魔術師塔の三階には、オリヴァーをはじめ、植物を扱う魔術師がそれぞれの研究用の花や作物、薬草を育てている室内植物園があるのだ。

「了解です。では後ほど、出直します――おっと」

「あっ」

羽ばたきが響いたと思うと、ひらいた扉から一羽、鳩が飛びだしていってしまった。

「これは失礼！」

「いえいえ、私が追うので大丈夫ですよ」

謝るアーロンに餌入れをやんわりと押しつけ、私は鳩を追って階段を駆けおりていった。

「……ええと……どっちに行ったんだろう」

惜しかった。あと、もう少しで追いつけたのに。

ちょうど一名、寮へと帰る魔術師が塔の扉をあけるところだったのだ。

鳩を追って天井の方を見ていた私は同僚の背中に激突、鳩は広い世界へと解きはなたれた。

――日が沈む前には見つけたいところだけれど……。

寮の方かしら、とキョロキョロと天を見あげながら歩いていると。

「――クラリッサ？」

「ひぇっ！」

聞きなれた声に飛びあがった。

首を巡らせ見れば、少し離れた中庭の噴水前、鳩を抱えたセオドア様がこちらを見つめていた。

どうして今、どうしてここに、どうして鳩をセオドア様が――突然の出来事に頭が追いつかない。

「セオドア様……と、鳩」

「クラリッサ、会いたかった……！　どうしても君と話がしたいと――」

ずんずんと近づいてくるセオドア様の必死の形相に、思わず「ひっ」と後退ると、ぴたりと彼は足をとめ、それから一気に地を蹴った。

「ひゃあぁっ」

考えるより早く、私は逃げだしていた。

「っ、まってくれ！」

まてるわけがなかった。背を向けて走る私を、屈強なる騎士団長が鳩を抱えて追ってくる。

ふたつの足音、ポッポゥポッポゥと響く鳩の鳴き声。

――何なの⁉　この状況はっ⁉

だが、幼いころから弟と競った追いかけっこで、足にはそれなりに自信がある。

魔術師塔へ逃げこめば、地の利はこちらにある。大丈夫だ。

全速力で走りつづけて。

——ひぇえ、なんでそんなに速いのよぉぉぉッ！

五十歩ほどひらいていた距離は、またたく間にちぢめられ、足音はすぐ後ろまで迫っていた。

焦る私の目の先で、塔の入り口がギギィとひらく。

——やった！　誰か出てくる！

セオドア様も他人の前で無茶はしないだろう。

浮かびかけた笑顔は、扉の隙間から見えた鮮やかなマリンブルーの色彩に強ばった。

ききっ、と急ブレーキをかけ——「クラリッサ！」がしりと腕をつかまれて。

「——頼む！　私を捨てないでくれ！」

なんだか聞きおぼえのある台詞が響きわたった。

「……あらあら、お熱いこと」

ひらいた扉の向こうから聞こえた愛らしい声に、ピシリとセオドア様は固まって——即座に表情を引きしめた。

そうして立ちすくむ私の腕を引き、しゃなりと扉から現れた豪奢《ごうしゃ》なドレスの姫君に道をゆずると、セオドア様は優雅に腰を折った。それに倣い、私も慌てて腰を落として目を伏せる。

「……ごきげんよう、ランパート卿。今日は、ずいぶんと暑いわねぇ。あなたの顔も赤く見えるわ。純白の鳩とのコントラストが見事な限りよ。ああ、暑い暑い。冷やさないとねぇ」

パタパタと絹の扇で風を送るエブリン様に、セオドア様の横顔が引きつるのが見えた。

「……お気遣いいただき、ありがとうございます」

「ふふ、どういたしまして。健康は大切だもの。……先日は私の愚かで無鉄砲な婚約者が、お世話になったそうね。どうもありがとう」

「いえ、職務を果たしたまでです」

セオドア様が厳かに答える。事情はわからないが、きっとまた手柄を立てたのだろう。気まずい現場を見られた衝撃から、もう立ち直っているのはさすがだ。

「そう。……ところで、クラリッサ」

「っ、はい、殿下」

エブリン様から声をかけられ、私は、ピッと背すじを伸ばした。

「こちらへ」

私は「はい」と答えて、すす、と殿下の前に進みでる。

「顔を上げなさい」

そろりと顔を上げ、サファイアの瞳にきらめく――いや、ぎらつく好奇の色にヒッと息を呑む。

「……何があったのかは知らないけれど、我が国が誇る騎士団の長に、あのような情けない台詞を言わせたのだから、話くらい聞いておあげなさいな」

くすりと笑われ、その「情けない台詞」を口にした張本人であるセオドア様をチラリと見るが、動揺した様子もなく――いや、耳たぶが赤い。

言われただけの私がこれほど気まずく、恥ずかしいのだ。セオドア様は尚さらだろう。

私は、おずおずとエブリン様に視線を戻した。

「……え、ええと、で、ですが殿下」

「クラリッサ、何を恐れるの？　あなたは我が国が誇る魔術師団の団長補佐でしょう？　か弱い令嬢でもあるまいし、自分の身くらい自分で守れるわよね？」

無理です怖いです。そう言いたかったが、私は「はい」と答えるほかなかった。

「そうねぇ、どこかで落ちついて……ああ、そうだわ。ここの地下に貴賓室があったわね！」

エブリン様の言葉に「えっ」と私が声を上げると同時に、セオドア様がぴくりと身じろぐ。

「密談用の部屋で、防音魔術もかけてあるのでしょう？　ならば、秘密の話にはぴったりじゃない」

そっとセオドア様と視線を交わし、互いに首を横に振る。「何も話していない」と言うように。

エズラ団長とて、いくらエブリン様を可愛がっているとはいえ、ペラペラ私たちの事情を漏らすようなことはしないはずだ。

貴賓室の存在は王宮の皆が知っている。たまたま思いついて口にしたとしてもおかしくはない。

——おかしくはないけれど！　偶然にもほどがあるわ！

心の中で叫ぶ私に構わず、エブリン様は命をくだした。

「そこで、お茶でも飲みながら話すといいわ！　鳩は私が預かってあげる！」

「……はい。殿下の仰せのままに」

またあの部屋でセオドア様とふたりきりになるのかと思うと、気まずさで胃のあたりが重くなるが、しがない宮廷魔術師の身分で、王女の提案——というよりも命令に逆らう度胸はなかった。

うなだれた私の答えにエブリン様は満足そうに頷くと、スッと身を寄せ、私の耳元で囁いた。

「……こういう堅物は、本気になったら絶対に獲物を逃がさないわよ。ふふ、覚悟なさい」

鈴を振るような愛らしい声でくだされた宣告に、私は天を仰いだのだった。

かたり、と目の前にティーカップが置かれた。

「……ありがとうございます」

鮮やかな琥珀《こはく》の水色。ふわり、と立ちのぼる芳香に緊張がゆるむ。

手を伸ばし、カップを持ちあげ、こくり、と一口。

「……相変わらず、とても美味しいです」

「……そうか、それはよかった」

向かいに腰を下ろしたセオドア様が、ぎこちなく微笑む。

そして、すとんと広がる沈黙。

――ううう、気まずい。

エブリン様に鳩を託し、地下に下りてきたもののなんとも落ちつかない。

こうしてテーブルで向かいあって紅茶を飲むのは、あの十日間で馴染んだ光景のはずなのに。

――でも仕方ないわよね……セオドア様とは初めてだもの。

ちらり、と上げた視線が、かちり、とぶつかった。

「セオドア様」

「クラリッサ」

見事に同時に呼びあう。

「……どうぞ、セオドア様」

「……いや、まずは君の話を聞こう」

話。話か。何を話せばいいのだろう。

「……話といいますか……その後、体調はいかがですか。頭痛などはございませんか？」

「いや。良好だ」

さらりと答えられ、「それは、何よりです」と微笑む。

他に伝えるべきことは何かと考え、ああ、あれは言っておかないと、と思いつく。

「……あのですね、セオドア様。私の記憶ですが、まだ消してもらっていないんです」

消すと宣言しておいて申しわけないという気持ちで口にしたのだが、セオドア様は「知っている」と真剣な面持ちで頷いた。

「消さないでほしい。エズラ殿に聞いたが、記憶を消すのは身体に負担がかかるのだろう？」

う、と私は返事に詰まる。デメリットを知った以上、生真面目な彼の性格からして「それくらい平気です」と言ったところで「そうか。ならば消してくれ」とはならないだろう。

「……ですが、その、私自身、忘れたいかなぁ、って思っているので……消したいんですが……」

「なぜだ」

「なぜって……」

セオドア様だって、私が覚えていては恥ずかしいでしょう――とは言えない。本人が消さなくていいと言っているのだから。

「それは……それはっ、私が恥ずかしいからです！」

ええい、と本音を口にすると、セオドア様は、そっと目を伏せた。

「……そうか。私もそうだ。術が解けた後、のたうちまわりたくなるほど恥ずかしかった」

そっと呟かれ、私はホッと頬をゆるめる。

「そ、そうですか！　では、忘れましょう！　ね？　私も記憶を消します。ですから、一緒に――」

「嫌だ。絶対に忘れない」

地を這うような声に、ひっ、と息を呑む。

「……あ、あの、セオドア様？」

かたり、とセオドア様が立ちあがり、私も釣られて席を立った。

そろそろと横にずれ、一歩後退れば、一歩距離を詰められる。

ジッと見つめあいながら、一歩、また一歩と繰りかえして。

やがて、ドンッと壁に背がぶつかり、トンッと突かれたセオドア様の両手の間に閉じこめられる。

屈強な檻に囚《とら》われ、仰ぎみれば、怖いほど真剣な瞳が私を見つめていた。

――ひぃぃ、誰か、助けて……！

恋するまなざしと呼べるような甘くて可愛らしいものではない。狙いをさだめた獲物を見つめるかのごとき視線に、私は心の中で悲鳴を上げる。

エブリン様は「自分の身くらい自分で守れるわよね？」と微笑んでらしたが、本気のセオドア騎士団長に襲われて身を守れる女性が、この国にいると思っているのだろうか。

狼《おおかみ》に睨まれた羊のような心地で見あげていると彼は悩ましげに眉を寄せ、ぽつりと呟いた。

「……あの十日間、私は本当に幸福だった」

「……そう、なのですか」

そう思ってくれるのは嬉しい。嬉しいが、口調が重すぎる。

「あの幸福な記憶を奪われるくらいならば、いっそ死んだ方がましだ。君にも忘れてほしくない。私との思い出を捨てたいなどと言わないでくれ……！」

怨念すら感じさせる声音に背すじが冷える。

死んだ方がましだなんて誇張表現だ。そうであってほしい。でも、それでも万が一、私が記憶を消したせいで彼がそのようなことになってしまったら……。

ううぅ、と呻いて、私はセオドア様の望む答えを返した。

「……わかりました。覚えていますから。あなたも覚えていてくださって結構ですから……！」

「……ありがとう、クラリッサ。結婚してくれ」

「え？」

なぜ、そこに話が飛ぶのか。プロポーズするような流れではなかっただろうに。

「……ダメです」

「私が嫌いか？」

思いつめたようなまなざしで問われては、嘘でも「嫌い」とは言えなかった。

「……好き嫌いの問題ではなく、結婚は無理なんです！　私には侯爵夫人は務まりませんから！　だって、ほら……ご存じの通り、貧乏貴族の娘ですし、食い意地が張っていますし、昔っから魔術魔術で、ろくな淑女教育も受けておりません。こんなの、まともな令嬢とはいえませんから！」

どうにかこうにか口にした断り文句に、セオドア様は眉をひそめた。

「クラリッサ。君がまともでないのなら、まともな令嬢などひとりもいない」

「そんなこと――」

ありませんよ——と笑いとばそうとして、ふと口をつぐむ。彼の目を見れば、本気で言っているのだとわかったから。

「……クラリッサ。実は、先日、君のご家族に会った」

「え？　ええ、存じてます」

せっかく娘を奪いに来た馬の骨を牽制《けんせい》する、威厳ある母親として振るまっていたのにバカ息子のせいで台無しになったわ——と怒れる母がマクスウェルの頬をつねりたおしていた。

「そうか。……君の弟も母君も、それから言葉は交わせなかったが君の父君も、素晴らしい方だと思った」

しみじみとした言葉に、え、と耳を疑う。両親はともかく、マクスウェルもなのかと。

「このような素晴らしい人々に囲まれて愛され育った君が、私のような欠損だらけの人間に嫁いで、はたして幸せになれるのだろうかと……正直、不安になった」

罪を告白する咎人めいた悲痛な面持ちで打ちあけられ、胸が締めつけられる。

「……欠損だなんて……そんなこと……」

テディと過ごした十日間で、彼の事情はなんとなくだがわかっているつもりだ。

きっと幸せとはいえない子供時代を過ごしたのだろう。虐待者である母親もそうだが、父親の影も薄すぎる。きっと何ひとつ助けになってはくれない人だったのではないかと思う。

まともな愛情を注いでもらえなかったセオドア様は、きっと温かな家庭像というものが、上手に想像できないのだろう。そして、それを引け目に感じてしまっている。

——そんなの、あなたのせいじゃないのに……。

気づけば、テディにしていたように、うつむくセオドア様の頭に右手を伸ばしかけていた。

ハッとして下ろそうとしたところで、はっしとその手をつかまれる。

「あっ、あのっ」

「……だが、クラリッサ。それでも、私は君が欲しい。君でなければダメなのだ」

「セオドア様……」

「だから、クラリッサ、私と結婚してほしい」

「でも、私は……」

「君が仕事に誇りを持っていることは知っている。どうか、結婚後も続けてくれ。子供を授かれた暁には信頼のできる乳母を雇おう。社交の場にも無理に出なくて構わない。君がしたいことだけをして、したくないことは私がすべて補おう。どうか今のまま、ありのままの君で嫁いできてほしい。……君が、私を……嫌いでなければ……」

そう告白を締めくくってセオドア様は目を伏せた。私は唇を噛む。

――どうしよう！　断る理由が見当たらない！

元から彼の外見は好みだ。性格も、あの十日間で知った分、テディのそれは好きになった。

仕事を辞めさせせられるかもしれないという懸念も消された。

不安だった社交界でのつきあいも、できる範囲でいいという。

けれど、それでも――どうしてだか自分でもよくわからないが、私は頷けなかった。

彼から私に向けられる好意を素直に受けとれない。微妙な違和感を拭えないのだ。

「――きっとっ、セオドア様はきっと、退行時の意識に引きずられているだけです！」

苦しまぎれに口にした言葉に、傷ついたようにセオドア様が眉をひそめる。

「……違う」

切なげな視線に、うっ、と言葉に詰まりそうになるが、ここで頷くわけにはいかない。

「確かに、あの十日間で私はテディを愛しました。テディも愛してくれました。けれどっ、それは今のあなたではありません！　だから、そのうち余韻も冷めて、きっと心も変わったり、したり、するかもしれませんし……！　そ、その……その恋心はっ、本当に今のあなたのものなのですか⁉」

話せば話すほど、藍の瞳に灯《とも》る熱量が増していく。怒りとは違う。悲しみでもない。彼の瞳の奥、燃えあがる激情に頭のどこかで「ダメ！　黙って！」と叫ぶ声がするが、私は言いきった。

「いっときの勘違いで結婚だなんて、絶対後悔しますから！」と。

しん、と沈黙が落ちる。セオドア様が私の腕をつかむ左の手はそのままに、右手を壁から離して、そっと私の頬にふれた。ざらりとした硬い手のひらの感触に、じわりと頬が熱くなる。

「……クラリッサ」

奇妙なほど穏やかな声音に「はい」と返す声が震える。

「口づけていいか」

いいわけがない。今、プロポーズを拒んだばかりだというのに。

私は合わせた視線をそらせないまま、「……ダメです」と呻くように答えた。

「テディには許して、私ではダメなのか」

「っ、そうです。ダメですっ！」

意地悪な問いに、ギュッと目をつむると、腕をつかむ力が消え、両の頬を大きな手で包まれる。

「なぜだ？　同じ身体だろう？」

「そうですが、中身は違います……！」

正確には違うわけではないのだろうが、私の心情的に違うのだ。

今、注がれている、肌を焦がすような熱いまなざしは、セオドア様であってテディではない。

「クラリッサ、頼む。今の心で確かめさせてくれ」

「確かめるって、何を――」

問いながら、ひらいた目に飛びこんできたのは、目前に迫るセオドア様の顔で。

ああ、やっぱり睫毛が長いな――なんて思った瞬間、唇を奪われていた。

こつん、と後ろ頭が壁にぶつかり、ん、と彼の胸を押しかえそうとした右手を、またつかまれる。

声を上げようとひらいた隙間に押し入ってきた舌の熱さに、ぞくりと肌が粟立《あわだ》った。

――なんで？　どうして、こうなっているの⁉

驚きに強ばる舌を誘うように舐《な》められ、ぴりりと走った甘い痺れに戸惑う。

それでも、受け入れるわけにはいかないと「ダメです、出ていってください！」とばかりに舌で舌を押しかえせば、ちゅくりと搦《から》めとられ、口づけが深まった。

彼の舌が蠢くたびに水音と甘い痺れが頭に響いて、くすぐったいようなもどかしいような奇妙な感覚に襲われる。

こんな感覚は知らない。テディとの口づけでは、こんな風には感じなかった。

――うう……あのキスとは、全然違う……。

あの夜のテディは押しつけるだけの幼い口づけしか知らなかった。

今、口づけているこの人は幼いテディではない。セオドア騎士団長なのだと思うと、寂しさと恥ずかしさに心が震えた。

やがて、ちゅ、と濡れた音を立てて口づけがほどけた。

呆然と見つめる私を、煮えたぎる熱をたたえた藍の瞳が見つめかえしてくる。

「……え、と……確かめ、られました？」

もう一度キスされる前に何か言わなくては――そんな気持ちからこぼれた、私の間の抜けた問いに「ああ」と彼は頷いて、そして、きっぱりと私に告げた。

「やはり、君が好きだ。愛している。どうか、結婚してくれ」と。

断り文句や、この場を誤魔化すための言葉は、もはや何も浮かばなかった。

かといって、頷くこともできなくて。

答えを返せず見つめていると、セオドア様は、ふっと表情をやわらげた。

「……わかっている。今すぐに答えを出せとは言わない。三日後に聞かせてほしい。そのときに、預かっているものを返そう」

預けたものなんてあっただろうか――と考えて、ああ、と思いだす。

エズラ魔術師団長謹製コンパクト。テディとの別れの朝、この部屋に置きわすれていったのだ。

あれほど欲しかったものなのに、今の今まで、すっかり存在を忘れていた。

「三日後、この場所に来てくれ」

「……え？」

かさりと手の中に押しこまれた紙片には、どこかの所番地が記されていた。

「どのような答えでも受けいれる。来るのは何時でもいい。好きに見て回ってくれ」

「好きに見る？　何を？」

「来ればわかる。……何時間でも、まっている」

そう告げてセオドア様は、ゆっくりと私から離れ、静かに部屋を出ていった。

「……何よ、あれ」

ひとり残された私は、閉ざされた扉に向かって呟いた。

「……なんだったの、今の」

猛然と押してきたと思えば、あっさり引いて、去っていった。

振りまわされた心は、公園のブランコのようにグラングランだ。

「……どうしよう」

壁にもたれかかり、ずるずると床に座りこんで。

私は燃えるように熱い頬を両手で押さえ、うう、と情けない呻きをこぼした。

＊　＊　＊

「……だって団長、正直、不安なんですよ……セオドア様は今の私のままでいいと言ってくれても、そんなわけにはいかないでしょう？」

魔術師塔最上階、真夜中のお悩み相談室と化した団長執務室にて。私はエズラ団長と絨毯の上で向かいあわせに座りこみ、悩み――というよりも愚痴を聞いてもらっていた。

「そうかのう？　本人がいいと言っておるんじゃから、いいんじゃないかのう」

のんびりと答えた団長は、私が相談料代わりに持ちこんだ真夜中のパンケーキ～完熟ストロベリー添え～にかぶりついた。

「……適当なこと言わないでくださいよぉ」

セオドア様に三度目の求婚をされてから二日、悩んだものの答えが出せなかった。

あれから彼とは会っていない。騎士団の仕事が忙しいのか、中庭にも顔を見せなくなった。

望遠鏡は――使っているのかいないのか不明なところだ。

「……私、本気で悩んでいるんですから」

セオドア様のことは嫌いではない。条件も悪くないどころか甘すぎる。

だが、なんとなくモヤモヤして、頷いていい気がしないのだ。

このままでは、らちがあかない。

悩んだ末、団長ならばセオドア様のことをよく知っているだろう――と助言を乞うことにしたのだが、今ひとつ、回答内容に真剣みが足りない。

ミルクのカップを握りしめ、はあ、と深い溜め息をつけば、エズラ団長はなんともいえない生温いまなざしで微笑んだ。

「しっかり口づけまで許しておきながら、悩むも何もないじゃろうに」

ううぅ、と口元を押さえる。事情がわからなければ適切な助言はできないと言われ、包みかくさず話してしまったことを今さらながらに悔やみたくなる。

「……許したんじゃないんです！　避《よ》けるのを忘れただけです！」

私の抗弁にエズラ団長は、やれやれ、と肩をすくめる。

「セオドアも気の毒に……思わせぶりに期待させておいて裏切るとは実に残酷じゃのう」

芝居がかった台詞に、私はパチリと目をまたたいた。

「……あ、それです！」

「む？」

「そうです。期待されてがっかりされたくないんです！」

なんとも言いがたい不安、告白されたときに感じた微妙な違和感の正体は、それだ。

「だって、セオドア様は、あの十日間で私を好きになって結婚したいとまで思ったわけでしょう？　でも、あのとき私は、十日間だけだと思っていたから、私にできることなら全部叶えてあげたいと思ったし、ほぼほぼ何でも受けいれて許しちゃったんです！」

「ほうほう、何でもか。それは、恋に落ちもするじゃろうなぁ」

身を乗りだして語っていた私は、団長の微笑ましげな視線を受けて、そっと元の姿勢に戻った。

「……ですが、あの十日間は特別です。普段の私は怒るときもあるし、泣くことも機嫌が悪いこともあります。あの十日間の私を期待されて結婚して、ガッカリされるのは嫌なんです」

口に出してみればスッキリした。

そうだ。彼が欲しがっているのが地下室の私ならば、それは私ではない。

そっと膝に手を置いて、はあぁ、と息を吐きだすと、エズラ団長は苦笑を浮かべてパンケーキに添えたフォークを手に取った。

「……のう、クラリッサ。セオドアとて、それくらいわかっておる。九つの子供と同じように甘やかしてほしいと願うほど、情けない男ではないぞ」

たしなめるような声に「真剣に悩んでいるのに！」とムッとしてしまう。

けれど、団長はセオドア様の幼いころから知っているのだ。エズラ団長がそう言うのならば、私の方が考えすぎなのだろう。

「……そうだといいんですけれど！」

ふてくされながら言いかえすと、団長は皺に埋もれた目をやさしく細めた。

すねた幼子をながめるようなまなざしに、ぽろりと本音がこぼれでる。

「他にも不安はありますよ……子供ができたら可愛くて、ずっと一緒にいたくなって仕事と天秤《てんびん》にかけて悩むかもしれないし、それで仕事を辞めたら辞めたで、いつか、そのことを悔やむ日が来るかもしれない……私ひとりの人生じゃなくなるわけですから……考えれば考えるほど、怖くなるんです。結婚してから、やっぱり無理、やーめた、なんて無責任なことできないじゃないですか……」

「悪い可能性を数えあげたら、きりがないじゃろうに……一片の不安もない結婚など、ありえんぞ」

「そうかもしれませんが……」

うじうじと口ごもる私にエズラ団長は、ほっほ、と笑って「ようは覚悟が決まらん、ということかのう」と尋ねながら、手にしたフォークでさくりと手元の苺を刺して、口元に差しだしてきた。

「……そうなんでしょうねぇ」

頷いて、ぱくりと苺をほおばり、シャリッと歯に響く甘酸っぱさに目を細める。

いつの間に凍らせたのだろう。さすが国一番の魔術師だ。

「ま、決めんでもいいと思うぞ」

「え?」

「確かに、無責任はいかん。だが『もう無理だ。これ以上は潰れる』と思えば我慢などせず、逃げればよい。君は、嫁いだが最後、帰る家のなくなる哀れな令嬢とは違う。君が逃げたいと思えば、ご家族は誰を敵に回しても君を守ろうとするじゃろう」

「……はい」

母からプロポーズの話を聞いた父は、マクスウェルに、セオドア様が私を傷つけるようなことがあれば「即刻決闘を申し込むんだぞ!」と言いきかせていた。

「もちろん、儂も君を娘のように可愛く思っておる。みすみす不幸になるのを見逃したりはせんぞ」

「……ありがとうございます」

「じゃがのう……セオドアの方も息子のように可愛く思っておるのでなぁ。あやつの幸せも祈っておるんじゃよ」

うーんと腕を組んだ団長が、しみじみと語るのに思わず頬がゆるむ。

「ふふ。団長は、子だくさんの八方美人ですね! あら。でも、それじゃ、私とセオドア様がくっついたら、団長的には近親相姦《そうかん》になっちゃいませんか?」

「む? それはまずいのう」

ほっほう、と笑ってエズラ団長は私の肩をやさしく叩いた。

「のう、クラリッサ。君がセオドアに与えられる道は三つじゃ。ひとつ目は『求婚を断り、生涯、君を想って独り身を通させる道』、ふたつ目は『結婚してみたが思ってたのと違う、と離縁する道』、最後が『たまに喧嘩もするけれど最後まで幸せに添いとげる道』。この三択じゃ」

ぴっと目の前に突きだされた三本の指を、寄り目になりつつ、ジッと見つめる。

「……団長。『求婚を断られ、諦めて他の人と結婚する』という、第四の道はありませんか？」

「ない。そのような道は存在せん」

バッサリと断言された。

「あの家の男は運命と決めた女を諦められない性質じゃからのう。あやつの父も愛する女を失ってからは、すっかり酒浸りで、今や身も心もボロボロ。孤独に人生終了一年前というところじゃよ」

え、と息を呑むが、団長は珍しく厳しい表情で「同情はいらんぞ」と低く呟いた。

「あやつの父親は身勝手な愛だけを求め、慈しむべき者をないがしろにした。自業自得じゃ」

「……そうなんですか」

慈しむべき者とは、セオドア様のことだろうか。確かに、テディは父親のことをまったく口にしなかった。きっと、愛してはもらえなかったのだろう。

母に虐げられ、父にはないがしろにされ、私にまで拒絶されて、孤独に人生を終了するセオドア様……ダメだ。嫌だ。あまりにも哀れすぎる。

「ううぅ、どうしよう……」

考えただけで目の前がにじんできた私に、エズラ団長は長い顎髭をくるくるとひねって微笑んだ。

「ほっほ。悩むのもいいが頭で不安を数えあげるのではなく、心のままに選んでみてはどうじゃ？」

「心のままに、ですか？」

結婚という他人の人生も巻きこむ選択を、気分で決めるなど無責任ではないだろうか。

うーん、と首を傾げる私に、エズラ団長は、しわしわの笑みを深める。

「ま、今は、ふっきれるための最後の一押しが足りんのじゃろうな。はてさて、明日、セオドアが押しきれるかどうか……ぷふ、結果が楽しみじゃわい」

「楽しまないでくださいよ」

「どんな道を選ぼうが、選ばせようが、生きてさえいれば人生はやりなおせる。とりあえず、幸せになれそうな方を選びなさい。明日も明後日も休みでいいからの。ま、頑張れ！」

あくまでも気楽に勧めるエズラ団長に、なんとなく悩んでいるのが悔しくなってくる。

「……じゃあ、精々、長生きしてください。いつか私が人生をやりなおしたくなったときのために」

「ほっほ、もちろんじゃ。あと一世紀は生きるぞい！」

「ながっ！　私より長生きじゃないですか！」

「うむ。長生きじゃあ！」

ほっほ、うふふと笑いあって、ホッと肩の力が抜けた。

膝に置いていたセオドア様からのメモを広げて――元のように畳みなおす。

もう見る必要はない。すっかり覚えてしまった。

――いいわ。うじうじ悩むのは、もうたくさん！

明日、彼と会って、心が出した答えに従おう。元々魔術師は直感の生き物なのだ。

いつか、その選択が間違いだったと気づいたとしても、助けになってくれる人がいるのだから。

何を怯える必要があるだろう。私は、ただ選べばいい。

――心のままに、幸せになる道を選ぶわ。

そう決めて、景気づけにエズラ団長の皿から苺を一粒奪い、ひょい、と口に押しこんだ。

# 第八章　魂が同じなら、きっと

「……なに、この家」

昼近く、王宮近くの住宅街、メモの通りに来てみれば、そこにあったのは小さな庭つき一軒家。

赤い屋根に白い漆喰《しっくい》の壁。井戸には蔓薔薇絡まる三角屋根。

広がる芝生の庭、花壇には薄紅のゼラニウム、カンパニュラ、淡い紫のライラック、ラベンダー、バニラなマリーゴールド、それから、可憐《かれん》に香るカモミール。

道に面した小さな金の門から玄関へと続くカラフルな煉瓦の小道には、トコトコと横切るように陶器のアヒルの親子が並べられている。

無言で門を抜け、コツコツと小道を進む。

やがて白と黄色のアヒルの行進をまたいで、ガチャリとひらいた玄関に鍵はかかっていなかった。

――好きに見て回れって、言っていたわよね……。

まっすぐ廊下を進み、左の扉をあけて、居間、奥の寝室と進んでいく。

細い光が漏れる大きな窓に近寄り、深緑の遮光用カーテンをシャッとひらけば、さらりと揺れたレースのカーテン越しに、まばゆい陽ざしが寝室に満ちた。

どんと置かれたベッドに歩みより、ヘッドボードできらめく二個の魔石をなぞる。赤と青。夏はひんやり、冬はあったかな高機能ベッドだ。

お給金を貯めて買おうと思っていた涼感仕様の品よりも、ずっと値の張る逸品だろう。

ベッドリネンは純白のシルク。

敷き布に散らばるのは、真紅の薔薇の花びら。

枕カバーの刺繍は可憐な白いデイジーの花。マーガレット、カモミールと並んで大好きな花だが、今の時期は咲いていない。

そして、ベッド横のナイトテーブルに置かれているのは——あの地下室で愛用していた——青い魔石がきらめくガラスの水差し。

くるりと踵を返して、寝室から居間、廊下へ戻って扉をあけ、調理場へと入る。

がちゃりと保冷庫をあければ、串焼き肉、砂糖がけの罪の味ドーナツ、色とりどりの高評価キャンディ、ころころ自爆パン。

見覚えのある屋台のメニューが、瀟洒《しょうしゃ》な金の蔦模様が描かれた皿にのせられ、ことんと行儀よく並んでいた。

ああ、と目をつむり、溜め息をつく。

おそらく、寝室に置かれたクローゼットの中身や本棚の中身も、全部、きっと、そうなのだろう。

廊下の奥にあるであろうバスルームの石鹸《せっけん》箱には、きっと、私の好きなゼラニウムとオレンジの香りの石鹸が置かれているに違いない。

もう一度、深々と息を吐きだして、私は廊下に向かって呼びかけた。

「……セオドア様、いるんでしょう？」

がちゃり、と、どこかの部屋がひらく音、静かな足音がつづく。

やがて、調理場の扉から顔を覗かせたセオドア様の腕の中には、タンポポの綿毛のような白い犬がすぽりと収まり、へっへとピンクの舌を垂らしていた。

ああ、そういえば――と思いだす。先ほど通った居間の片隅、麻のプレースマットにのった犬のエサ入れと水入れらしき銀の器を見かけたような気がすると。

「……クラリッサ、来てくれてありがとう」

「いえ。……あの、これは……ええと、ここの色々、全部、どうしたんですか」

「買いそろえた」

「いえ、買ったのはわかりますけれど……」

またひとつ溜め息をついて、一歩距離を詰める。

「その子は？」

「フラッフィだ」

「……そうですか。……フラッフィ？」

おん、と小さいながらに大きな返事。つぶらな瞳が見あげてくる。

――可愛い。

私は、いつか、こんな犬が飼いたかった。

お鼻と肉球は桃色、真っ白でふわふわで、タンポポの綿毛のような――テディに語った通りの可愛い犬を。

そう、寝室で見かけた品も、居間の椅子もテーブルクロスも、調理場にある品々も、全部が全部。

私が、あの地下の部屋で、テディに教えた通り。

全部、私の好きなもの。

「……マクスウェルが言っていた。愛する女性を捕まえたいのなら、窮屈な檻ではなく、居心地のよい家と食事を用意しろと」

「え？」

「だが、君の理想の家を建てるには時間が足りなかった。だから、君の好みに合いそうな売り家を探して、ここに決めた」

迷いのない瞳で「君のために家を買った」と告げるセオドア様に返す言葉が見つからない。

「アヒルの親子も置き物ではなく、本物を用意して何度か試したのだが……どう心を尽くして頼んでも、好き勝手に歩いていってしまって、レンガの道で留まってくれなかった……すまない」

力及ばず無念――という顔で目を伏せるセオドアを見つめながら、私は帰ったらマクスウェルを殴ろうと決めた。

自宅の庭にはレンガの小道を敷いて、そこでアヒルの親子を行進させたい。

確かに、あの地下で、そんな話をした気もする。

――冗談で言っただけなのに……。

今日のセオドア様は簡素なシャツではなく、騎士服をまとっている。筋骨隆々たる騎士が、逃げまわるアヒルを捕まえ、せっせと並べなおす図を思いうかべて――笑うよりも先に切なくなった。

「……完全に願い通りではないと思うが……できる限り、君の理想に叶うようそろえたつもりだ」

気に入ってもらえるといいのだが――と期待をこめて見つめてくる藍の瞳を見つめかえしながら、

溜め息をつく。

——そうね。ほとんど、私の理想通りの家だわ。

断れば、これは、この家はどうなるのだろう。この豪勢な——私のための捕獲機は。

「クラリッサ、答えを聞かせてくれ」

「……その前に、私がお断りしたら、この家はどうするつもりですか」

問えば、彼は静かに視線をそらした。

「セオドア様」

促すように呼びかけると、視線をそらしたまま、ポツリとセオドア様は呟いた。

「……名義は、既に君のものになっている」

私は、ぱちりぱちりとまばたきをして「はい？　今、なんて？」と聞きかえした。

「この家は君のものだ。調度も含めて、あの十日間の世話代……迷惑料として受けとってくれ」

信じられない。先走るにもほどがある。私は頭を抱えたくなった。

「……フラッフィは？」

「君が忙しくて飼えないというのなら、私の屋敷で飼うつもりだ。アヒルも屋敷で飼っている」

どこまでも真剣な顔でアヒルの現在状況を語るセオドア様に笑うに笑えず、私は「そうですか……それはよかったです」と呟いた。

「そうか。そう言ってもらえて、何よりだ」

ふっと唇の端を上げ、そっとタンポポ犬を足元に下ろすと、セオドア様は騎士服の懐から小さなブルーベルベットの小箱を取りだし、片膝をついた。

「家に伝わるものもあるのだが……」

見あげる仕草は一分の隙もなく、一幅の絵のように凛々しい。

「君が、ダイヤモンドよりもサファイアの方が好きだと言っていたから」

ぱかりとひらいた内側には、薬指の爪ほどの矢車菊色《ブルー》の宝石をいただく、瀟洒なプラチナの指輪が鎮座していた。吸いこまれそうに澄んだ鮮やかな青に視線を奪われる。

指にはめて陽ざしにかざせば、どれほど美しく輝くだろうか。きっと、それを通して海の中から空を見あげるような心地になれるだろう。

――ああ、もう、信じられない……！

いったい、いくら費やしたのだろう。

ランパート家は名家だが、それでも、これだけのものを集めるのは安い買い物ではなかったはずだ。

――どんな気持ちで、集めたのかしら。

私の返事次第で、すべて無駄になるかもしれなかったのに。

ひとつひとつ、あの日の記憶をたどって、私のために集めたのだろう。

ここまで想ってくれるのは嬉しい。けれど、ここまでくると、いっそ狂気すら感じる。

怖くて、嬉しくて、ひどく心を揺さぶられながら、私は指輪から目を上げて彼と向きあった。

「……っ」

私を見つめる藍の瞳は、まっすぐに愛を伝え、愛を乞うていた。

そう、まっすぐに。疑いようもない、まっすぐな愛情。

それなのに、やっていることは斜め上。

今日も、今までのあれやこれやも、私を想ってセオドア様のすることは、いつも少しばかり常軌を逸している。

本人は大真面目で、とっても一生懸命なのに。

――本当に、不器用な人。

そう思った瞬間、すとんとセオドア様とテディが重なった。

「クラリッサ……以前に君が言った通り、同じ姿をしていても、今の私は、君と十日間を過ごしたテディではない」

ジッと目をそらさず、まばたきすらせずに私を見つめて、セオドア様が呟く。

「……そうですね」

そう答えると、セオドア様は静かに一度まばたいて、祈るような口調で尋ねてきた。

「……新しい私は、今の私は、愛せないか？」と。

ああ、と私は目をつむる。その質問は、ずるい。こんなのはもう、誘導尋問だ。

地下室で即興の話、空飛ぶフラッフィの物語を語ったとき、私は同じことをテディに問うた。

「……それでテディ……新しいフラッフィは愛せませんか？」と。

しんとした沈黙の後、テディは答えた。

「愛せる。魂が同じなら」と。静かな、けれど揺るぎのない想いがこもった声だった。

今は、私が問われている。同じようで違う存在を愛せるか、と。

もしかしたら、地下を出てから、セオドア様も自分の心に問うたのかもしれない。

地下のクラリッサと地上のクラリッサ。同じようで違うかもしれない存在を愛せるかどうか。

——愛せるって、思ってくれたのね……。

じんと胸が熱くなる。そっと溜め息をこぼし、私は自分の心に問いかけた。

テディと同じように、今のセオドア様を愛せるかどうか。答えは、とっくに出ていた。

ヒョウの模様が変わらないように、大人になっても子供のころの本質は変わらない。

愛情に飢えていて、不器用で、一生懸命で。

本当は、三日前、彼の口づけを受けいれたとき、とっくに私の選ぶべき道は決まっていたのだ。

不安で曇って、変に考えすぎて、ハッキリしなかっただけで。

私はそっと目蓋をひらいて、彼の望む答えを——自分の心が囁くままに——返した。

「……今のあなたも愛せます。魂が同じなら、きっと」

だから、きっと幸せになれるし、幸せにできる。

いや、必ずや、ふたりで幸せになってみせる。

私が彼と歩くのは「たまに喧嘩もする——というよりも、きっと、私が一方的に叱ることになり
そうだ——けれど最後まで幸せに添いとげる道」の他にない。

私の言葉に、見つめあった藍の瞳が歓喜に燃えあがる。

「……ならば、愛してくれ」

かすれた囁きとともに、私は逞しい腕の中に抱きこまれた。

「永遠に君だけを、愛している。だから、君のすべてを私に与えてくれ」

祈るように呪うように愛の言葉を口にして、セオドア様は私を横抱きに抱えあげた。

ひゃっ、と首に腕を回してしがみつく。

セオドア様は足早に廊下を抜けて居間に入り、尻尾をふりふり追いかけてくるフラッフィに「ここでまて」と声をかけた。おん、と元気な返事が響く。

そうして、求婚を受けた一分後、私は寝室へと連れこまれていた。


「……あのっ、あの、セオドア様」

「テディと呼んでくれたら嬉しい」

私を抱いたまま、器用に寝室の扉を閉めた彼は真剣な顔で、そう願った。

「……テディ」

「何だ、クラリッサ」

リクエストに応えれば、彼は窓から射しこむ陽ざしの中、ふわりと嬉しげに目を細めた。

この笑顔を曇らせたくない。曇らせたくないが、今、とめなくてはベッドに連れこまれてしまう。

「……え、ええと……ねえ、テディ。まだ、お昼ですし、それに、こういうことは初夜まで――」

「まてない」

皆まで言う前に遮られた。

もう一秒たりともまちたくない。そんな想いがギチギチにこめられた声で。

「……そう。わかったわ」

私は、そっと目を閉じた。心の準備をする時間をもらいたかったのだが……。

――まあ、まてないというのなら仕方がないわね！

だって、名前を呼ばれただけであれほど喜んでしまうくらい、セオドア様――テディは私のことが大好きなのだ。まてなくても仕方がないだろう。

心の中で涙ぐみながら、やさしくベッドに下ろされる。

ぽすんと敷き布に身を沈めた瞬間、ふわりと真紅の花びらと香りが舞いあがった。

ああ、こうなるのね。確かにロマンチックだわ――と感動していると大きな影が落ちてくる。

唇が重なり、骨ばった長い指がローブの襟首にふれる。

すっと首すじが涼しくなり、裾を引きあげられて私とテディを隔てるものが一枚取りさられて、巻きこまれた薔薇の花びらが舞いあがった。

スカートの紐をほどいて引きおろす手つきも、ブラウスのボタンを外す指にも迷いがない。

「……手慣れていますね」

「ああ。君との初夜で不手際があってはいけないと、一式そろえて練習した」

「……そうですか」

ありふれた嫉妬の言葉に堂々と返された答えは予想外のもので「ああ、テディらしいな」と呆れながらも愛しさがつのる。

貴婦人ではない私はコルセットを身につけていない。

ブラウスとスカート、ペティコートを剝《む》かれてしまえば、素肌にシュミーズと膝丈のストッキングだけの心もとない姿になった。

ストッキングをとめる青いリボンにテディの指がかかる。しゅるりしゅるりとほどかれて、短く整えられた爪が膝をかすめ、ストッキングと肌の間に潜りこむ。肌を引っかかないようにそっと、じれったいほどゆっくりと脱がされ、きゅっと丸めたつま先を風がくすぐった。

「……クラリッサ、脱がしてもいいか？」

シュミーズの裾に手をかけ、テディが今さらすぎるお伺いを立ててくる。

ここまで勝手に脱がしておいて、最後の一枚は私に決めさせるのか。

――本当に、気遣いが斜め上なんだから。

くすりと笑いながら、熱のこもった藍の瞳を見つめ、頷いた。

「……ありがとう」

すっと裾が持ちあがり、脚から腰、おへそ、ドキドキとうるさい胸、顎、鼻先。最後に、さらりと前髪を乱して、やわらかな綿が肌をなぞり、抜けていった。

ああ、と満足そうな嘆息が耳をくすぐり、灼けるような視線が注がれる。

窓から射しこむ陽ざしよりも尚、じわりと熱いまなざしに肌の内まで炙《あぶ》られるようだ。

「……あまり、見ないでいただけると……」

「なぜだ？　これほど美しいのに。しなやかで、やわらかで、やさしい曲線に満ちた美しい身体だ」

「っ、恥ずかしいんですっ」

「私は見たい。君が意地悪で灯りを消したあの夜から、ずっと見たかった」

「意地悪って……あ」

テディの手のひらが、たぷりと私の胸を下から包んだ。

「……ローブ越しよりも、ずっとやわらかいな」

しみじみとした品評に頬が熱を持つ。

「ぁ……ふ、っ」

前のテディと過ごした最後の夜、バスルームで強くつかんで痛がらせたからだろう。彼の手つきは壊れ物を扱うように、やさしい。そうっと指の腹でふくらみをなぞり、ゆっくりと指を沈めては、やんわりと大きな手のひらの熱を伝えるように包み、ゆるめる。

ぞわぞわとむず痒《がゆ》いような感覚は、繰りかえすうちに淡い快感へと変わっていく。

うっすらと汗がにじんで、はふ、と熱を帯びた吐息がこぼれた。

「……クラリッサ、痛くはないか？」

尋ねながらテディが手をすべらせた拍子に、ぴんと色づいた胸の先が硬い手のひらでこすれて、ぴりりと甘い痺れが走った。ん、と思わず声をこぼすとテディの手がとまる。

「……クラリッサ、気持ちいいのか？」

いつかの夜と同じ、戸惑いと少しの誇らしさが混じった問いに、うう、と呻いて顔をそらせば、そっと顎をすくわれ、口づけられた。

ちゅ、と押しつけられ、離れて、また押しつけられて。

「っ、ぁあっ」

きゅんと胸の先をつままれ、ひっぱられた拍子にひらいた唇にテディの舌が潜りこんでくる。

「ん、……ふ、ぁ」

テディは指の腹にやさしく力をこめて、つまみ、くすぐり、ひねっては戻し、悪戯な快感で私を炙りながら、口づけを深めていく。

くちゅりくちゅりと絡まる舌が立てる音が、やけに大きく頭に響く。

少女のころ、おとぎ話を読んで憧れていたお姫様と王子様のキスとは、まるで違う。

いやらしくて、気持ちがよくて、胸が焦げそうなほど情熱的。

地下のテディには、このような口づけはできなかった。

地上のテディは、きちんと女の――私の抱き方を知っているのだと思うと、ふれられてもいない下腹部がきゅうと疼いた。

もぞりと私が膝をこすりあわせたのを見逃さず、テディは右手をすべらせた。

腰をなぞり、おへその周りを撫でまわして、そうして、ためらうことなくその下へ。

「――っ」

割れ目をなぞった指先が潤む蜜口に浅く沈んで、ちゅくりと響いた水音とぴりりとした刺激に腰が揺れた。

「すまない。痛かったか？」

「大丈夫、です」

「そうか」

よかった――と囁く声には焦がれる熱情とはまた違う、温かな愛情に満ちていて、きゅんと胸がくすぐられ、彼の指先を食《は》むように、きゅうと蜜口が締まった。

トロリと搾りだされた蜜がテディの指を濡らして、敷き布へと滴る。

「……ああ、きついな」

どこか嬉しそうな嘆きに恥ずかしさがこみあげる。

第一関節まで呑みこんだまま、ゆるゆると揺らされ、ぐるりと広げるように指を回されて。

くちくちと響く音と、むず痒いような刺激に眉をひそめる。

不快ではない。けれど、快感と呼ぶには甘さが足りなかった。

「クラリッサ、大丈夫か？　すまない。こればかりは練習ができなかったから……」

指をとめたテディが心配そうに私の顔を覗きこんでくる。しょんぼりと眉を下げた表情に、ふふ、と頬がゆるむ。

「……そうか。そうだな。最初から、中だけでは無理だろうな」

「大丈夫。痛みはないです。ただ、なんだか、もどかしくって変な感じ……」

「え？」

首を傾げたところで、がしりと膝をつかまれ、押しひらかれた。

ひゃあ、と声を上げるより早く、テディが背をかがめる。ちろりと覗く赤い舌が見えたと思うと、次の瞬間、濡れた灼熱の快楽がもたらされた。

——え、なに……どこ、舐めて……。

わたわたと身を起こして見れば、テディの指を咥《くわ》えた場所よりも少し上、小さな花の芽のようなものがあるはずの場所——花芯にテディの舌がふれている。

以前、入浴中、強めにこすってしまったとき、鋭い痛みのようなものを感じた場所だ。

——嘘、痛くない……。

それどころか、ちろりと軽く舐められただけで、ぞくりと快感が走り、ちゅう、と吸いつかれた瞬間、きゃう、と腰が跳ね、どぷりと蜜があふれるのがわかった。

「……クラリッサ、もう少し奥まで入れていいか？」

ぬめる締めつけに追いだされたテディの指が、ちゅくりとあてがわれ、蜜口をなぞる。

痛いかもしれない、けれど。ほのかな期待をこめて頷いた。

「っ、……ぁ、……ん、んんっ」

つぷぷ、と潜りこんでくる指は私のものよりもずっと太く、節くれだっている。じんわりとした圧迫感はあったが、滴るほどの蜜のせいか痛みは感じられなかった。それどころか――。

「――っ、あ、あっ、ぅう、っ」

ちゅ、と吸いつかれ、ほじくりだされた花芯を舌先でなぞられ、弾かれて、次から次へと喘《あえ》ぎがこぼれる。

根もとまで指を咥えたまま花芯を舌で嬲《なぶ》られるのは、花芯だけを可愛がられていたときよりも、腰の奥、深いところから響くような快感をもたらした。

蜜口に沈めたままの指が、ゆっくりと抜き差しをはじめて。

ぬかるみをかきまわすような重たい音、子犬がミルクを舐めるような無邪気な音、ふたつの水音と快感が混じって、私を追いつめていく。

――ずるい。私だけ、こんな……。

一糸まとわぬ姿に剝かれて乱される私と、一糸乱れぬ騎士服姿で攻めたてる彼。

そのアンバランスさが恥ずかしくて、ドキドキする。

じんわりとつま先から痺れていくような感覚が気持ちいい。気持ちよすぎて、少し怖くなる。

この先はどうなるのだろう。ずっとずっと快感が積もり積もったその先は。

ぞわぞわと背すじを這いあがる期待と不安に、私は身を震わせる。

「ぅうっ、ま、まって、テディ、まって」

「どうした、クラリッサ」

手をとめずに問われ、上ずった声を返す。

「何か変なのが来そうだから、まってぇ……っ」

「……そうか」

まばたきひとつの間を置いて、テディは微笑んだ。

「ならば、またない」

嬉しげな宣言とともに、じゅるりと花芯にむしゃぶりつかれた。

「〰〰っ」

吸われて、ぴょこんと飛びだした花芯を、おなかをすかせた犬のような熱心さで舐めまわされ、悲鳴じみた嬌声《きょうせい》がこぼれる。

ダメ、ダメ、ダメだからぁ――うわごとのように繰りかえしながら、脚の間に埋まったテディの黒髪をつかんで、ぐいと押しのけようとしても、びくともしない。

がっちりと太ももを抱えこまれ、むしろ引きよせられてしまった。

ずるりとお尻がすべって、腰が浮き、つま先が宙を蹴る。

上向いてひらかれた脚の間、舌を這わすテディの姿が見えた。あ、と息を呑んだ瞬間、すっとテディの視線が上がり、目が合う。

きゅう、と根もとまで咥えた彼の指を締めつけると、ちゅぴりと舌が離れ、獰猛《どうもう》な熱をたたえた藍の瞳が細められる。

ダメ、ダメ、と首を振ったそのとき。かぷりと食まれ、グッと指で弱いところを攻められて――

私は声にならない声を上げ、初めての果てへと押しあげられた。

「……はぁ、はぁ……、っ、ぅんっ」

とろりとしたまどろみに浸っていると、ちくり、と痛みが走り、私は現実に引きもどされた。

のろのろと身を起こしてみれば青い静脈が透ける太ももの内側に、ぽつんと赤い花が咲いていた。

――キスマーク、ってやつよね……？

噂には聞いたことがあるが、自分がつけられる日が来るとは思っていなかった。

ちょっぴり痛い。でも、それを見つめるテディのうっとりとした顔を見ていると、なんだかとてもいいものをつけられているような気がしてくる。右、左、交互に唇を押しあて、ちくり、ちくり、と花を増やして、七輪咲かせて気がすんだのか、テディは身を起こした。

「……クラリッサ、大丈夫か？」

労るように頬を撫でられて、くったりと寝ころんだまま微笑みを返す。

「ええ、まあ……」

正直、このまま眠ってしまいたいくらい、ドッと疲れた。

けれど、チラリと視線を落として見えたテディの股間は見事な宿営用天幕と化している。

ここでやめるのは酷だろう。私は、よしと気合いを入れて「大丈夫です！」と元気よく宣言した。

「そうか」

嬉しそうに目を細めるテディは、やる気と愛情に満ちている。

「……テディ、あなたも脱いで。私だけなんて、寂しいです」

私は、ちょっとだけでも休憩時間を稼ごうとねだった。

「わかった」

頷き、いそいそと騎士服を脱ぎすてていく様子にホッと息をついたのもつかの間、露わになっていく肉体を前にして鼓動が跳ねあがった。

広い肩、分厚い胸、引きしまった脇腹から腰にかけての無駄のないライン、ベッドに膝をついたことで逞しい太ももの筋肉が見てとれた。

鋼のような肉体とはよく言ったものだ。鋼は、ただの金属の塊を溶けるほどに熱し、何度も何度も叩いて延ばすことで不純物を取りのぞいて、偏りをなくし、強く硬く鍛えあげて作られる。

テディは私の自由気ままに育った身体を美しいと言ってくれたが、彼の方こそ美しいと思う。

軍神の彫像のようだわ――うっとりと見とれかけ、視線を落として、すっと目を閉じる。

――ないわ。あんな雄々しい股間の彫像があってたまるものですか。

一瞬だが、目に灼きついてしまったテディのものは禍々《まがまが》しいほどの情熱に昂っていた。

あれがどれほど熱くて、どれくらいの大きさで、どのような形をしていたか。手のひらが指が、はっきりと覚えている。

あれをこの身に受けいれるのかと思うと震えるほどに恐ろしい。それでも、身体の奥底では少しの好奇心と愛情をもって、まちのぞんでいる自分もいた。

「……クラリッサ、またせたな」

最後の一枚をベッドの外へ投げすてたテディが、ぎしりと覆いかぶさってくる。

私は「いいえ」と微笑んで、彼の首に腕を回した。

とろりと熱をこめた瞳で見つめあい、ふっとテディが眉を下げる。

「クラリッサ……その、バスルームでは、すまなかった」

「え？」

「退行魔術が解けてから、ずっと悔やんでいたのだ。いくら精神が退行していたとはいえ、あまりにも快楽に貪欲で身勝手がすぎたと……」

「え？　……あ、いいえ！　全然！　お気になさらず！」

思わず私は満面の笑みを浮かべていた。

――なんだ、やっぱり！　七回は多かったのね！

七回では貪欲すぎるというのならば、本来は、その半分くらいなのだろう。きっと。

そう思うと、気が楽になった。

――よかった！　あれが通常回数だったらどうしようかと思ったわよ！

ニコニコと見つめる私の頰に口づけて、テディは気恥ずかしそうに目を細めた。

「あのときは、私ばかりが快感を貪って、君には何ひとつ与えられなかっただろう？」

「え？」

「それが悔しくて、申しわけなくて、ずっと悔やんでいた……」

不穏な成り行きに笑みが強ばる。

「だから、今日は君に与えたい。限りのない愛と快楽を。少なくとも、七回以上」

「い、いえっ――」

けっこうです、という言葉はテディの唇に呑みこまれ、彼の耳には届かなかった……。

「っ、ぅう、〰〰っ」

七回以上という宣言の後、一方的に愛されること小一時間。

テディの指と舌がもたらした何度目かの絶頂に、もはや私は、声さえ上げられなかった。

「……クラリッサ、大丈夫か？」

びくびくと勝手に跳ねる腰をやさしく撫でられ、その刺激さえも私を嬲る甘い責め苦になる。

身をくねらせた拍子にテディの指が中をこねて、打ちあげられた魚のようにつま先が跳ねた。

「んっ、……はぁ、っ、あぁぁっ」

ぬぷりと抜かれた指にホッと息をついたのもつかの間、二本に増やされ、戻ってくる。

中まで埋めて、ぐぷりとかきまわされて、押しひろげられる感覚に背が粟立つ。痛みなどなく、ただただ気持ちいいだけだった。

そのまま、ゆるい出し入れがはじまって、さほど間を置かず、また果てた。

──もう、七回、いった。ぜったい、いった……！

大きい波も小さい波もあったが、とっくの昔に七回を超えている。

「やっ、もう、いい……っ」

もう無理です──という思いをこめて、震える脚を動かして膝を閉じようとした拍子に、ぬるりと硬い熱が脛《すね》にこすれて、ん、と悩ましげな吐息がテディの唇からこぼれた。

「……クラリッサ、ダメだ。そんなことをされたら、我慢ができなくなるだろう？」

「そんなの──んんっ」

理不尽にたしなめながら指を抜かれて、きゅっと足首をつかまれ、持ちあげられて、脛に口づけられる。その拍子に、ひらりと薔薇の花びらが一枚、くるぶしから剝がれて落ちた。

汗でぬるつく肌に張りついた花びらを、一枚一枚丁寧にテディは舐めとっていく。

ごくり、と太い喉が動くのに、え、と息を吞む。

「……それ、食べて、いいものなの……？」

ぼんやりと問いかけると、テディは楽しげに目を細め、頷いた。

「ああ。砂糖漬けにして食べるための花だ」

「えっ、そんなに上等な品をベッドに？」

「ああ。一番身体に安全なものをと頼んだら、これを勧められた」

美味しいのかしら——食い意地の張った疑問が顔に出てしまったのだろう。テディは敷き布から一枚拾いあげ、食んで、私の唇へと運んだ。

「……ん」

かしりと歯を立てて受けとった真紅の花びらは、しっとりと冷たく、舌で巻きとって飲みこめば、ほのかな苦みと華やかな芳香が広がった。

ゼリーや紅茶に入れたら、さぞ美味しいことだろう、と思わせる味だった。

ん、と喉を鳴らしたところで、もう一枚。

三枚目はなく、互いの舌を絡めあう。

覆いかぶさってきたテディの首に腕を回して、くしゃりと短い髪をかきまわせば、しっとりと汗に濡れていた。

――きっと、すっごく我慢しているんだろうなぁ……。

まだ、テディは一度も果てていない。

無意識にか太ももにすりつけられた彼の欲望は、今にも爆《は》ぜそうにビクビクと強ばっている。

「……テディ」

これ以上、私だけなんて嫌だ。

「……何だ、クラリッサ」

返す彼の声は期待と熱情に満ちている。

どう伝えればいいのだろう。素直にねだっていいものだろうか。

――もう入れて？　あなたが欲しい？　それとも、どこそこにそれを入れてちょうだい、なんていやらしくねだられた方が、男の人は嬉しいものなの……？

どれもなんだかしっくりとこなくて、私は思いきって足をひらいて、テディの腰に絡ませた。

は、と昂った吐息が唇をくすぐり、きゅんと下腹部が切なくなる。

ジッと彼の目を見つめながら口をひらく。

けれど、結局は焦げつきそうな視線に耐えられず、きゅっと目をつむって、私はねだった。

「……きて」

消えいるような囁きでも、彼は聞き逃したりはしなかった。

「……ぁ、っ、ぅ……くぅ」

みちみちとやわい肉を押しひろげ、奥へ奥へと潜りこんでくる圧倒的な質量に息が詰まる。

あれほど指でほぐしたのに、それでも、めりめりと引き裂かれるような痛みに目の前がにじんだ。

——ああ、違うわね。あれだけほぐしてもらったから、これくらいですんでいるんだわ。

痛くて、苦しくて、それでも、それをテディに伝えることはしたくなくて。

どうにか誤魔化そうと、大きく息を吸って、吐いて、広い背に手を回し、すがりついた。

とめたくはない。彼を受けいれたい。でも、苦しい。私は、もがくように心情を吐きだした。

「……好き」

瞬間、獰猛な呻きが耳に届いて、腰をつかまれ、突きあげられた。

「——ッ」

ずんと最奥《さいおう》を叩かれた衝撃に、声にならない悲鳴がこぼれた。

みひらいた目をまたたいた拍子に、あふれた涙が、こめかみを伝って耳たぶを濡らす。

その滴を、テディの舌が舐めとった。

「……クラリッサ……」

かすれた囁きが耳をくすぐる。

頬にテディの唇がふれて、離れて、唇が重なって、また離れて。

焦点が合わないほど近くで見つめあった藍の瞳は激しい歓喜と欲情に燃えながら、私を案ずる色も混ざっていた。

ゆっくりとまた唇が重なって、震える舌を吸われ、私は呼吸を思いだす。

はぁ、と息を吐きだして、そうっと髪を撫でられた。

大丈夫か、とは聞かれなかった。代わりに、慰めるようなキスが何度も何度も降ってくる。

エサをもらう雛鳥《ひなどり》のように、その口づけを受けとめながら、下腹部に手を這わせて、受けいれたものの存在を確かめる。

いったいどこに、あれだけの質量が収まったのだろう。おなかが破けるかと思った。

「……ちょっと、まって、くださいね……っ」

声をかけ、もつれる指を動かして、回復魔術を行使する。

苦しいのはどうにもならなくとも、破瓜《はか》の痛みだけは治したかった。

「……っ、ぁ」

しゅわりと熱を感じた次の瞬間、ひきつれる痛みは消え、途方もない圧迫感だけが残る。

ほう、と息をついたことで、テディも私が魔術を使ったのだと察したのだろう。

様子をうかがうように腰を引き、そっと押しつけてきた。

「ん、……ふ」

ぐちゅ、と控えめな水音とともに、むず痒いような感覚が走る。

テディの指で舌で快楽を覚えこまされた身体は、先ほどまでの――先ほど以上の快楽を求めて、きゅんと彼を締めつけた。

「っ、クラリッサ、痛みはないか？　動いても、大丈夫だろうか？」

やさしげに案ずる言葉の裏側には、欲に燃え、愛に飢えた獣が許しを求めて潜んでいる。

大丈夫――そう答えてしまったら、どうなるのだろう。

うっすらと予想はついていたが、それでも、ほのかな期待と恐れと、確かな愛情をもって、私は許した。

「大丈夫。好きに動いて、いいですよ」と。

伝えおえると同時に、唇に食らいつかれた。

テディは、制止の言葉を封じ、息すらも奪いとるように、私の唇を塞いで舌を搦めとりながら、ゆっくりと腰を引き、そうっと押しつけてくる。

激しい口づけと裏腹なやさしい腰使い。下半身は正直、唇は嘘をつくのが男だと言っていたのは同僚の誰だっただろうか。テディは違う。彼の舌も唇も正直に本音を伝えてくれる。

私はテディを促すように、彼の腰に絡めた脚に力をこめた。

「……っ」

「んんっ」

深く収めたものが脈打つように跳ねて、むにゅりとお尻をわしづかみにされ、腰が浮いた。肉に食いこむ指の強さに鼓動が速まる。

ごくりと喉を鳴らせば、ぐちりとテディの雄が引きぬかれ、半ばでとまる。予告のように彼の指に力がこもって、ひゅふ、と唇の隙間から怯えた吐息をこぼした瞬間、衝撃が響いた。

奥歯を噛みしめ、ずちゅんと胎《はら》を打ちぬくような一撃を受けとめる。ずずっと抜けでていくのに、ほっと息をついて、また、重たい衝撃と濁った水音とともに抉られる。

痛みはない。ただ、苦しい。その苦しさも、少しずつ、少しずつ、快感へと塗りかえられていく。

「――っ、あ、あっ、やっ、〰〰っ、ふ、ぁあっ」

力強い律動に揺さぶられながら、いつしか私は口を閉じることさえ忘れ、喘いでいた。

テディのものは萎えることなく、私を抉りつづけている。

ふたりつながった場所から聞こえる水音は粘度を増して、雨のぬかるみではしゃぐ子供のように、ぐちゃぐちゅと派手な音を響かせていた。

「っ、クラリッサ、気持ちいいか……？」

汗ばむ声に問われ、「見ればわかるでしょう！」と心の中で叫びながら、がくがくと頷く。

「そうか。私もだ」

そう囁いたテディの指が、ぬるりと私の花芯にふれた。ぐちり、と軽く押しつぶされただけで、腰全体に響くような快感が走る。

悲鳴じみた声を上げ、身悶《みもだ》える私を、そっと体重をかけて押さえこみ、テディは微笑んだ。

「……熱くて、絡みついてきて、なんと言うのか……ん、心ごと受けいれられているような気がして、とても幸福な気持ちになる」

うっとりと呟く間も彼の指は、ゆるゆると動きつづけて私を追いつめる。

「クラリッサ、医学書によると女性のここは……」

花芯を指の腹で潰され、びくんと腰が跳ねる。

「見えている部分だけではなく、身体の中にも埋まっているのだそうだ」

——ああ、だから、今、こんなにも……。

みちみちに雄を受けいれ、中から押しあげられた状態で、花芯を嬲られるのは腰がひけるほどに気持ちがいい。

「こうして外と、中からと。両方からこすれば、きっともっと悦《よ》くなると思う。君と一緒に幸福な悦《よろこ》びを、もっと深くわかちあいたい」

恍惚《こうこつ》と告げる言葉は、ほとんど死刑宣告のようなものなのに。

もうこれ以上の快感は、いらない——頭では、そう思っているのに。

私は、へらりと笑って頷いていた。

「——あ、あ、っぅう」

みっちりと絡みつく柔肉を振りはらうように、こそぎとるように、ごりごりとこすられる感覚に背が粟立つ。

「ふぁ、あ、んんぅっ」

抜けおちる寸前で留まったものが、今度は、あふれる蜜を押しこもうとするように戻ってくる。

そのひと突きで、太い快感が背を抜け、頭が快感にとろける。

ゆるゆるとした律動が徐々に速度を増して、やがては獣じみた荒々しいものへと変わっていって。

がくがくと揺れる私の腰をしっかりと押さえつけながら、テディの指は器用に花芯を撫でつけ、くすぐり、ぐちゅぐちゅと規則正しく嬲りつづける。

「ぁあっ、ひゃ、やっ、や、も、むり、っ、ぁ、ぁ——っ、ぁああっ」

ずず、と抜かれて、ずん、と強く突きあげられた瞬間。

何度目かもわからない絶頂へと飛ばされて。

「っ、……クラリッサ」

歓喜に震える私の身体が、吐精をねだるようにテディの雄に絡みつき、締めあげる。

グッと奥歯を噛みしめ、快感をやり過ごそうとしてか、ずずりとテディが腰を引く。

私は咄嗟に手を伸ばし、彼の腕に爪を立て、ねだっていた。

「——っ、だして」

半分は、もう無理終わって――という切羽詰まった願い。

もう半分は、ただ彼が欲しい――という本能で。

テディが息を詰め、次の瞬間、奥の奥までこじあけるように、がつんと突きあげられる。

裏返った悲鳴を上げながら、私は胎の奥、弾けるように注がれる熱を感じていた。

閉じた目蓋の裏、まばゆい光が通りすぎ、やがて、じんわりと手足に感覚が戻ってくる。

はふ、と息をついて、私は敷き布に背を沈めた。

――もう無理……動けない。

元々ほとんど動いていなかったが、これ以上は本当に無理だ。

無理だというのに――。

「クラリッサ」

腹八分目には、まだ足りない――と言いたそうな飢えた声音に、ひぃ、と情けない声がこぼれる。

「まって、テディ。もう無理、無理です……！　後で、立てなくなるからぁ……っ」

「……大丈夫だ」

何が、と目で問えば、狂気とみまごうばかりの熱情をたたえた藍の瞳を細め、テディは答えた。

「……立たなくていい。どこへでも私が連れていく。欲しいものがあれば、すべて私が持ってくる。だから、いいだろう？」

――いいわけないでしょう！

心で叫んで腰を引き、逃げようと身をよじった拍子に、ぐちゅりと妙なこすれ方をして、胎に響くような強い疼きが走った。

「ふぁっ」

間の抜けた喘ぎをこぼした途端、テディの瞳が熱を帯び、がしりと腰をつかまれ、片脚を抱えこまれた。よじった角度で固定するように。

「……あ、あの、テディ……？」

許しを請うように見あげれば、とろけるような笑みが返ってくる。

「……クラリッサ、愛している」

甘い甘い囁きに、じわりと目の前がにじむ。

愛しているから、どうだというのだ。

愛しているからといって、何でも受けいれられると思ったら大間違いだ。

――ものには限度というものがあるのよ！

頭の片隅で理性的な私が拳を突きあげ、テディを非難している。その訴えに大きく頷きながら、私はテディの腕に手をかけて。

「……私も、愛しているわ、テディ」

泣き笑いで、そう答えていた。

せめて、七回で終わってくれますように――と儚い願いを心で呟きながら。


「……クラリッサ」

やさしい呼び声で眠りから覚めた。窓から射しこむ朝の陽ざしが頬を撫でる。

そっと目蓋をひらけば、目の前、鼻先がふれそうなほど近くでテディが私を見つめていた。

「……おはようございます」

しょぼしょぼとまたたき、傍らで寝ころぶ愛しい人に微笑む。

「ああ、おはよう。なあ、クラリッサ」

テディは私の手を握り、そっと目を細めて「今日は一日、ベッドから出たくない」と望んだ。

私は、いつかと同じように「いいですよ」と彼の髪にキスを贈ろうとして「ワォン！」——扉の向こうから響いた声に分厚い胸を押しやった。

「……まずはフラッフィを庭に出して、ご飯をあげて、できれば散歩をしてきてください。私は、ちょっと……歩けそうにないので……」

食べ盛り、育ち盛りの子犬を人間の恋愛事情でまたせるのは可哀想だ。

「……そうだな、すまない。行ってくる」

気恥ずかしそうに頷いて、そっとテディは私の額に口づけてから、颯爽《さっそう》とベッドを下りた。

そのまま寝室を出ていったと思うと、しばらくして朝食のトレーを手に戻ってくる。

ベッドの傍らに膝をつき、「さあ、クラリッサ。どれからがいい？」と食べさせる気満々で尋ねられて私は慌てて飛びおきた。「はい、あーん」なんてするのはまだしも、されるのは無理だ。

「いやいや！　いいです！　自分で食べられますから、大丈夫です！」

丁重にお断りすると、テディは「わかった」と残念そうに頷いて「せめて、殻だけでも……」とゆでた卵の殻を剝き、恭しい手つきで銀のエッグスタンドにセットしてくれた。

それから、トレーをベッドに置いて、フラッフィを連れて出かけていった。

ひとり残された私はベッドの上で、もぞもぞと座りなおして、溜め息をついた。

——ああ、腰が痛い……いや、腰以外も色々ときついわ……。

少女時代から風邪ひとつひいた覚えがなく、身体は頑強な方だと思っていたが。

——すごかった。騎士団長の本気、すごかった。

うう、と呻いて腰を押さえる。

——なんで、あんなに元気なのかしら。私は、もうヘロヘロなのに……。

疲労と筋肉痛と諸々《もろもろ》の相乗効果で腰が立たなくなった私に対して、テディは元気いっぱいだ。

——今日も休みでよかったわ……。

本当は昨日だけ休みにするつもりだったのだが、エズラ団長に連休を取ることを推奨されたのだ。絶対に、どうなるかわかった上で勧めたのだろう。なんと非道な上司であろうか。

「何が『明日も明後日も休みでいいからの。ま、頑張れ！』よ……！」

しわしわの笑顔を思いだし、ううう、と唸ったところで、ぐうう、と腹の虫が鳴いた。

「……いただきます」

おそらく私が寝ている——というよりも気絶している間に、テディが敷き布やら何やらを交換してくれたのだろう。

さっぱりとしたベッドで脚を伸ばして、朝食のトレーに手を伸ばす。

薄くスライスして軽くトーストした白パンとオレンジマーマレード、バター、塩の小瓶とゆで卵。飲み物はオレンジの果実水。なんだか見覚えのあるメニューがのせられた銀製のトレーは、左右の持ち手部分に赤と青の魔石があしらわれている。地下の貴賓室でお世話になった品と同じものだ。

——これも、そろえたのね。

よく見れば、置かれている食器も地下で使っていたものと同じような気がする。

妄執すら感じさせる品々も、テディが必死になって集めたものだと思えば愛しく思えなくもない。

――ダメだわ。結局、私も、あの十日間が忘れられないのね。

甘やかすことが身に染みついてしまって、少しくらい無茶をされてもいいかな、と思ってしまう自分がいる。

――ダメよ、本当に。このままだと、私、きっと抱きころされる。

きちんと叱らないと。毎日、こんな風では私が死にます、と。

はあ、と溜め息をついて、私はオレンジの果実水の入ったグラスを口に運んだ。

「……美味しい」

次いで、つるんと剝かれたゆで卵を取って、ぱらりと塩をふり、もぐもぐとほおばる。

「……美味しい」

黄身のコクというのか、存在感が素晴らしい。ずいぶんと良い卵だ。どこで買ってきたのだろう。

果実水も搾ってから、こしたのだろう。さらりとした喉ごしが心地いい。

「……こういうところが、ずるいのよね……」

私のために手間暇をかけて用意したのだとわかってしまうから。

テディがどれほど私を想っているのか、もうめいっぱい、ひしひしと伝わってきてしまうから。

どうしても、強く叱れない。

ふう、と、またひとつ溜め息をついて、左手を天井にかざす。

薬指に光るのは陽ざしにきらめく海のような青。気づいたときには、もうはめられていた。

サイズは地下でテディに教えた通り。

きっと、あのときのテディも、いつか私を捕らえるつもりでいたのだろう。

同じ魂の変わらぬ愛の重さに目眩《めまい》がしそうだ。

「ああ、もう……どうしよう」

うう、と呻きながらも、根が食いしん坊な私はバターナイフを手に取っていた。

——せっかくのご飯が冷めちゃうから……とりあえず食べてから考えよう。

たっぷりのバターをトーストにのばして、ざくりと嚙みつき、甘く香ばしい小麦の風味と、じゅわりととろけるバターの贅沢な味わいに目を細める。ミルクの風味がたまらない。良いバターだ。

そうして悩みを先送りにしたまま、私はテディの心尽くしの朝食を平らげていったのだった。


食後のコーヒーでもいれに行こうかと考えていたとき、外からフラッフィの鳴き声が聞こえた。

散歩から帰ってきたのだろうか、結構な時間が経ったが、いったいどこまで行ってきたのだろう。

出迎えはできなくとも、せめて笑って「お帰りなさい」と言ってあげたい。

私は、手についた塩をパッパと払い、ベッドの上で座りなおした。

重々しい足音と、ちゃっちゃと弾むような足音が近づいてきて、扉一枚を挟んだ居間でとまる。

「……そうか。わかっている。クラリッサに会いたいのだな。私もだ。だが、ダメだ。——まて」

はしゃぐ子犬をなだめる声がしたと思うと、寝室の扉がひらいて、テディが顔を覗かせた。

その向こうで、ちょこんと行儀よくおすわりをするフラッフィの姿が見えて、思わず頬がゆるむ。

「ふふ、お帰りなさい！」

ニコリと笑いかければ、テディは嬉しそうに「ああ、ただいま」と目を細めた。

それから扉の脇に置かれた椅子をつかんで、ぎしぎしと床を踏みしめて歩いてくると、ベッドの傍らに椅子を置いて腰を下ろした。

「……買い物をしてきたんですか？」

テディは大きな身体に似合わない、可愛らしい赤いリボンのついた籐のバスケットを持っていた。

それも、私が将来の夢として「家族ができたら、真っ赤なリボンのついたバスケットにサンドイッチを詰めて、ピクニックに行きたいですね～」と地下でテディに語った品のひとつだ。

「……ああ。色々とな」

頷いたテディがバスケットをあけ、中から取りだしたのは手のひらサイズのピンクの小瓶。

「……クラリッサ。これを飲んでくれ」

可愛らしい小鳥の絵が蓋に描かれた、見覚えのあるデザインに嫌な予感がよぎる。

「あの、これ、もしかしてオリヴァーの……」

「ああ。以前に、『私は恋の魔術師です！　恋愛で困ったことがあれば、お役に立ちますよ！』と言ってくれたのを思いだしてな。分けてもらった。『ラブ・フェニックス』という、薬草を使った栄養剤だそうだ」

聞きおぼえのある品名に頭を抱えたくなるのをこらえて、おそるおそる彼に尋ねる。

「……オリヴァーになんと言って、これをもらったんですか？」

「恋人に無理をさせてしまったので、身体が楽になる薬草をもらえないか、と」

「……そうですか」

激しく愛されすぎて燃えつきた身体を不死鳥のごとくよみがえらせる。それが「ラブ・フェニックス」。滋養強壮効果つきの栄養剤だ。夜のおともに一本、王都の娼館でも愛飲者続出の人気商品である。

——誰に飲ませるかは言っていなくても、いずれバレるわよね……。

同僚から質問攻めにされる未来を描いて、うう、と涙ぐみながら、私は「ありがとうございます」と微笑み、小瓶の中身を一気にあおった。

「……あっま」

喉越しサラサラの糖蜜のごとき甘さだ。慌てて、果実水を口にする。

——あ、混ぜると美味しいかもしれない。

今度からそうしようかしら、と思いかけて、ブンッと頭を振る。

今度はない。こんなことは今日限り。ビシッと叱ってやらなくては。

ことん、とグラスをトレーに置いて、きりりと表情を引きしめる。

「……テディ、あのですね」

「ん？　どうした、クラリッサ」

口をひらこうとした瞬間、テディがバスケットから取りだしたものが目に入った。

苺だ。小さな籐かごの中に、こぼれんばかりに盛られた真っ赤に艶めく果実に心を奪われる。

「……テディ、それは？」

「帰る途中に市場で見かけて買ってきた。クラリッサは、苺が好きだろう？　何種類か勧められたものを試して、一番甘かったものを選んだ。半分は冷やしておいて、後で食べよう」

そう言いながら、ちまちまと緑のヘタを取り、せっせと金色のコンパクトへと詰めこみはじめる。

地下で私がキャラメルを冷やしていたのを真似ているのだろう。すっかり使いこなしている。

――もしかして、預けている間も使っていたのかしら？

キャラメルや苺を詰めては食べて、地下の思い出を偲んでいたのだろうか。その光景を想像すると、なんとも言えない気持ちになるが、それだけ彼の想いが強かったということだろう。

――まあ、使用済みの敷き布やタオルで偲ばれるよりは、健全よね……。

そういう趣味の男性もいると聞いたことがある。コンパクトの無断使用くらい、可愛いものだ。

ジッとコンパクトを見つめる私に何を思ったのか、テディがハッとしたように手をとめた。

「ああ、そうだ。試食したが選ばなかったものも一山ずつ買って、近くにいた子供たちに配ったぞ」

慌てたようにつけたす様子に、頬がゆるむ。試食したからといって、必ず買わなくてはいけないわけではないのに、律儀なものだ。

「それは、いいことをなさいましたね」

「そうだろうか。……だが、クラリッサに褒められるのは、とても嬉しい」

はにかむように微笑んで、テディが差しだした苺を「ありがとうございます」と口にしながら、そっと私は目を閉じた。

――うん。無理。叱れない。

噛みしめた苺は、本当に、とろけるほどに甘く、きゅんとすっぱく、テディの想いが嫌というほどに感じられた。これほど想われていては、ちょっとくらいの無茶も狂気も許すほかない。

「……美味しゅうございます」

しみじみと呟きながら、覚悟を決めた。頑張ろう。抱きころされないように頑張ろうと。

「……ところで、クラリッサ。今、何か言いかけていたようだが……」

「えっ⁉　あ、ああ、ええとですね……この家のことです！」

「この家の？」

「はい。結婚したとして、この家で暮らすわけにはいかないでしょう？」

当然の疑問に、テディは不思議そうに首を傾げた。

「なぜだ。ここが君の理想の家なのだろう？　ならば、ここで暮らせばいい」

「……ええと……」

王都に立派な屋敷があるというのに、このような民家で、ランパート家当主が暮らすというのはどうなのだろう。屋敷の使用人が困惑しないだろうか。

治安の面でも――いや、それは大丈夫かと思いなおす。

使用人を人質に取られる心配がないだけ、こちらの方が安全かもしれない。

かといって、やはり、ここで暮らすというのは世間体や常識からいって、少しばかり問題だろう。

「……わかりました。ここは、隠れ家にしましょう！」

「隠れ家？」

「そうです！　たとえば、ここで七日に一度の安息日だけ、ふたりきり水入らずで過ごす、というのはどうですか？　特別な感じが出て、ステキだと思うんですけれど！」

「……そうか。ふたりだけの特別な日の隠れ家か……それは確かに、ステキだな」

まんざらでもなさそうに口元をゆるめるテディにホッと胸を撫でおろして、私は、またひとつ、差しだされた苺をほおばった。

「……ごちそうさまでした」

最後の一粒を口にして、私は、ほう、と息をついた。

美味しかった。オリヴァーの栄養剤も効いてきたのか、だいぶ身体が楽になった気がする。

「クラリッサ、体調はどうだ」

「……ん、少し楽になりました」

そうか、と心からホッとしたように微笑むテディに、自然と私も笑顔になる。

「……ありがとう、テディ」

行儀よく膝の上に置かれた彼の手に、そっと手を重ねる。すぐさま、するりと手のひらを返され、きゅっと握りこまれた。

見つめあい、どちらからともなく唇を重ねて、ふっと微笑みあう。

ひと月ほど前まで、予想もしなかった。

こうして、セオドア騎士団長と結ばれることになるなんて。

「……不思議です」

「何がだ」

「こうして、ふたりでいることがです」

退行魔術が最初から上手くいっていれば、私がセオドア様の世話係になることはなかった。

もしくは、テディの記憶が消えてしまっていたら、彼が私を追いかけることもなかっただろう。

「……どうして、あなたは、あの十日間を――私を覚えていられたんでしょうね」

正解のない質問をしたつもりが、テディは迷いのない瞳で答えを口にした。

「それは、クラリッサが言ったからだと思う」

「え？」

「君が『ずっと覚えていてくれてもいいですよ』と言ってくれたから、覚えていた。それだけだ」

そうだった。

――絶対、忘れない。全部、絶対に忘れない。

あの地下室で、最後の夜、そうテディは私に誓ってくれた。

「……そうですか」

ぽつりと呟く。

「約束、守ってくれたんですね」

私の言葉に「ああ」と力強くテディが頷いた。

「忘れてたまるものか」

しっかりと私の手を握りしめながら、迷いのない瞳で告げる姿に心が震える。

たまたまだと思っていた。偶然、覚えていただけだと。もしくは奇跡か。でも、違ったのだ。

これまでの症例をくつがえすほどの強い想いで、彼は忘れないと決めて、私を覚えていた。

「嬉しいです」

じんわりと目頭が熱くなる。

「……これからもずっと、ふたりの思い出を増やして、覚えていきましょうね」

やさしく微笑みを交わして、ふと、もうひとつの存在したかもしれない可能性が気になった。

最初から治療が上手くいっていたならば、という可能性が。

「……そういえば、退行治療は、上手くいったんですか？」

ずっと気にはなっていた。おそらく、母親の虐待の精神的後遺症か何かで悩んでいたのだろうと。

「お悩みは解決したんですか？」

労るように問いかけると、テディは静かに視線をそらした。

「……ああ」

「あの、さしつかえなければ……」

何に苦しんでいたのか教えてくれませんか——と伝えると、彼は視線だけでなく、顔ごと私からそらして、ポツリと呟いた。

「女性を愛せなくなる呪いのようなものだ」

「え？」

「……私のものは、ずっと男として役に立たなかった」

男として役に立たない——と言うのは、いわゆる勃起不全ということだろうか。

「……うそ」

「え？」

「だって……毎日、朝から元気だったじゃないですか」

むしろ、元気なところしか見たことがない。

私の言葉に、さっとテディがこちらに向きなおった。食い入るように私を見つめる、その目元がジワジワと朱に染まっていく。

「……起きていたのか」

「あ」

「ずっと、毎日……。言ってくれればよかったのに」

羞恥に震える声で責められて、ぽやんとあのときの光景がよみがえり、ポッと頰が熱くなる。

「っ、そんなのっ、言えるわけないでしょう！　気づかないふりをするので精一杯でした！」

叫んで、ばしん、と分厚い胸板を叩くが、その手をつかまれた。

「クラリッサ、私は悪くない――と思うのだ」

眉を寄せ、少しばかりすねたように彼が訴える。地下のテディを思いださせる表情に、キュンと庇護欲をくすぐられ、責めてはいけないような気分になってくる。

「……ええ、まあ。そうでしょうね。悪いことでは、ないですよねぇ」

「そうだ。愛しい女性がそばで寝ていて、反応しない方が本来おかしいのだ。愛しているのだから、朝からでも睦《むつ》みあいたいと思うのが、当然だろう？」

ぽつぽつと彼が言葉を重ねるにつれて、じりじりと藍の瞳に灯った熱が増していく。

これは、危険な流れではないだろうか。焦りながらも、私は視線をそらせない。

「……だから、できれば、毎朝、君を抱きたい。もちろん、今も――」

するりと腰に手を回されて、ひえぇ、とおののく。なんと恐ろしいことを言うのだ。

「ダメです！　毎朝なんて、私が起きられなくなっちゃいますよ！　仕事に行けません！」

「……わかった」

素直に頷くテディに、ホッとしたのもつかの間。
きりりと凛々しい顔で彼は宣言した。
「君の仕事が休みの朝だけにする」と。
――全然わかってらっしゃらない！
キッと涙を浮かべて睨むと、なぜか嬉しそうに目を細めたテディに口づけられる。
そうして、どさりと私は敷き布に押したおされたのだった。

# エピローグ　やっぱり、物に釣られて

「──いってらっしゃいませ、旦那様、奥様、フラッフィ様」

「ああ」

「ワォン！」

「……いってまいります」

ただ仕事に行くだけの何でもない朝。ぞろりと並んだ使用人に見送られ、テディに手を取られた私は足元を追いこしていくふわふわの毛玉に続いて、そそくさと馬車に乗りこんだ。

扉がしまり、ガタゴトと回る車輪。

ふんわりクッションに身をしずめながら、ランパート家の門を出たところで、ホッと息をついた。

嫁いで一カ月、いまだ、あの屋敷の豪華さには慣れない。

──フラッフィは、思いきり走れるお庭と豪華なディナーがお気に入りみたいだけれど……。

傍らのフラッフィの毛に指を潜らせ、むちりとお肉を揉めば、こてんと膝に顎を乗せてくる。

「……クラリッサ」

くつろぐフラッフィの眉間を向かいの席から指で撫でつけながら、テディが微笑む。

「気になっていた本は読みおわったか？」

やさしく問われ、私はローブのポケットを押さえた。そこには一通の手紙が入っている。

「……ええ。昨日は、急に屋敷に行きたいなんて言ってごめんなさい」

「いや。君が望むのなら、どこにだって喜んで連れていくさ」

「……そう、ありがとう。それでね、私、お屋敷の図書室がとても気に入ったんです。あの天球儀なんて、とってもロマンチックでステキ。面白そうな本も多いし、もっとじっくり見てみたいなぁ、なんて思っていて……もう少し、あの屋敷に帰る日を増やしたいなぁ、と思うんですけれど……」

「そうか、ならばそうしよう」

あっさりと頷いたテディに、私はホッと胸を撫でおろした。

これで、ポケットの手紙の送り主――ランパート家の家令の胃に穴があかずにすむと。


ひと月前、婚礼はランパート家の敷地内に建つ、小さな礼拝堂でとりおこなった。

ランパート家の屋敷は、何もかも、我がグラスランド家とは違っていた。

無数の枝つき燭台《ジランドール》に、惜しげもなく煌々《こうこう》と燃ゆる蜜蠟の灯り。

徒競走ができそうなほどのロング・ギャラリーには先祖代々の肖像画と美術品の数々。

ぽつんぽつんと並んだ大小様々なガラスケースの中には、水晶や純金のゴブレット等の芸術品と並んで風変わりな品が展示されていた。

何やら重要な品らしい畳まれた白布、押し花にされたオリヴァー謹製の「絶対好きになるお花」。

ひときわ目を引かれたのは、大きなガラスケースの中、真っ赤な薔薇の造花に囲まれて横たわる宮廷魔術師のローブ一式をまとった美しき蠟人形模型《ヴィーナス》だった。

初めて結ばれた日、テディは、私と同じ服を「一式そろえて練習した」と言っていた。

ああ、これで練習したのね——と察した瞬間、正直、ちょっと引いた。

新調したわけではなく、以前から屋敷にあった品を着せかえただけだと言われ、ホッと——して
いいのかどうか迷ったものだ。

まあ、私に似た人形を新たに作られるよりは、ましだろう。

広大な庭には、礼拝堂の他に、晩餐会のための独立したバンケティング・ハウスがあった。

敷地も建物も調度も使用人の数も段違い。

私は、すっかり圧倒されてしまって……。

新婚三日目の夜。あまりの歴史と資産の違いに「あの小さな隠れ家の方が、気楽で好きです」と、
ついついぼやいてしまった。

本当に、うかつだった。

以降、テディは一切、ランパート家の屋敷に帰らなくなってしまったのだ。

小さな隠れ家で小さな食卓をフラッフィと囲みながら、「元々屋敷は好きではないのだ」と語る
彼の話を真に受け、しばらくはこのまま、この家で新婚生活を楽しもうかと思っていたのだが……。

昨日、マクスウェルを通してランパート家の家令から、長い長い涙ながらの陳情の手紙が届いた。

決して、おふたりのお邪魔になるような真似はいたしません。望まれるのならば、使用人一同、
おふたりの目にふれぬようにいたしますので、どうか屋敷にお戻りください——と。

切々と訴える文面に心を抉られ、すぐさま私はテディに「屋敷へ行きたい」とねだったのだった。

あの老紳士たる家令はテディに仕えて十七年。テディの母の死後からということで、色々と事情

もありそうだが、テディを心から大切に思っているようだ。

ランパート家に初めて顔を見せに行ったとき、私の顔を見るなり家令は大粒の涙をこぼした。

「……鳩やアヒルではなく、このような、人心を解する生きた美しい奥様をお連れくださって……使用人一同、心より安堵いたしました……！」

などと呟いていたが、あれは、どういう意味だったのだろう。

気になって後ほどテディに尋ねてみると「特に心当たりはないが……セバスティアンは心配性だからな」と微笑んでいた。

テディにとって、あの家令は保護者のような存在なのかもしれない。たとえ、血のつながりはなくとも、ずっとそばで支えてくれたのだから。本当の父親とは違って……。

カントリーハウスで静養中だという彼の父親に挨拶をしたいと伝えたとき、テディは嫌がった。

「あの男には会わせたくない。その必要もない」と。

どうして、と尋ねるとテディは唇を噛みしめて目を伏せた。言いたくないというように。

「……言いたくないのなら聞かないわ。……でもテディ、お願い。一度だけでも、ダメかしら……」

私の声音にテディは察したのだろう。私が彼の父親の余命を知ってしまっていると。

長い沈黙の後、テディは呻くように答えた。「……わかった。一度だけだ」と。

そうして、顔を合わせた前騎士団長は顔色も悪く、やつれてはいたが、骨格や顔立ち、髪や瞳の色彩はテディとよく似ていた。

「おまえは、愛する女性と正式に結ばれることができたのだな！」と涙ぐみながら寿《ことほ》ぐ父親を、テディは笑みひとつ浮かべず、ただ見つめていた。

ふたりの温度差と父親の言葉に、ようやく私は察した。

テディの父親が愛した人は「正式に結ばれなかった人」なのだ。

エズラ団長はテディの父親は「身勝手な愛だけを求め、慈しむべき者をないがしろにした」人間だと言っていた。ないがしろにされていたのは息子だけではなく、妻もだとしたら。もしかすると、テディが母親から虐待を受けた原因のひとつは、父親の不倫にあるのかもしれない。

そう思いあたった途端、心から嬉しそうに息子の幸せを喜んでいる父親の姿に、薄ら寒いものを感じてしまった。

私の表情の変化に気づいたテディは、わずかに眉をひそめると「妻の体調がすぐれぬようなので、失礼します」と他人行儀に父親に告げ、引きとめる声に構わず、カントリーハウスを後にした。

帰りの馬車の中で、テディは父親について私に何も聞かず、何も言わなかった。

私も何も聞かなかったし、言わなかった。

向かいの席で唇を引きむすんでうつむくテディの表情が、それを拒んでいたから。

母親について語るとき、テディの瞳には憎しみや怒り、悲しみだけでなく、やるせないような思慕が揺らいでいたが、父親に向けるまなざしには静かな憎悪だけが燃えていた。

きっと、存在すら認めたくないほどに憎んでいるのだろう。語ることすらできないほどに。

だから、今は何も聞かない。いつか、彼が語りたくなったときに、そっと隣に座って耳を傾け、手を握ってあげたい――そう思った。

ぼんやりと回想にふけりながらフラッフィの顎を膝に乗せ、窓の向こうを通りすぎる夏の風景をながめていると、白い毛並みを撫でる私の手に大きな手が重なった。

「……クラリッサ。屋敷に帰る日を増やすのは構わない。だが、明日は安息日だ。今夜は隠れ家に帰ろう」

「ええ、もちろん」

テディの言葉に笑みを向ける。フラッフィには物足りないかもしれないが、やはり貧乏貴族の娘としては、あの小ささが落ちつく。子育ても、あれくらいの方が見守りやすいと思うのだが……。

「……ああ、そうだ。家族室の乳母の件ですが、同僚が感謝しておりました！　おかげで安心して働けますと。ありがとうございます」

「そうか。それはよかった」

フラッフィは私たちが仕事をしている間、魔術師塔で過ごしている。

犬同伴出勤の可否をエズラ団長に伺いに行くと二つ返事で許可が下りた。

ついでに、その場にいあわせた他の魔術師たちまで「では、我が家のお猫様も」「私のわんこも」「では、お世話係として、うちの娘も」と言いだして、今では魔術師塔の一室は、大小色柄様々な犬猫リクガメと三人の幼子がくつろぐ、家族のための待機室となっている。

その話をテディに伝えると「では、乳母がいた方が安心だろう」と手配をしてくれた。

表向きは、フラッフィの世話係として雇っているので、費用はランパート家持ちになっている。

おかげで同僚からは感謝されたが「絶対に離縁しないでね！」と念を押されることとなった。

もちろん、するつもりはないが。日を追うごとに責任の重さが増していく気がする。

——まぁ、嫌ではないけれど。

これが誰かと生きることの重みなのだと思えば、幸せといえなくもない。

「……テディ」

「なんだ、クラリッサ」

「私、あなたと結婚して、今、かなり幸せです」

「……そうか」

藍の瞳が嬉しそうに細められる。

「君が幸せでよかった。……もっと幸せにできるよう、努力する」

「ふふ、期待しています」

微笑めば、テディは手を伸ばし、私の頬にふれた。そうして、そっと馬車の中で身を寄せあい、朝の口づけを交わしたのだった。


その日の夕暮れ、仕事を終えて小さな隠れ家に帰った私をまっていたのは――。

「……テディ、あれは？」

「……帰りに町で見かけて、可愛かったので……つい」

「確かに、可愛いですけれど！」

でんと居間に置かれたベビーベッドを前にして、私は頭を抱えた。

レースの天蓋からはクリスタルのモビールが、シャランとぶら下がっている。

それはキラキラとまばゆい光と澄んだ音を振りまき、ジッと見あげるフラッフィは届かぬ輝きに見とれるように、ふっさふっさと尻尾を振っている。どちらも可愛い。

「……まだ早いのは、わかっているんだが……」

気まずそうに目をそらしながらも、それとなく距離を詰めてきたテディが、そろりと私の腰に手を回して引きよせる。

「……欲しいんですか、子供」

「欲しい。とても。クラリッサの子が欲しい」

ぎゅっと腰に回された腕に力がこめられ、私は、またひとつ溜め息をついて。

「……とりあえず、ひとりだけですよ」

保冷庫に並んだピンクの小瓶を思いうかべながら、そう告げた。

——あと、何本あったかしら。

用意してしまったからには、仕方がない。

待機室もできたことだ。ひとりくらいなら、仕事を辞めないままでも、しっかりと愛情を注いで育てられるだろう。

もっとも、もう授かっている可能性もなきにしもあらずだが。

私の言葉にテディは、しっかりと頷いて。

「わかった。まずはひとりだな」

「わかっていないじゃないですか！」

ぱしん、と脇腹を叩くも、屈強なる騎士団長様には戯れでしかないようで、嬉しそうな笑い声が私の耳をくすぐった。

——ああ、もう。仕方のない人。

幸せそうだから、まあ、許そう。私も、とても幸せだもの。

くすくすと笑いあいながら、やっぱり、あっさり物に釣られてその気になった私を、テディは軽々と抱きあげて、夫婦の寝室へと運んでいった。

## 後日談　奥様のおっしゃる通りです！

ランパート家に家令としてお仕えして、はや十七年。

このところの屋敷の雰囲気は、見違えるほどに明るい。

――すべて、奥様のおかげだな。

私は、この屋敷に来て初めての安堵と幸福を噛みしめている。


元々、私は、この国の魔術師団長を務めるエズラ様の屋敷に勤めていた。だが、ランパート家の先の奥様が逝去された際にエズラ様に頼まれ、息子に後を任せて、こちらへ移ることとなったのだ。

初めて、この屋敷へ足を踏みいれ、当時の当主であり現在の大旦那様とそのご子息、セオドア様にお会いしたときの印象は正直に言えば良いものではなかった。

自分がこの世で一番正しいと言わんばかりの傲慢な目をした父親と、生気のない目をした少年。

似通った色彩を持つふたりの間には、よそよそしく寒々しい空気が漂っていた。

そこに大旦那様の長年の愛人が加わってはじまった暮らしが、明るく心地よいものになるはずもなかった。

ほどなくして愛人が流行り病で命を落とし、大旦那様は酒の量を過ごされることが増え、屋敷内に漂う雰囲気はますます暗いものへと変わっていった。

大旦那様は、セオドア様——旦那様のために父親として前を向いて生きようとはなさらなかった。ただ、自らの境遇を嘆き、失った愛を懐かしみ、気まぐれに旦那様を哀れんでは日々を浪費していらした。

あのころの屋敷の空気は、多くの使用人が忙しく働きながらも、主人である大旦那様の心を映したかのごとく、生きながら死んだようによどんでいた。

大旦那様が騎士団の長を辞され、カントリーハウスへと移られてからは、ギスギスとした陰鬱な雰囲気は薄まったが、旦那様が笑みを浮かべる姿を目にすることは滅多になかった。

旦那様がおやさしい方なのは、皆、わかっていた。

だからこそ、あの方の憂いが晴れる日が来ることを皆が願っていたのだ。

そして、その願いが叶いはじめたのは、三カ月ほど前の初夏のことだった。


失礼ながら、私は当初、旦那様が恋をしていらっしゃることに気づかず、呪いの後遺症でおかしくなられたのかと思ってしまった。

エズラ様の治療で呪いを解くために十日ほど留守にされた後、帰ってきた旦那様の行動は日を追うごとに奇矯なものへとなっていったのだ。

まず、商人を呼び、上等な望遠鏡をお求めになったので「何をご覧になるのですか」と尋ねれば「……中庭の噴水に鳩がいるのだ」とおっしゃられたため、それとなく団長補佐であるライリー様に確認してみると「四六時中、少しでも時間があけば覗いておられます」とのことだった。

鳩の何にそこまで惹きつけられるのだろうかと不思議に思い、帰宅した旦那様に「……旦那様がそれほど夢中になられるとは、さぞ素晴らしい観察対象なのですね」と努めて明るく探りを入れたところ、初めて見る強い光が旦那様の瞳に灯った。

「ああ、そうだ」

しっかりと頷き、旦那様はそれでも足りないというように深々と息をつき、つけたされた。

「この世の何よりも」と。

どこか遠くを見るように目を細め、口元に笑みを浮かべる旦那様は恋する男の顔をしていらした。

それから少し過ぎて、旦那様が庭園や公園に頻繁に足を運ばれているという噂が耳に入ってきた。

何をしてらっしゃるのだろう。

まさか、鳩でも追いかけてらっしゃるのだろうか。

ハラハラする日々が続いたある日、旦那様が帰宅するなり「家を買った」「しばらく、そちらへ通う」とおっしゃった。

驚きが半分、喜びが半分。

おそらく、共に暮らしたい女性ができたのだろうと使用人の間で噂になった。

もうすぐ、この屋敷に新たな奥様がいらっしゃるかもしれない――そのような明るい空気が流れはじめて。

数日後、旦那様が雌のアヒルと五羽の黄色い雛を連れてお帰りになった。

「……何度心をこめて伝えても、母子ともに、私の想いを理解してはくれないのだ……どうやら、あの家は気に入らなかったらしい」

その言葉を耳にした年若いハウスメイドが卒倒し、古くから仕える家政婦は滂沱《ぼうだ》の涙を流した。

これが、旦那様のお選びになった新たな奥様なのか——と。

確かに、旦那様は夫婦というものに希望を持てなくなるような、悲惨な幼少時代を過ごされた。

先の奥様が亡くなられた主寝室は、今も閉ざされたまま、旦那様は近づくことさえない。

男女の睦言に強い忌避感を抱いてらっしゃるのか、閨教育の結果も芳しくなかったことも知っている。

だからといって、このような結末は、あんまりではないか。

旦那様が、どのような罪を犯したというのか。

鳩に夢中になったかと思えば、アヒルに家を買いあたえ、屋敷に連れ帰ってくるなど。

それも、アヒルには雛がいる。

ということは、あのアヒルは純潔ですらないのだ。

「……さようでございますか。では、当家の庭は気に入っていただけるとよろしいですね」

旦那様の前では笑顔で対応したものの、私は、その夜、自室で静かに涙を流した。


そして翌日、旦那様は白い犬を連れてお帰りになった。

——白ければ、鳥でも犬でも構わないのですか⁉

問いかけたい衝動を必死に抑え、犬のために部屋を用意して、その夜。

燭台を片手に屋敷を見回っていると、ロング・ギャラリーから歩いてくる足音を耳にした。

覚えのある足音に、おや、と足を速めて、廊下を曲がり——揺れる灯りに浮かびあがったのは、白いドレスをまとった蠟人形《ろうにんぎょう》を抱える旦那様のお姿だった。

ひ、と息を呑んだ私に旦那様は「見回りご苦労」と、うっすらと笑みを浮かべておっしゃった。

コツコツと横を通りすぎ廊下の奥の闇へと消えていく広い背を、私は震えながら見送った。

そうして、迎えた朝。

仕事に向かわれた旦那様の部屋を覗いてみると純白のドレスを脱がされ、真新しいシュミーズとブラウスを着せられた人形が旦那様の寝台に横たわっていた。

あのとき感じた絶望は、到底言葉では言いあらわせない。

だが、そのわずか二日後のことだった。

旦那様が現在の奥様、クラリッサ様とのご結婚が決まったと満面の笑みで教えてくださったのは。

それからは、まさに地獄から天国の変わりようだった。

クラリッサ様は、まばゆいほどに明るく、人当たりのよい朗らかで愛らしい女性だった。

大きな新緑の瞳は、いつもキラキラと輝いていて、彼女に笑いかけられ、微笑みを返す旦那様の瞳も、その輝きが映ったように光であふれていた。

鳩に興味を示したのはクラリッサ様が伝書鳩の世話をなさっているからで、アヒルもクラリッサ様が行進を見たいと願われたので躾けようとしたのだと聞かされ、使用人一同、心より安堵した。

ロング・ギャラリーに飾られた——クラリッサ様と同じ魔術師のローブをまとった——蠟人形を目にした際には、皆、なんともいいがたい表情を浮かべていたが「これも旦那様の奥様への愛の強さゆえだ！」と私が主張すれば、皆、ホッとしたように「そ、そうですね！」「い、いやぁ、愛とは素晴らしい！」と笑みを浮かべていた。

滞りなく婚礼も終わり、当家での生活がはじまって、これから希望に満ちた未来が続いていくのだと使用人一同胸を躍らせて――。

そのわずか四日後から、おふたりは新しく買いあげた家で暮らしはじめ、屋敷に帰ってきてくださらなくなった。

あのときは、つい、余計な真似をしてしまった。

思い返せば冷や汗が出る。奥様が、おやさしい方で本当によかった。

帰らないと言われていても「今日こそ気が変わって帰ってきてくださるかもしれない！」と皆で晩餐の準備をし、新たに用意した夫婦のための寝室を整え、まちつづけること一カ月。

私は、奥様に手紙を書いてしまった。

長々と切々と。

決して、おふたりのお邪魔になるような真似はいたしません。望まれるのならば、使用人一同、おふたりの日にふれぬようにいたしますので、どうか屋敷にお戻りください――と。

それをクラリッサ様の生家であるグラスランド家に届け、クラリッサ様の弟君のマクスウェル様からクラリッサ様へとお渡しいただいて。

その夜だった。

渋々といったご様子の旦那様が「クラリッサが図書室で読みたい本があるというのだ」と奥様を連れてお帰りくださったのは。

以降、安息日の前後を除いて、少しずつだがご帰宅の頻度は増えている。

日を追うごとに、少しずつ、少しずつ、屋敷の雰囲気も明るくなりつつある。

いまだに、過去の傷が残ってはいるが……。

旦那様はクラリッサ様とご結婚されてからも主寝室を使おうとはなさらず、かつて旦那様が幼少期を過ごされた子供部屋を改装し、新たな夫婦の寝室とされた。

旦那様にとって主寝室は、かつて母君が苦しめられ——以前に勤めていた者の話では「家畜の交配でも、もう少し気遣いや情がある」というような扱いを受けていたそうだ——非業の死を遂げられた場所で、愛人と父親が抱きあった場所でもある。目を背けたい存在なのだろう。

屋敷の中で最も日当たりが良く美しかった部屋は、今では暗く閉ざされ、よどんだ空気がこもる、過去の地獄の名残を伝える場所となっている。

死んだ部屋があるというのは、家を暗くする。

あの部屋の窓がひらくときがきたら、その日こそが、屋敷が完全に生き返り、旦那様が過去から解きはなたれるときなのだろう——そう、思っていた。


ご結婚から二カ月が経ち、風の冷たさに、秋の訪れを感じたある日。

いまだまばゆい太陽が西の空に傾きかけたころ、旦那様がお戻りになられた。

「——お帰りなさいませ、旦那様」

「ああ、今帰った」

「本日は、ずいぶんとお早いお帰りですね」

「ああ、クラリッサが戻る前に、見ておきたいと思ってな」

そう言うと旦那様は、まっすぐに階段を上がっていかれた。

後を追いながら問いかける。

「……何をご覧になりたいのでしょうか」

その問いに返ってきたのは、あやふやな微笑だった。

旦那様は足をとめることなく階段を上りおえて、長い廊下を進み、やがて、ある部屋の前で立ちどまられた。

「セバスティアン、鍵を」

かつての主寝室の扉の前に立ち、旦那様が手を差しだされる。

「――はい」

私は慌てて鍵束を取りだし、すばやく鍵をたぐった。十数年ぶりに使われる鍵を鍵穴に差しこんで回せば、がちゃり、と重々しい音が響く。間違わずに選べたのは幸いだ。

内心胸を撫でおろしたところで、旦那様がノブに手をかけ、ためらうことなく扉をひらかれた。

ムッとこもった生温い空気と埃《ほこり》くさい臭いが吹きつける。

廊下の灯りが闇を払うように入りこみ、それを追って旦那様は室内に足を踏みいれ、まっすぐに窓へと向かわれた。

ガタガタと響く音に慌てて私も部屋へと入り、別の窓へと取りつく。

大きく窓をひらけば、さあっと涼やかな風が吹きこみ、古びた空気をかきまわす。

ひとつ、またひとつと光の入り口が増えていき、やがて、部屋は傾く陽ざしに満たされた。

「……ああ、やはり。この部屋が一番日当たりが良い。庭もよく見えるな」

光射す部屋で、旦那様が微笑んでいる。

「……旦那様？　この部屋をお使いになるのですか？」

いったい、どうなさったのだろう。不安と期待混じりに尋ねると、旦那様は力強く頷かれた。

「ああ。ここを、子供部屋に改装しようと思う」

「っ、もしや、ご懐妊でございますか⁉」

息を呑み、年甲斐《としがい》もなく弾んだ声を上げた私の言葉に、旦那様は苦笑をお浮かべになる。

「いや。残念ながら、まだだ」

「……さようでございますか。これは早合点で失礼をいたしました」

深々と頭を下げると「気にするな」とやさしいお言葉が返ってくる。

「実は、クラリッサにな。いい加減、入りきらないから屋敷に持っていってくれと叱られたのだ」

「……入りきらないとは？」

「ベビーベッド三台、室内ブランコ、積み木、クマとアヒルと姫君と王子の人形、玩具の剣と盾、木馬が二台、ままごとのセット……あとは、絵本やら何やら、色々だ」

指を折って数えあげる旦那様のお姿を微笑ましく感じながらも、クラリッサ様の気苦労を思わずにいられない。小さな民家の居間に、それだけのものを並べられては、足の踏み場もないだろう。

「……一度ベビーベッドを買ったら、その後、店の前を通るたびに声をかけられるようになってな。そのたびに何かしら買って帰っていたのだが、昨夜、ついに叱られてしまった」

ひどく嬉しそうに語る旦那様に「何を喜んでらっしゃるのですか！　奥様のおっしゃる通り！

買いすぎです、旦那様！」と言いたくなるのをグッとこらえて「さようでございますか」と神妙な顔を取りつくろう。

「ああ。それでな、どうせ屋敷に持っていくのなら子供部屋を作ろうと思ったのだ。クラリッサに、どの部屋が良いかを尋ねたら『一番日当たりのいい、景色のいい、風が入る部屋がいいです！』と言うものだから……」

だから、この部屋なのか。

「……元が何の部屋かは、クラリッサには教えないでくれ」

静かに命じる旦那様は、きっと先の奥様のことを思いだしておられるのだろう。

けれど、部屋の隅で埃をかぶった寝台を見つめる藍の瞳には、恐れも、怒りも、憎しみもない。

ただ、失ったものを悼むような寂しげな色が浮かんでいた。

ああ、と私は深い感慨を覚えた。もう、旦那様は過去に囚われてはいらっしゃらない。

クラリッサ様のために、つらい記憶を乗りこえ、前に進むと決められたのだ。

「……はい、旦那様。おふたりのために、最高の子供部屋をご用意いたします」

そう宣言すると、ふっと旦那様は笑みを浮かべて、窓の外へと目を向けられた。

「……ありがとう。ああ、楽しみだ。壁紙は何がいいだろうか。可愛らしいものがいいだろうな。見るだけで心が明るくなるような……水色にアヒルの柄はどうだ？　いや、犬……鳩でもいいな」

「……それは、奥様と、よくよく相談なさってからがよろしいかと」

「それもそうだな」

窓から吹きこむ風に目を細める旦那様の横顔に、かつての憂いはない。

「……セバスティアン、私は、きっと良い親になってみせる。クラリッサと一緒ならば、私でも、子供を幸せにできる父親になれると思うのだ」

微笑みながら呟かれた言葉に、私は目の奥が熱くなった。

「はい。私も、そう思います」

「……そうか」

笑みを深めて旦那様が振りむき、おっしゃった。

「これからも、よろしく頼む。これまで通り、私を……私たちを支えてくれ」

「……誠心誠意、お仕えさせていただきます」

私は、にじみそうになる涙をこらえ、そう答えた。

## 後日談　星を宿しに

「――では団長、お昼いただいてきます！」

「うむ、よく嚙んで食べるんじゃぞ」

「はーい！」

元気よく返事をして、私は魔術師塔の団長執務室を後にした。階段を下りながら「今日のお昼ご飯は何かな～？」と頬をゆるませる。

「確か、いいエビがたくさん入ったって料理長が言っていたわね。エビとそら豆のサンドイッチとか、いいなぁ！」

ランチのメニューは見てのお楽しみ。ふたり分の昼食を持ったテディと中庭の噴水でまちあわせをしているのだ。

テディと結婚してはや三カ月。季節は夏から秋へと移ろい、すっかり深まりつつある。

彼と結婚するまで、いつも昼食は魔術師塔の食堂ですませるか、晴れた日には好きなものを好きなように挟みこんだ気まぐれサンドイッチをこしらえて噴水の縁に座って食べることが多かった。

結婚後もそれを続けていたのだが、一カ月ほど経ったある日、昼食事情をランパート家の家令に問われ、「適当に作って食べています」と答えると「なんと、これは気が利かず失礼いたしました！

今後は当家でご用意いたしますので、おふたりでお召しあがりください」と申しでてくれたのだ。

最初は「いえ、一応職場ですので、ふたりで仲良く食べるのは、ちょっと……」と遠慮しようと思ったのだが、テディが「ああ、それはいいな。それならば、どれほど忙しくとも昼食を食べ忘れずにすみそうだ」と嬉しそうに言うのを聞いて「では、お願いします」と答えてしまった。

――いやいや、お昼ご飯食べ忘れるって……ありえるの？

食事は一日に三回しかないというのに。十日に一度忘れるだけでも、年に三十六食も食べのがすことになるではないか。信じられない。いっそ自分への虐待と言っていい。

もう二度と彼にお昼ご飯を抜かせたりしない。「楽しみだな、クラリッサ」と微笑むテディに、私は「はい！　絶対に食べのがさないようにしましょうね！」と力強く答えたのだった。

そういうわけで、本日もランパート家料理人お手製のランチが私をまっているのである。

――あら、あれは……オリヴァー？

まばらな人影が散る噴水の前、テディと向きあって立つ、オリーブブラウンのサラサラロングヘアな魔術師が見えた。

――何をしているのかしら……。

ついつい眉を寄せてしまう。オリヴァーは良くも悪くも遊び心旺盛な人間で、純粋なテディは、ちょくちょく騙されているのだ。

市場価格の十二倍の値で「絶対好きになるお花」を売りつけられたり、「新妻への贈り物に最高ですよ！」と市場価格の三割増しでラブ・フェニックス十年分――一年分ではない。十年分だ――の定期購入契約を結ばされたりと、実にいいカモになっている。

十年契約を知ったときには「いやいや！　ぼったくられてますよ！」と即時解約を勧めたのだが、テディは少し考えた末、静かに首を横に振った。

「……確かに定価よりは高いようだが、『定期購入の方には優先してお品物をご用意いたします。また余剰分は改良のための研究費として使わせていただきます。契約期間中、常に最良の品の安定供給をお約束するわけですから、保証料・開発費込みと思えば決して高くはないと思いますよ』と言われたのだ。私もそう思う」

そう言って彼は私の手を握り、微笑んだ。

「……これから十年に亘って君が口にするものなのだから、常に最良のものを用意したいのだ」と。

――いやいや、私が飲むの⁉　十年間も⁉

向こう十年回復薬が必要なほど抱きつぶす前提の気遣いに、言いたいことは山ほどあったが、澄んだ瞳で見つめられては「……そうですね、ありがとうございます」と微笑むほかなかった。

そのようなことがあってから、オリヴァーの動きには目を光らせていたのだ。

――また、変なことを吹きこまれていないといいんだけれど……。

そう思いながら足早に近づいていくと、テディがこちらに気づいて、パッと笑顔になる。

「クラリッサ！」

その声にサッとこちらを見たオリヴァーは、悪戯が見つかった子供のような顔をしていた。

「……あ～大変！　急用思いだしちゃった！　それではごきげんよう、セオドア騎士団長様！」

「あっ、ちょっとオリヴァー！」

「じゃあね、クラリッサ～よいランチを～！」

そそくさと逃げていくオリヴァーの背をキッと睨んで、私はテディに走りよった。

「――おまたせしました」

目の前にたどりついたところで逞しい腕に引きよせられる。

「……クラリッサ、会いたかった」

そっと頬を撫でる大きな手に、目を細める。

「ふふ、朝も会ったじゃないですか」

「そうだな。だが、夜まで君の顔を見られないのでは長すぎる」

「顔を忘れちゃいそうで？」

へらりと笑って首を傾げると、きりりと表情を引きしめた彼が首を横に振る。

「いや、忘れるものか。たとえ百年会えずとも君を忘れたりしない」

「あはは、百年経ったらもう骨になってますって！」

私の軽口に「そうか」と頷いたテディは、私の目を見つめながら宣言した。

「だが、ひと欠片の骨になったとしても、きっと私は君を見分けてみせる。約束する」

「……テディなら、本当にできそうですね」

重すぎる約束に、私は喜び半分、恐れ半分で微笑んだのだった。

そんな甘いのか怖いのか判別しがたい会話にも、からかいの声や忍び笑いは聞こえてこない。

テディと噴水で昼食を取るようになってから、少しずつ真似をするカップルが増えてきて、今やこの場所は恋人たちの憩いの場となっている。

まああの大きさの噴水は、ゆっくりゆっくり歩いても一周一分はかからない。

その縁で一定の距離を保って寄りそっている恋人たちは、魔術師と魔術師、魔術師と騎士、騎士と騎士、組みあわせは違えど、それぞれがふたりの世界でお熱いランチタイムをくりひろげていた。

「……さぁ、食べましょうか！」

先客にならって噴水の縁に並んで腰を下ろして、彼の持つバスケットに熱い視線を向ける。

「ああ。食べよう。今日は、エビとそら豆のサンドイッチだそうだ」

小さく笑ったテディがバスケットをひらき、白いリネンに包まれた四角い塊をひとつ取りだす。

「いただきます！」

いそいそと受けとり、膝に置いて包みをひらく。

行儀よく並んだふたつのサンドイッチに、私は歓声を上げた。

「わぁ、美味しそう！」

半分に切られた真っ白な小麦のパンの表面は、ごく軽く色づけ程度に焼かれている。その間から覗くのは、やさしいそら豆のグリーンと鮮やかなエビのオレンジ。純白のリネンに映える色彩だ。

目にも美味しいそれを恭しく持ちあげ、端からがぶりと。

「ん～！」

ぷりっぷりのエビ、なめらかな裏ごしそら豆、ふたつの仲人役を務めるのは甘じょっぱいバターとちょっぴりのレモンだ。

白パンのやさしい風味も合わさって、一口ごとに口の中に幸せが広がっていく。

――ああ、最高。

しみじみと味わいながら、テディの手がとまっていることに気がついた。

「……テディ、私の顔を見ていないで、ちゃんと食べてください」

「ああ、すまない。あまりに美味しそうに食べるものだから、見惚れてしまって」

「いやいや、私を見ても、おなかいっぱいにはならないでしょう？」

もー、と眉をひそめてたしなめると、彼は真剣な顔つきで「いや、なるが？」と返してきた。

「……ダメです。きちんとお食べなさい！」

「……はい」

きりりと叱りつけると、テディは嬉しそうに目を細めてサンドイッチにかぶりついた。

もぐもぐと味わう姿に胸が温かくなる。確かに、心は満たされるかもしれない。

ふふ、と笑って私も食事に戻った。


「――ごちそうさまでした」

持ち手のない薔薇模様のカップを手のひらで包みこむようにして、ほうと溜め息をつく。

「とっても美味しゅうございました……！」

湯の入ったものと茶葉だけを入れたもの。私にいれたての紅茶を飲ませたいからと、わざわざ二本の水筒を用意してテディがいれてくれた食後の紅茶を味わいながら、私は万感の思いで呟いた。

本当に美味しかった。特にエビが。

ここ王都から海は遠い。港から馬車で半日ほどかかるため、新鮮な魚介類は貴重なのだ。

「そうか、何よりだ。クラリッサはエビが好きなのか？」

テディに問われ、勢いよく頷きかけて――思いとどまる。

ここでうっかり「大好きです！」などと答えたなら、ランパート邸の庭に養殖池ができてしまうかもしれない。いや、彼ならば造る。間違いない。

「……たまに食べると美味しいですよね！」

無難な答えを返すとテディは「そうか。では、時々取りよせることにしよう」と微笑んだ。

――危なかった。

ホッと息をついて、紅茶を一口。コクリと飲んで、気になっていたことを尋ねる。

「そういえば、先ほどオリヴァーと何を話していたんですか？」

「……先ほどオリヴァーと何を話していたのか、か……？」

あからさまに目をそらしながら、私の問いを繰りかえすテディに「ああ、また何か詐欺っぽい話をされたんだな」と察する。

「テディ、怒らないから言ってみて。また何か買わされたの？」

やさしく問えば、テディは慌てたように首を横に振る。

「いや、それは大丈夫だ」

「そうですか、よかった！　では、何の話を？」

尋ねると、またしても、スッと視線をそらされた。それほど言いにくいことなのだろうか。

「……その、流星群の話を教えてもらったのだ」

「流星群？」

予想外の言葉に首を傾げて、ああ、と頷く。

「……そういえば、今夜がピークだとか団長も言っていましたね」

「エズラ殿が？」

「ええ。別に、天体観測の趣味があるわけではないんですよ。どうしてだかわかりませんけれど、星がたくさん降る夜は魔力が高まるんです」

「魔力が？」

「はい。あとは満月の夜もそうですね。同じ魔術でも、そういう夜の方が成功率や効果が高かったりして……本当に不思議ですよねぇ」

そのほかにも、曇ったり効力が弱った魔石を満月の晩に光に当てると力を取りもどしたりする。月と星は私たち魔術師にとって良い協力者なのだ。

私の話を神妙に聞いていたテディは「そうか」と頷き、目を伏せて、ぽつりと呟いた。

本当に、魔術師は月や星の影響を受けるのだな――と。

ただ単に「感心した」というだけではない、何かを含んだ声音だった。

「……テディ？」

どうしたの、と尋ねる前にテディが顔を上げ、口をひらいた。

「クラリッサ、今夜、星を見に行かないか？」

「え？　星を？」

ぱちりとまばたきをして首を傾げると、彼は、そっと視線を落とした。

「ああ。できれば、フラッフィは屋敷で留守番をさせて、ふたりで……ダメだろうか？」

どんどん声が小さくなっていく。叱られるのをまっている子供のような表情に胸が痛んだ。

「……いいですよ！」

私は笑って頷いた。

テディの様子からして、ただ星を見るだけのお誘いではないのだろう。

オリヴァーに何を吹きこまれたのかは謎だが、でもまあ、テディがそうしたいと思ったならば、それは私の、あるいは私たちの幸せにつながる何かのはずだ。

——とりあえず、行けばわかるわよね。

今、無理に聞きだす必要もないだろう。

私は紅茶の残りを流しこみ、パチリと両手を合わせて彼に笑いかけた。

「ねえ、テディ。どうせなら、新婚三カ月記念のナイトピクニックにしましょうよ！」

「ナイトピクニック？」

「昔、家族で行ったんです。いつもなら子供は寝る時間だけれど、その日だけは特別で、真夜中のお出かけです。月明かりの下でランチボックスを広げて、時々月が隠れてもランプはつけません。暗い中で手探り、ごそごそ、サンドイッチと間違えて互いの手をつかんだりして……」

当時五つか六つだったマクスウェルに手をかじられ、ちょっとした姉弟喧嘩になったりもした。

「ふふ、楽しかったですよ。デートにもぴったりだと母が言っていました」

「……それはいいな」

「はい！　では、ピクニックのお弁当は私が用意しますね！」

私の宣言に、テディは嬉しそうに頷いて「楽しみだ」と微笑んだ。

＊＊＊

沈みゆく夕陽を背に受けながら魔術師塔を後にした私は、アーサーの串焼き肉の店に寄って肉を仕入れ、もろもろの買い物もすませて隠れ家へと帰った。

そうして、夜が更け、サンドイッチができあがったころ。仕事を終えて迎えに来たテディと馬車に乗りこみ、ナイトピクニックへと出かけたのだった。


仕事帰りのローブと騎士服のまま、ふたり仲良く、ガタゴト揺られること一時間。

ひらいた窓から濃い緑の匂いがしてきたと思うと、馬車の速度が落ちて、やがてとまった。

馬車を降り、御者に礼を言って歩きはじめて、十分後。

ふっと樹々が途切れ、銀色に輝く大きな湖が目の前に広がっていた。

「……わぁ、きれい！」

今日は風もない。凪《な》いだ湖面は鏡のようで、ぐるりと取りまく森の樹々がさかさまに映りこみ、丸く満ちた月と星々がちりばめられている。

ここがどこだかわからないが美しいことだけは確かだ。

「そうか。気に入ってくれたのなら、何よりだ」

やさしい声に振りかえり、尋ねる。

「どこですか、ここは？」

「ランパート家の狩猟地のひとつだ」

「狩猟地のひとつ」

思わずテディの言葉を繰りかえしてしまう。

自前の狩猟地がひとつあるだけでもすごいというのに、他にもあるのかと。

――うーん、さすがは大貴族。

感心していると、その沈黙をどうとったのかテディは眉を曇らせた。

「……クラリッサ、誤解しないでくれ。狩りをするのは父だけだ。怯える獲物を追いかけて、憂さ晴らしに命を奪うような野蛮な真似を、私は好んだりしない。命のやりとりは戦場だけで充分だ」

瞳に冷たい光をたたえて、淡々と語る姿に胸が締めつけられる。こんな風に彼の心の澱《おり》をかいまみるとき、いつも思う。

いったい、いつになったら、この人の闇を完全に照らしてあげられるのだろうかと。

「……そうですか」

私は微笑んで彼の手を取り、ぴたりと寄りそった。

「テディは本当に、強くてやさしい人ですねぇ」

きゅっと指を絡めて、ゆったりと囁けばテディの手に力がこもる。

「ありがとう。……君も、本当に、強くてやさしい人だ」

「ありがとうございます。ふふ、おそろいですね！」

くすくすと笑って、さて、と視線を湖に戻す。

「……では、どこでお弁当を広げましょうか？」

「そうだな、岸辺か……ああ、船もあるぞ」

テディが湖のほとり、桟橋の先に建つ小屋を指す。あの中に船がしまわれているのだろう。

「船ですか？　いいですねぇ、月夜の湖に小船がひとつ……うん、ロマンティック！　あ、でも、大丈夫ですか？　もしものときに泳げますか？」

「大丈夫だ。鎧を着て泳ぐ鍛錬をしたこともある。君ひとりくらいなら抱えて海も渡れる」

「おお～、さすがです！　それなら安心ですね！　では、船にしましょう！」

そう言って手をつないだまま、ぷらぷらと桟橋に向かって歩きはじめた。


白い小船が湖を進む。

櫂《かい》をこぐ力強い腕。ちゃぷりちゃぷりと跳ねる水の音。静かな水面《みなも》に波が立ち、広がっていく。

ぽやんとぼやけた月と星が砕けて、鏡映しの森が揺れる。

やがて湖の真ん中に小船が着いて、波紋が消え、天と湖面、ふたつの夜空の間で、私はテディと向かいあった。

「……これだけ明るかったら、ランプがなくても大丈夫ですね」

降りそそぐ白い光に目を細める。とてもきれいだ。ただ惜しむべくは、月が明るすぎて目当ての流星群が見られないかもしれないことだろうか。

「まぁ、まずは星の前に腹ごしらえしましょうか」

よいしょと椅子板に座りなおす。小ぶりな船は普段使われていないのか少し古ぼけてはいたが、きれいなものだ。

私は、まず自分の手を魔術で浄化してから、テディに「さあ、手を出してください」と促した。

「ああ。頼む」

差しだされた手のひらをキラリと浄化して、準備はよし、と膝の上のランチボックスをひらく。

それから、ずっしりと温かい布の包みをひとつ取りだし、「どうぞ」とテディに手渡した。

「ありがとう。……ああ、ローストビーフだな」

包みをひらいて「美味しそうだ」とテディが目を細める。

「ふふ、お口に合うとよろしいんですが」

「合うさ。当然だ。君が作ってくれたものならば、何でも美味しいに決まっている」

「本当ですかぁ？　焦げたシチューでも？　お鍋いっぱい食べてくれますか？」

「……クラリッサ、食べ物を粗末にするのは良くないと思う」

「はーい」

真剣な顔で諭され、私は自分の分のサンドイッチを取りだし、リネンの包みをひらいた。

途端、広がる香ばしい肉の匂いに頬がゆるむ。

スライスしたライ麦のパンにバターを塗って、ふんわりとベビーリーフを敷きつめて、その上にグレイビーソースを絡めたローストビーフの切りおとしをどっさりとのせ、バターつきパンで蓋をする。そうしてできたサンドイッチは、ほんのりとまだ温かい。

「では、いただきましょうか」

「ああ、いただきます」

がぶりと一口。舌の上に幸福が広がる。一噛みごとに、じゅわりとにじむ肉汁、とろりと絡んだ濃厚なグレイビーソースにも上質な脂の旨みが溶けこんでいる。主張の激しい肉をなだめるようなベビーリーフの爽やかな苦み。力強いライ麦の風味も負けていない。

まさに自然の恵みの饗宴《きょうえん》。大地からつながる命の味だ。

うんうんとひとり頷きながら食べていると、楽しそうな忍び笑いが耳に届いた。

「……ん、どうしました？」

「ああ、本当に幸せそうな顔だ、と思ってな」

「……すみません。食いしん坊で」

「いや、悪いことではないさ。……クラリッサ、君と一緒に食事をするようになって、私は初めて食事が楽しいと思えたのだ」

「初めて？　え、初めてですか？」

「そうだ。……ああ、もちろん、今までも屋敷の食事を美味しいとは思っていた。それは確かだ。だが、必要だから取るというだけで、楽しみに思ったことはなかった……皆には、悪いが」

屋敷の料理人や給仕の顔を思いうかべたのだろう。目を伏せるテディに、また胸が痛む。

彼の母親の躾は、きっと食事の間も厳しく行われていたのだろう。

失敗しないよう、叱られないよう、一口一口に細心の注意を払いながら、怖々と口に運んでいたに違いない。味など、ろくにわからなかったのではないだろうか。

その影響が母親の死後も残っていたとしたら、食事を楽しめなくとも無理はない。

「……今は、楽しいですか？　屋敷で食事をするのは」

そうであってほしいという願いをこめて、やさしく尋ねるとパッとまばゆい笑みが返ってきた。

「もちろんだ。今日の晩餐は何だろう、クラリッサが好きなメニューだろうか。ああ、今夜も喜んでくれるといいのだが……などと思いながら、毎日楽しみにしている」

「……そうですか。それは何よりです！」

目の奥が熱くなり、じわりと涙がにじむのを誤魔化すように私はサンドイッチにかぶりついた。

もぐもぐごくんと飲みこんで、ニコリと笑う。

「ああ、美味しい！　私も、テディと食べるご飯はいっつも楽しいですよ！　これからも、ふたりで美味しい幸せをわけあいましょうね！」

私の言葉にテディは「ああ、もちろんだ！」と目を細めて頷いた。


「――はい、テディもおひとつどうぞ」

「ありがとう」

サンドイッチを食べおえて、口直しのラディッシュをかじる。小さな粒を丸ごと、がぶりと。

月明かりにきらめく赤がしゃりりと欠けて、雪のような白が現れる。

小気味よい歯ごたえとともに広がる辛みが心地よく、しばらく船の上には、ふたつの咀嚼《そしゃく》音だけが響いていた。

三粒ほど食べおえたところで手をとめて、私は天を仰いだ。

まばゆく輝く月。ぽつりぽつりと流れる星。見事な月夜だ。確かに、これだけ美しい夜空ならば見に来る価値はあるだろう。けれど――。

「……ねぇ、テディ。本当はオリヴァーに何を言われたんですか？」

私の問いに、テディがラディッシュを喉に詰まらせた。

「わっ、あ、えええ⁉　ちょっ、大丈夫ですか⁉」

盛大に噎せる彼の広い背中をバシバシと叩いて、さすって、ランチボックスから湯の入った水筒とカップを取りだし、とくとくと注いで、魔術で冷まして差しだして――と、慌ただしい時間が過ぎる。

そうしてテディが落ちつきを取りもどしたころ、私は、あらためて問いかけた。

「ええと、それで、テディ。オリヴァーに何を言われたんですか？」

う、と呻いたテディは、うろうろと視線をさまよわせ「別に」「その」「言われたことを忘れたわけではないのだが……」と呟いていたが、やがて観念したようにうなだれた。

「……私は、魔力が少ないだろう？」

ぽつりと問われ、首を傾げる。

どうしてテディの魔力の話になるのだろう。不思議に思いながらも答える。

「いえ、平均よりは、だいぶ多いんじゃないかと思いますよ？」

前にエズラ団長が言っていた。テディが子供のころ、魔剣士に勧誘しようとしたことがあると。それならば、魔石の力を借りれば、どうにか魔術を使えるくらいの魔力があるはずだ。

私の言葉に、テディは溜め息をついた。

「だが、君やエズラ殿や、魔術師団の団員と比べれば微々たるものだ」

「それは……まあ、そうでないと宮廷魔術師にはなれないわけですし……」

「そうだろう。……それで、オリヴァーに月や星には魔力があると言われたのだ」

「え？　オリヴァーに？」

魔力量から月と星に話が飛ぶ流れが、いまひとつよくわからない。

「ああ。それから、魔術師は星の輝きや月の満ち欠けの影響を強く受けるのだと……魔力の少ない私には、わからない感覚だが……」

「それはまあ確かに、私たち魔術師は月や星の変化で魔力が増えたり減ったりしますけれど……」

私は戸惑いながらも頷いた。すると彼は、ぎゅっと目をつむり、苦しげに打ちあけた。

「だから、魔術師が子を作るには魔力が高まる夜、満月の晩か、星の降る夜に月明かりの下で願いをかけながら交わると、夜空の星のひとつが落ちてきて子が宿るのだと……そう、言われたのだ」

私は心の中で力強く叫んだ。

――そんなわけないでしょう!

どこの世界のおとぎ話だ。「お星様がママのおなかに落ちてきて赤ちゃんができるの☆」など「キャベツ畑にコウノトリが赤ちゃんを運んでくるんだよ!」と同レベルの夢物語ではないか。

オリヴァーだって、からかっただけで、本気で騙すつもりはなかったはずだ。

でも、と私はテディの精悍な顔を見つめる。

――ちょっとだけ、信じちゃったんだろうなぁ……。

魔術師であるオリヴァーの言葉だから。

テディは賢い人だが、謙虚で純粋な男だ。たとえ、にわかに信じがたい言葉だとしても、自分の専門外の物事について頭ごなしに否定はしない。

いやいや嘘だろうと思いながらも「だが、私は魔力が少ないから月や星の影響を受けないだけで、魔術師というものはそういうものなのかもしれない」と思ってしまったのだろう。

そう考えると、笑う気にはなれなかった。当然、怒る気にも。

「……すまない、クラリッサ。……そのようなことを企《たくら》んでいたのかと、軽蔑しただろう？」

しんみりと黙りこむ私に、機嫌を損ねてしまったかと不安になったのだろう。

小船の上で屈強な身体を縮こまらせて、悲しそうに詫びる姿にキュンと胸が締めつけられる。

――ああ、もう。今日はだいぶ心臓に負担がかかっている気がするわ……。

心の中で溜め息をついてから、そっとテディの手に手を重ねた。

「いいえ、全然。軽蔑なんてしませんよ」

「そうか……ならばいいのだが……」

「ええ。全然、大丈夫！」

ニコリと笑って、天を仰ぎ、ぽつりぽつりと流れる星をながめる。七つ目の星が夜に溶け、首が痛くなったころに顔を戻すと、テディも空を見つめていた。

――私が聞きださなかったら、どうするつもりだったんだろう。

どうにかそういう雰囲気に持ちこんで、いたす予定だったのだろうか。

――無理じゃないかなぁ。

隠し事をしたままで、上手く女を口説けるような器用な人だとは思えない。ただ仲良くお弁当を食べて星を見て「じゃあ、そろそろ帰りましょうか」という私の一言に頷いて、すごすごと帰路についていたはずだ。

――本当に不器用で純粋で、可愛い人。

ふふ、と笑うと、ハッとテディが空から私に視線を戻した。

「クラリッサ？」

「……おまじないみたいなものでしょうけれど……いいですよ。試してみましょうか」

「え？」

ぱちりと藍の瞳がまたたいて、ポッと熱が灯る。

「……本当に、いいのか？」

重ねた手を握られ、指が絡む。

「いいですよ」

自由な手で、そそくさとカップやら何やらをバスケットに戻しながら頷く。

「このような誰が見ているかもわからない野外で、君を抱いても構わないのだな？」

「……いいですよ」

わざわざ状況を認識させないでほしい。じわじわと熱くなる頬を感じながら、もう一度頷く。

「ああ、ありがとう、クラリッサ……！」

テディがバスケットの蓋を閉め、ぐいと私を引きよせた。とすんと横抱きに膝に乗せられて、ふたり分の重みを受けとめた椅子板が軋んだ音を立てる。

「ひゃっ」

ぐらりと小船が揺らぎ、慌てて目の前の身体にしがみついた。大丈夫だというようにテディの手が私の背を撫で、腰に回って、ぐるりと抱きしめる。

逞しい腕に捕らえられながら、伝わる身体の感触、その熱さ、どくどくと速まる鼓動に、知らず知らず息が乱れる。

こくり、と喉を鳴らして、そっとあたりを見渡す。

きらめく湖面、その向こうに広がる森。大丈夫。誰もいない。

それでも念のため、以前テディに使った気配を薄める魔術をふたりにかけて、ホッと息をつく。

心の準備ができたのを察したのだろう。テディがやさしく私の背を撫でた。

「……クラリッサ、私の脚をまたいでくれるか？」

「……はい」

腰を浮かせ、ローブの裾を引きあげて、彼の両脚をまたぐように座りなおす。

すとんと腰を下ろすと再び抱きよせられる。布越しに下肢がこすれ、ん、と互いの口から吐息がこぼれた。大きな手が私の頬にふれ、やさしく撫でて、そっと顎をすくって顔を上げさせた。

まっすぐに視線がぶつかり、息を呑む。

「……クラリッサ、愛している」

藍の瞳は私だけを見つめていた。湖も星も目に映らない。きっとここがどこかも、もう彼は気にしていないだろう。

ふたりきり、ベッドの上で向けられるのと同じ、とろりと甘い熱を孕んだまなざしに、じわりと身体の芯が炙られる。

「ええと……それじゃあ、船がひっくりかえらないように、気をつけましょうね」

そう囁けば、「ああ」と短い言葉の後に息を奪うような口づけが返ってきた。

うなじをつかまれ、食まれた唇を熱い舌が割る。

「ん、んんっ」

ぴちゅりぴちゅりと口内で響く水音。食事のときとはまた違う幸福が舌を通して頭に広がる。

絡んだ舌が離れて、ふ、と鼻から息をこぼしたところで、舌先で上顎をくすぐられ、ぞわりとむず痒いような疼きを覚えた。

口づけで私を翻弄しながら、彼の手は迷うことなく私のローブの裾へと向かい、引きあげる。ストッキングを通して、夜風がほてった肌を撫でる。心地よさに、ん、と息をついたとき、ハッと私は我に返った。

「っ、――まって、テディ。さすがに外で脱ぐのはちょっと……」

「……そうか。わかった」

残念そうに頷くと、テディは裾から手を離し、私の胸にふれた。

ふくらみを包み、持ちあげるようにして、やんわりと揉みしだく。立ちあがりつつある胸の先が硬い手のひらでこすれ、ちりりとした淡い快感に目を細める。

けれど何度か繰りかえすうちに、淡い快感はもどかしさへと変わっていく。

「……クラリッサ、気持ちいいか?」

ローブの胸元、ぽちりと浮きたった突起を指の腹でなぞりながら問われ、こくりと頷く。

くすぐったくて気持ちいい。けれど、物足りない。

「そうか、よかった」

テディは嬉しそうに目を細め、なぞっていたものをキュッとつまんで、ゆるくひねった。

「んんっ」

甘い痺れが胸を貫く。

「ん、んんっ、……は、あ、っ」

くりゅくりゅと繰りかえし、つままれ、ひねられ、ひっぱられて、じいんとした痺れが下腹部にまで広がる。さらなる刺激を求めてか、知らず知らず腰が揺れていた。

「……っ、クラリッサ、服を脱がせはしないから、こちらもふれていいか？」

するりと下腹部を撫でられ、あ、と吐息がこぼれる。

「……よさそうだな」

楽しげな声とともにローブの裾が引きあげられ、テディの手が潜りこんできた。

汗で湿った太ももを武骨な指が這い、勝手知ったる場所というように奥へと進み、やがて熱源にたどりつく。

「――っ」

水音とともに響いた快感に背が震えた。くちゅりくちゅりとぬめりを広げるように、そっと割れ目をなぞられ、つつ、と上にすべった指が花芯を捕らえる。

とろりと蜜をまぶして、くるくるとなぞられ、心地よさに喘ぎがこぼれる。硬く芯を持ったところでやさしく潰され、揺すぶられ、背すじに熱いものが走る。

私の好きな力加減もさわり方も、今では彼の方がずっとよく知っている。

くちくちと響く水音が少しずつ速まり、快感が勢いを増し、やがて私は果てへとたどりつく。

頭のてっぺんからつま先まで、さあっと通りぬけていく甘い奔流。声にならない声を上げて、テディの首にしがみつき、きゅっと目をつむった拍子に、ころりと涙がこぼれた。

「……クラリッサ」

名を呼ばれ、彼の肩に伏せていた顔を上げれば、視界に銀の湖と遠い森が広がる。

こんなところで、こんなことを。今さらながらに頬が熱くなるが、羞恥に浸る間もなく、新たな快感が挿しこまれた。

「ああっ、まっ、あ、まだ……いった、ばっかり……っ」

熱く潤む場所を太い指がこじあけ、かきまわされる。身体の奥から響く快感に、びくびくと腰が揺れる。逃げるように身を引こうとして逞しい腕に阻まれた。

「すまない、クラリッサ。だが、もう……っ」

渇望をにじませた声が鼓膜を揺らし、私の背を震わせる。ごり、とすりつけられた彼の下肢は、熱く張りつめていた。

「っ、なら、もういいから、入れていいからっ」

これ以上、私だけ先にいかせないで。あなたと一緒がいい。そう願えば、獣じみた唸り声が耳元で響いた。

小さな金属音、慌ただしくベルトがこすれる音。その先を期待して新たな蜜があふれ、とろりとももの内側を伝う。はしたないと思いながらも、とめられなかった。

やがて、熱い塊が私の中心に押しつけられる。濡れた肉がこすれる感覚に頭の芯が甘くぶれる。すぐにでも入ってくれればいいのに、テディは慣らすように、あるいは焦らすように、ふくれた切先で潤んだ割れ目をなぞるばかりで、もどかしさに負け、くいと腰を押しつけてしまった。

「……ぁ」

ぐぷりと押しひらかれる感覚。そろって小さく息を呑む。船が揺れ、あ、と身体が傾き、ぬるんと外れそうになって——がしりと腰をつかまれ、落とされた。響く衝撃、板が軋む鈍い音。

「――っ」

ぎゅっと閉じた目蓋の裏で白い光が弾ける。ぶちゅんと胎の入り口を叩かれ、押しあげられて、圧倒的な質量が私を満たした。

二度目の絶頂のさなか、しがみついた大きな身体が微かに震えて、熱い吐息が耳をくすぐる。

「……クラリッサ」

私を呼びながら、ゆっくりとテディが椅子板をおり、船の床に膝をつく。

腰に食いこむ彼の指に力がこもって、来たる衝撃に身構えた瞬間、がつんと突きあげられる。ひゃっ、とこぼれた声は悲鳴と呼ぶには甘すぎるものだった。

ぐらぐらと揺れる小船の上、しっかりと押さえつけられたまま、ずぶずぶと奥を打たれるたびに快感があふれ、蜜となって、ぷしゃりと飛びちる。

――ああ、どうしよう。服が！

主に、テディのトラウザーズが大変なことに――などと心配をしている余裕はすぐになくなり、ただ、気持ちいいという感覚だけに支配されていく。

「あっ、はぁ、ああっ、テディ、んっ、好き、だいすき……っ」

「っ、ぅ、クラリッサ、はぁ、クラリッサ……ッ、愛している」

大好き。愛している。同じようで重さが少しだけ違う言葉と互いの名を囁きあいながら、快感をふたりで分けあい、育てて、実って爆ぜるときをまつ。

蜜に濡れ、ふくれにふくれた快感は、やがて収穫のときを迎えて――先に果てたのは私だった。

「っ、あ、〰〰っ」

きゅっとテディの腰を挟みつけるように脚が強ばり、痙攣《けいれん》が走る。くっ、と耳元で息を詰める気配がして、彼の首にすがりつく腕を引きはがされた。

え、と顔を上げた瞬間、頭の後ろをつかまれ、食らいつくように口づけられる。

重なる唇の間、テディの呻きが響いて。

息を塞がれ、背骨が軋むほど強く抱きしめられながら、私は奥深く、弾ける熱を受けとめた。


やがて狂乱めいた熱が過ぎさり、小船の上に静けさが戻る。

はあ、とこぼれた吐息を合図に、どちらからともなく口づけがほどけた。私を捕らえていた腕がゆるみ、ふっと呼吸が楽になる。

ゆっくり目をあけて、見つめあった藍の瞳は満ちたりたように輝いていた。

「……テディ」

名を呼べば、とろりと目を細めて「クラリッサ」と甘い囁きを返してくる。

テディの瞳も声も、いや全身が「君を愛している」と訴えていた。

——どうして、こんなに好きになっちゃったのかしら。

ほんの五カ月前までは、お互い、ただの仕事相手だったというのに。もう、どんな風に彼を見ていたのか、見られていたのか思いだせない。

「クラリッサ、汗が冷えて寒くはないか？」

問いながら、私の頰を撫でるテディは、とても良い目をしている。愛に飢え、怯える子供ではなく、愛し愛される喜びに満ちた男の目を。

――もっと、満たしてあげたいなぁ。

そんなことを考えつつ、腕が回りきらないほどに広い背に指をすべらせ、やさしく抱きしめる。

「……じゃあ、冷える前に温めてくれますか？」

ふふ、と笑って囁けば、私を抱くテディの腕に、ぎゅうっと力がこもる。

「ああ。君が望むのなら、何度でも……！」

藍の瞳の奥、灯った炎が熱を増していく。

いまだ受けいれたままの彼の雄が、むくりと力を取りもどすのを感じて、下腹部が甘く疼いた。

愛しいこの人と、たくさん気持ちよくなって、気持ちよくしてあげたい。

――今度は、私が頑張ってみようかなぁ。

先ほど動いてもらったお返しに。そう思いたって、テディに微笑みかけた。

「……ねぇ、テディ。今度は、私が頑張って動きますね！」

初めての提案に、テディは、え、と戸惑う。

「……いや、だが……君にそのようなことは……」

させられない、と言いながらも、嬉しげに細められた目元やゆるんだ頬、微かに上ずった声、そのすべてに期待の色がにじんでいる。

「たまには私にも、あなたを気持ちよくさせてください。ふふっ、頑張りますね……」

精一杯色っぽく囁き、テディの肩に手をかけ、えいや、と押したおそうとした私は、直後、慣れないことはするものではないと後悔するはめになった。

押されたテディは逆らわずに――むしろ、勢いよく――後ろに倒れた。

先ほどまでふたりで乗っていた椅子板に、どんっ、と彼が後ろ手をついた瞬間。

ベキャッと音を立て、板が側壁から外れた。

「っ⁉」

「ひえっ⁉」

ぐらりとテディが傾き、体勢を整えようと手をついた勢いで、がくんと小船が傾いた。

彼の上に乗っていた私は遠心力に負け、ぶんと小船の外へと飛びだしかけて。

「クラリッサ⁉」

「っ、ダメ――」

慌てたテディが私を引きとめようと船の縁から大きく身を乗りだして――傾く勢い、成人男子の平均を遥かに超える重量が合わさった結果。

少し前の忠告虚しく、小船は見事にひっくり返り、盛大な水飛沫が上がる。

そうして、私は秋の湖水の冷たさと、彼の泳ぎの腕の確かさを知ることになるのだった。


新婚三カ月記念、忘れられない思い出となったナイトピクニックから、しばらく経って、季節が秋から冬へと変わるころ。

私は、そっとテディに告げた。

あのときの星が宿りましたよ――と。

# あとがき

お初にお目にかかります。犬咲《いぬさき》と申します。

このたびは、拙作「あっさり、物に釣られて。　騎士団長のお世話係を拝命しました」をお手に取っていただき、まことにありがとうございます。


本作は、小説投稿サイトであるムーンライトノベルズ様で開催されました「第一回ジュリアンパブリッシング恋愛小説大賞」にて金賞をいただいたお話を加筆・改稿したものとなります。

書籍化にあたっては、担当編集者様から懇切丁寧なアドバイスをいただき、ふわっと雰囲気で流していた世界観や情景、心情描写をしっかり書き足して、新規エピソードや後日談もがっつりと書き下ろしました。

きっとWEB版をお読みになった方にも、初めてお読みの方にも楽しんでいただける物語になったのではないか……なっていたらいいな、と願っております。

数十ページ前に書いた設定を忘れていたり、うっかりの多い作者を見捨てることなく、根気強く改稿につきあってくださった編集者様には感謝の気持ちでいっぱいです。

そうして仕上がった本文にイラストで命を与えてくださったのは、鈴《すず》ノ助《すけ》先生です。

生真面目そうで逞しいセオドア、お人好し感あふれる元気なクラリッサ、可愛さの塊のふわふわタンポポ犬フラッフィ。

パッと見た際のキャラクターの魅力や美しさはもちろんですが、ベンチが公園と庭園で違ったり、表紙のタイトルや帯で隠れてしまう部分にも美味しそうな品々がちりばめられていたりと細やかな部分にも気を配っていただき、大変嬉しく思っております。


本文の完成度を大いに底上げしてくださった編集者様、素晴らしいイラストで魅力を数十倍にしてくださった鈴ノ助先生。

そして、WEB投稿時から見守り、受賞に導いてくださった読者の方々。

それから何よりも、今、こちらのあとがきをお読みいただいているあなたに、心からの感謝を捧げます。


拙い話ではありますが、少しでも笑ったり、キュンとしたり、ちょっと小腹がすいて美味しいものが食べたくなったり、やさしい気持ちになったりと、とにかく楽しんでいただけたなら幸いです。

最後までお読みいただき、ありがとうございました。

いつかまた、どこかで、元気でお目にかかれますように！

犬咲

Monakatei
百七花亭
Illustration krage
万能女中コニー・ヴィレ
1〜4
各電子書店にて
コミカライズ配信中!!
チートな枯れ女子、
恋の目覚めはまだ遠い!?
フェアリーキス
NOW ON SALE
お城に勤めるコニー・ヴィレは人並み外れた体力・膂力の持ち主で、炊事洗濯、掃除戦闘何でもござれの万能女中。ついでに結婚願望なしの徹底地味子。そんな彼女に、女好きと名乗る美形騎士・リーンハルトが近づいてきた!?　彼女の義兄と名乗り実家に連れ帰ろうとする騎士さまと、徹底逃走を図る義妹女中の、恋愛未満のドキドキ追いかけっこが始まる!?
フェアリーキス
ピュア
fairy kiss
Jパブリッシング　https://www.j-publishing.co.jp/fairykiss/　定価：1320円(税込)

この秘書官様を振り切るのは難しいかもしれない
Hodumi
ほづみ
Illustration
氷堂れん
完璧令嬢、神出鬼没な秘書官の
甘い罠にはめられる!?
フェアリーキス
NOW ON SALE
公爵令嬢のフリーデは、未来の王妃になるべく気位の高い完璧な令嬢として育てられた。ある日、王太子に拒絶されて落ち込んでいるのを、名も知れぬ青年に見られてしまう。「つらい時は、泣いてもいいんですよ」弱い姿を知られた上に優しくされ、戸惑うフリーデ。しかし彼――サイラスは王太子の秘書官だった。対立派閥なのに、突然現れては気にかけてくれるのはなぜ？　フリーデが心を揺さぶられるなか、父が急に別の縁談を申しつけてきて!?
フェアリーキス
ピンク
fairy kiss
Jパブリッシング　https://www.j-publishing.co.jp/fairykiss/　定価：1320円(税込)

落ちこぼれ子竜の縁談
Ochikobore koryuu no endan
1～3
Hinata Kuru
くるひなた
Illustration 仁藤あかね
閣下に溺愛されるのは想定外ですが!?
フェアリーキス
NOW ON SALE
人になっても子竜になっても、
軍司令官閣下に愛でられまくり!?
竜の血を引く貴族令嬢パティの秘密は、ふとした弾みに子犬サイズでピンク色、お腹ぽってりの役立たずな子竜になってしまうこと。そんなコンプレックス持ちの彼女の縁談相手は、部下に厳しく動物嫌いと思しき軍司令官閣下。彼の最初の印象は最悪だったけれど、うっかり子竜姿で彼と出会った瞬間、二人の関係は変わり始める。実は可愛いもの大好きだった閣下との恋の行方は!?
フェアリーキス
ピュア
fairy kiss

Suzume Akari
朱里雀
Illustration
八美☆わん
サトリ令嬢の見透かせない感情
Satori Reijhou No
麗しき公爵令息の心は
野獣な欲望でいっぱい!?
フェアリーキス
NOW ON SALE
人の心の声が聞こえる特殊な力を持つ貧乏貴族令嬢アダリーズ。ある時出会った公爵令息ディートリヒは眉目秀麗で完璧な男として有名だが──「このまま寝室まで攫って押し倒してぇ……」次々聞こえてくるアダリーズへの不埒な煩悩の数々。実は彼女への愛をこじらせまくって妄想を炸裂させていたのだ。ドン引きしていたアダリーズだが、少しずつ彼の優しさに触れて心が揺れ始め!?
フェアリーキス
ピンク
fairy kiss
Jパブリッシング
https://www.j-publishing.co.jp/fairykiss/
定価：1320円（税込）

fairy kiss

# あっさり、物に釣られて。
## 騎士団長のお世話係を拝命しました


著者　犬咲　　　© INUSAKI

2021年12月5日　初版発行

発行人　神永泰宏

発行所　株式会社 J パブリッシング
〒102-0073　東京都千代田区九段北3-2-5 5F
TEL 03-3288-7907　FAX 03-3288-7880

製版　サンシン企画

印刷所　中央精版印刷株式会社





ISBN：978-4-86669-450-4
Printed in JAPAN